DANIEL CARIO

LES FORÇATS DU PAYS PAGAN

Les Presses de la Cité

Toute ressemblance avec des personnes ayant réellement existé ou des faits avérés ne saurait être que pure coïncidence.

ISBN 978-2-266-34003-8
Dépôt légal : février 2024

Prologue

Ils se tenaient dans l'ombre au bas de la dune, face à la mer. Une poignée d'hommes et de femmes, immobiles. Parmi eux, plusieurs adolescents. Tous étaient accoutrés de tenues hétéroclites. Que faisaient-ils là à cette heure matinale ? Qu'attendaient-ils ? Qui étaient-ils ? Une armée de mercenaires en passe de commettre un mauvais coup ? Les hommes en avaient et l'allure et la physionomie, les traits durs sous les bonnets enfoncés jusqu'aux oreilles ou coiffés de suroîts qui leur recouvraient la nuque. Les muscles des mâchoires crispées saillaient de temps à autre. Sinon, ils restaient impassibles, les paupières mi-closes. Les femmes n'étaient guère plus avenantes, la tête entortillée dans des guenilles de mendiantes, l'air tout aussi décidées. Les jeunes restaient en retrait, calquant leur attitude sur celle des adultes. Mais d'imperceptibles tiraillements de leur visage trahissaient leur angoisse. Surtout chez ceux pour qui ce serait la première « marée ».

Depuis trois jours et autant de nuits, la tempête ne décolérait pas sur les côtes du pays Pagan, dans cette frange nord de la Bretagne. Les nuages se bousculaient en masses compactes, avant de s'étirer en traînées interminables, pour se regonfler un peu plus loin en silhouettes fantasques, des monstres hideux en fuite de monstres encore plus terrifiants. Le ventre lourd sur le point de mettre bas, ils se dilacéraient dans des bourrasques pour sûr venues de l'enfer pour se montrer aussi haineuses. Qu'importe, pas un des moissonneurs de la mer n'aurait laissé sa place.

Les gens de Keravel étaient une trentaine. *Keravel*, le village du vent en breton, qui ne portait jamais aussi bien son nom que lors de ces furies célestes. Plus loin, de place en place, s'impatientaient des phalanges identiques. Ceux du hameau de Meneham. Ou des autres villages riverains de l'estran.

Un observateur ignorant les pratiques en vigueur se demanderait à quel combat allaient se livrer ces brigands. Parce qu'ils étaient armés en effet, de fourches, de râteaux, de crocs recourbés en serres de rapace, de lances sur lesquelles étaient emmanchées des faucilles recourbées, de celles dont usaient les coupe-jarrets. Pas des vraies armes donc, mais tout aussi redoutables que celles forgées pour la vraie guerre. On aurait cru à une jacquerie des temps jadis, si on n'avait été en 1950.

Perçant à peine le rideau de pluie, les faisceaux des deux phares faisaient luire par intermittence les fers affûtés comme des tranchoirs de bouchers : à l'ouest celui de l'île Vierge, de l'autre côté celui de Pontusval. Celui de l'île de Batz, encore plus loin sur la droite, se noyait dans la grisaille.

On était le 25 avril, le matin de la Saint-Marc. Pour autant, le printemps semblait avoir oublié la date. Ce matin-là s'ouvrait la récolte du goémon de rive, le *bezhin falz vihan*, autrement dit celui que l'on coupait à la faucille sur les rochers au large. Coutumière, la cueillette restait le privilège des paroisses de l'estran. Chaque famille foncière s'était vu attribuer une zone par le garde de Kerlouan, un partage qui se répétait tous les quatre ans. Les villageois de Keravel faisaient équipe depuis des générations, se partageant le profit une fois la tâche achevée, au prorata du nombre de bras.

L'horizon se teinta de clair dans sa partie orientale, accentuant sur le fond livide la noirceur des nuages boursouflés. Des raclements de gorge, des toussotements, les goémoniers commencèrent à s'agiter. Ce fut d'abord ce phare-là qui s'éteignit, puis celui de l'île Vierge cessa de cligner à son tour. Les corps se raidirent, c'était le signal attendu, pourtant ils ne bougeaient toujours pas. Les autres « légions » se précipitaient déjà à grandes enjambées malgré les cuissardes qui leur remontaient jusque sur les hanches, levant dcs gerbes d'eau dans les flaques abandonnées par le jusant. À Keravel, il fallait que Charles Croguennec en donne l'ordre. Quelques secondes qui durèrent une éternité, mais suffisantes pour lui permettre de vérifier qu'on le considérait toujours comme le chef du village.

Soixante-quatorze ans, Croguennec était de ces hommes sur lesquels les années n'avaient pas de prise. Taillé dans du vieux chêne noueux. Jamais malade, mais que la mort foudroierait sans prévenir, en une seconde. Sa voix claqua dans le vacarme de la tempête, aussi impérieuse que le vent :

— En avant toute !

Avant que ne se taise l'écho, les pigouyers de Keravel dévalaient l'estran à leur tour, déployant une force inouïe. Une ruée invincible, car il s'agissait bien d'une lutte sans merci contre les éléments déchaînés qui eux-mêmes rugissaient de plaisir.

C'était une semaine de grande marée, un coefficient de 110. La mer serait complètement basse aux alentours de dix heures. Avec cette tempête qui ne désarmait pas, les champs sous-marins avaient été brassés au plus profond sans discontinuer. Arrivées à maturité, les laminaires aux frondes interminables s'étaient détachées des stipes qui les cramponnaient à la roche. Le ressac les avait déposées sur la grève en guise d'offrande aux moins robustes, le goémon d'épave, dont le ramassage était libre. Les femmes et les enfants s'y attelaient déjà, pataugeant à mi-cuisses dans le fucus visqueux, le remontant à l'aide de grands râteaux, l'amassant en meulons hors de portée de la marée, car celle-ci ne manquerait pas de récupérer l'or brun que les ingrats auraient dédaigné. Pendant ce temps, les hommes munis de faucilles et de crocs s'enfonçaient dans le flot en furie, peinant à trouver leurs appuis entre les rochers où il était si facile de se tordre les chevilles, voire de se casser une jambe pour les plus maladroits. Ou les moins chanceux. Immergés à mi-corps dans le bouillonnement d'écume, ils coupaient les longues traînes dont les sournoises chevelures ondulaient dans les vagues. Les faucilles plongeaient au jugé. Ils recevaient des paquets de mer en pleine gueule, suffoquaient, aveuglés, mais sans relâcher l'effort une seule seconde. Heureux et fiers de reproduire fidèlement le geste ancestral. Derrière le faucheur, les femmes récupéraient les scalps à l'aide de leur croc, tiraient derrière elles de pleines brassées, hors d'eau, et les entassaient avec le goémon de laisse.

Les corps devenaient machines insensibles à la douleur, les reins se durcissaient d'acier, les bras n'étaient plus que bielles infatigables, au rythme aussi régulier que celles des locomotives. Malgré les tenues imperméables, ils étaient trempés jusqu'aux os, aussi bien de l'eau salée, qui clapotait autour d'eux, que de la pluie qui leur cinglait le visage et leur picotait les yeux de ses aiguilles glacées, qui s'infiltrait par le haut des cuissardes et l'encolure des cirés.

La tâche dura plus de trois heures, tant que la mer enfuie au plus loin n'eut pas assez de force pour remonter. La tempête connut alors une accalmie, à croire que le vent lui-même épuisé s'avouait vaincu par de si rudes guerriers. Les hommes vinrent donner la main aux femmes pour remonter la manne marine en haut de la plage. Là, les charrettes du village viendraient récupérer les montagnes de goémon afin de le transporter à l'ensilage, car il faudrait attendre les beaux jours pour commencer le séchage.

Les villageois de Keravel prirent enfin le temps de se regarder, de sourire. Charles Croguennec se fendit de son compliment habituel :

— On a fait du bon boulot, les amis. Vous pouvez être fiers.

Il connaissait son équipe sur le bout des doigts. Il prit aussitôt conscience qu'il manquait quelqu'un. D'un rapide coup d'œil, il inspecta les rangs.

— Personne ne sait où est passé Lulu ?

Quand les pigouyers eurent recouvré leur souffle, chacun vérifia autour de lui. Lucien Lalouette n'était plus là. Il devait se soulager un peu plus haut, à l'abri des regards indiscrets, même si entre compagnons de si âpre vie la pudibonderie n'était pas de mise. Il avait attrapé une *aprostate* comme il disait à tout bout de champ en riant. Personne ne s'était risqué à lui demander s'il plaisantait : il avait parfois *du vent au grenier*.

Au bout de quelques minutes, l'inquiétude gagna les goémoniers.

— C'est curieux qu'il mette si longtemps pour pisser un coup, marmonna Croguennec.

— À moins qu'il ait bu toute l'eau de cette putain de mer ! ironisa Blaise Guimarec'h, mais le ton n'y était pas.

Charles demanda si quelqu'un l'avait vu remonter. Haussements d'épaules, dénégations de tête, personne ne s'en souvenait en tout cas. Alors ils descendirent à quelques-uns vers le flot qui remontait déjà, essuyant les quolibets des communautés voisines en haut de la grève qui les traitèrent de charognards jamais repus.

— Lalouette ? Vous n'avez pas vu Lucien ? demandait Croguennec.

— Il aura trouvé une sirène qui lui a fait les yeux doux ! claironna un jeune coq de Meneham, réputé pour ne pas avoir la langue dans sa poche. Il sera parti avec elle vers les îles du plaisir…

Il revint à Blaise de découvrir le corps de son ami. Celui-ci flottait entre les rochers, la face dans l'eau, bras et jambes écartés. Les allers-retours du ressac lui écorchaient les joues contre les balanes rugueuses.

Ils le tirèrent de l'eau glauque, le retournèrent. Le visage était blême, les yeux mi-clos déjà vitreux, d'entre ses lèvres béantes ne passerait plus jamais le moindre souffle. Lalouette allongerait la liste des pigouyers morts à la tâche, il ne serait pas le dernier. L'accalmie fut de courte durée, la tempête ragaillardie déployait à nouveau sa vigueur. Les bourrasques se remirent à balayer l'estran, à écheveler les dunes et les landes en retrait. L'hydre marine étendait ses tentacules d'écume à une vitesse stupéfiante.

— On ne peut pas le laisser là, fit Blaise.

Le malheureux Lulu n'était pas très grand, un peu enveloppé tout au plus. Ce ne fut pas trop difficile de le porter jusqu'en haut de l'estran, où attendait la communauté de Keravel. À mesure que le sinistre convoi approchait, les hommes juraient à voix basse, les femmes grommelaient des propos inaudibles, priant ou pestant contre le ciel qui ne s'embarrassait jamais de pitié.

— Qu'est-ce qui lui est arrivé ? demanda Sidonie, l'épouse devenue veuve, qui n'avait pas encore la force de pleurer.

— Il a dû faire un malaise, répondit Croguennec.

On s'écarta afin de faire place sur le sable, parmi les herbes qui hérissaient le haut de l'estran. Dans le mouvement, le corps bascula sur le côté, l'une des villageoises remarqua quelque chose d'anormal dans le dos du malheureux. On le positionna en chien de fusil avant de vérifier. Il portait un épais ciré verdâtre, du solide. Deux trous le perçaient pourtant à hauteur des omoplates, de ceux qu'aurait occasionnés un croc à deux dents, un coup asséné avec une force colossale. Lucien Lalouette n'était pas mort de façon naturelle.

Livre 1

Les deux gamins

1

Gwénola Aubertin et Aubin Mainguy étaient nés pendant la guerre, la sinistre boucherie que les historiens qualifiaient de « Grande »… Ils avaient vu le jour en 1914, à la même date, alors que les hostilités venaient à peine de commencer. Le père d'Aubin avait trente-deux piges, peut-être espérait-il qu'une naissance au foyer le dispenserait d'aller se faire casser la gueule. Il n'en fut rien. Fernand Mainguy grimpa dans le train comme nombre de ses concitoyens, affichant une mine de condamné. Il montait au front, en qualité d'artilleur, alors qu'il n'avait jamais tenu un fusil de sa vie. Le père de la fillette, Armand Aubertin, était plus jeune de six ans, il avait été des premiers convois, comme tous les hommes de Keravel en âge d'être soldats. Il n'en resta plus que quelques-uns au village, dont Charles Croguennec. Celui-ci n'avait pourtant que trente-huit ans, mais il avait perdu un œil étant gamin, une flèche décochée par un camarade de son arc de fortune. Il en avait développé un tempérament aigri – cela peut se comprendre. Le fautif se dénommait Lucien Lalouette. Il avait eu beaucoup de mal à se remettre de son tir malencontreux, ce qui justifiait en partie les moments d'absence auxquels il était sujet. La victime l'avait assigné au rang de souffre-douleur pendant quelques années, jusqu'à l'adolescence, puis Lulu était devenu son homme à tout faire.

Charles Croguennec se considérait comme le chef de Keravel, assurant ainsi la succession de son père. Un tel statut mérite une explication. Baptistin Croguennec avait fait fortune de façon obscure, en usant de toute évidence de moyens pas toujours très licites. Comme tous les vrais filous, il possédait un sens des affaires particulièrement affûté. Alors qu'il atteignait la trentaine, ses pérégrinations le portèrent sur les côtes du pays Pagan. Keravel était à l'abandon, les fermes ayant été désertées à la suite de la chouannerie et de la répression sanglante perpétrée par les Bleus. Baptistin Croguennec s'était renseigné près des instances municipales de Kerlouan, celles-ci ne savaient que faire du village en ruine, les finances ne permettant pas d'envisager de le restaurer. Trop content de s'en débarrasser, le maire lui avait bradé l'ensemble.

Le père de Charles ne s'était pas porté acquéreur du pittoresque hameau sur un simple coup de cœur. C'était un malin, et un esprit éclairé, ce qui va souvent de pair. À l'époque, le goémon servait essentiellement d'engrais aux maraîchers. Il entrait également sous forme de cendres dans la fabrication du verre. En 1810, un salpêtrier de Paris découvre que les cendres qu'il utilise pour faire sa poudre contiennent de l'iode. À partir des années 1840, le goémon va être récolté pour produire la précieuse substance à des fins médicales notamment. En 1836, une ordonnance royale autorise la construction de fours « sauvages » à proximité du littoral. Ainsi commence le brûlage du varech qui alimentait les premières usines de raffinage des pains de soude.

Le Baptistin avait fait rénover les fermes une à une et les avait revendues à des familles désireuses d'exercer le métier de goémoniers. Rares étaient celles qui possédaient les fonds suffisants pour payer rubis sur l'ongle la somme demandée. Alors Croguennec enfilait l'habit d'usurier, leur délivrant des prêts à des taux pharamineux. Ce faisant, il s'assura une fortune confortable et s'attira la docilité des créanciers dont les remboursements s'éternisaient. Tout naturellement, Charles continua d'entretenir cette forme d'autorité patriarcale au décès du père. Les années de guerre lui permirent d'asseoir un peu plus son emprise.

Keravel n'avait pas payé une dette trop lourde à la patrie. Un seul homme y avait péri, et encore n'était-il pas chef de l'une des douze familles. Une gueule cassée en revanche, Ernest Guyonvarc'h. Déjà marié, celui-ci n'avait pas enduré les affres de devoir chercher compagne. Un éclopé, Eugène Cotillec, un bras en moins, un perfide éclat d'obus, la plaie s'était infectée. Avant que la gangrène s'y installe, il avait fallu l'amputer dans une infirmerie de fortune. Cela ne l'empêchait pas de continuer son activité de goémonier.

Le village de Keravel se situait entre Carrec-Hir et Saint-Égarec, à une centaine de mètres de la côte. Personne n'aurait été capable de préciser à quelle époque il s'était constitué avant le rachat par Baptistin Croguennec. Tout au plus avançait-on l'hypothèse que c'était une poignée d'Anglais qui s'étaient établis en ce lieu, de ceux qui avaient importé la langue bretonne en terre d'Armorique. Sur les quatorze fermes, douze étaient encore habitées, deux avaient été désertées par les descendants qui refusaient de se crever la peau sous la férule de ce rat de Croguennec. Qu'elles soient inhabitées ne signifiait pas qu'elles étaient laissées à l'abandon, elles étaient entretenues par l'ensemble des villageois, au cas où se présenteraient des repreneurs, étant bien entendu que ceux-ci devraient montrer patte blanche pour intégrer le clan des pigouyers.

Les fermes étaient réparties autour d'une place au milieu de laquelle trônait un puits dont l'eau potable servait à tous. Cette disposition concentrique instillait une âme à ceux qui y vivaient. Rien d'étonnant donc que depuis des générations les habitants aient éprouvé le sentiment d'appartenir à une communauté des plus soudées, où la synergie était de règle, à l'instar des microcosmes d'antan où l'entraide manuelle était indispensable avant la mécanisation agricole. Un mode de vie où l'on pouvait se haïr, s'aimer, mais qui interdisait de s'ignorer : ennemis ou amis, tout le monde se retrouvait à la tâche le moment venu. Notamment pour la récolte du goémon.

La corne d'abondance goémonière ne permettait pas de boucler le budget annuel. Alors, les pigouyers étaient aussi pêcheurs, chaque famille possédant sa barque, quand ce n'était pas un modeste bateau, ses casiers à homards, qui abondaient au large des côtes rocheuses. Mais cela ne suffisait pas encore, il leur fallait également cultiver la terre, unissant une fois de plus leurs forces dans une sorte de socialisme qui tissait des liens indéfectibles. Selon la saison, les chevaux servaient à remonter le goémon de la grève ou à tirer la charrue afin de labourer la terre. À tracter aussi le char à bancs pour se rendre en ville, à Kerlouan ou à Brignogan. Les habitants de Keravel possédaient quatre bestiaux, qui servaient à l'ensemble de la communauté, et dont on s'occupait sans se soucier de savoir qui en étaient les véritables propriétaires.

Les Mainguy et les Aubertin étaient voisins immédiats et amis de longue date. Aussi Gwénola et Aubin furent-ils tout naturellement élevés ensemble. Il leur était fréquent de dormir sous le même toit après une journée à gambader dans les dunes, sans que l'autre famille s'inquiète. Dès leur plus jeune âge, la fillette domina le garçon par son tempérament autoritaire. Intrépide et déterminée, elle décidait des jeux, de l'endroit, de l'heure à laquelle il convenait de rentrer. Aubin ne protestait pas, il y trouvait son compte. Gwénola ne se montrait jamais cruelle toutefois, dotée sans doute des fibres maternelles précoces chez certaines demoiselles. Tout au plus prenait-elle un malin plaisir à entraîner son compagnon dans les coins réputés les plus dangereux. Ainsi les marais du Curnic, près de Brignogan, une ancienne lagune, transformée dans un premier temps en un étang, grâce à la construction d'une digue, dont une partie avait ensuite été asséchée. Il en restait cependant onze hectares marécageux, dans lesquels il était téméraire de s'aventurer. L'accès en était interdit aux enfants, le meilleur moyen de les allécher. Il va sans dire que Gwénola n'attendit pas d'être bien vieille pour y traîner son camarade…

Lors de leur première incursion en ce lieu maudit, ils avaient dix ans, Aubin rechigna, sa mère lui avait fait promettre de ne jamais mettre les pieds là-bas. Mais il n'avait surtout pas envie de passer pour une poule mouillée aux yeux de sa dulcinée. D'autant plus qu'au village d'autres prétendants en herbe lui tournaient autour.

L'endroit avait quelque chose de lugubre, même pour les plus fanfarons, sans qu'il soit possible d'en définir la raison. Sans doute la légère brume qui y flottait en toute saison n'était-elle pas étrangère à cette singulière impression qui poignait le cœur et retenait de respirer, et ce, à n'importe quelle heure, quel que soit le temps. Les eaux stagnantes se moiraient de reflets verdâtres. Des sphaignes moussues tapissaient les nervures de terre, hérissées de joncs faméliques, laissant croire à des appuis fiables – auxquels il fallait justement ne pas se fier. L'hiver, l'humidité enveloppait les aventuriers d'un suaire glacial. Aux chaleurs estivales, quand l'orage menaçait, l'air était chargé de miasmes putrides qui prenaient à la gorge, une prégnance moite où l'on étouffait.

Ce fut un jour d'été que Gwénola bricola un esquif de fortune, quelques planches chapardées chez les parents, qu'elle ligatura habilement sur deux branches épaisses avec de la corde qui servait à tisser les filets. Elle était adroite, le radeau avait fière allure. Elle avait ramassé sa chevelure noire et drue en une queue-de-cheval, de façon à la fourrer dans une espèce de casquette qui, pincée devant et sur les côtés, lui dessinait un tricorne de corsaire. Aubin la regardait faire, éprouvant une confiance aveugle en sa compagnie, conjurant ses frayeurs, l'admirant en fait, avec la fierté qu'une fille aussi originale soit son amie.

Si elle n'en avait pas encore l'âge, Gwénola Aubertin était de ces brigandes dont sont peuplés les récits fantastiques.

— Paré à la manœuvre ?

Se prêtant volontiers au jeu, Aubin esquissa un garde-à-vous tout à fait honorable. Les voilà tous les deux à pousser leur radeau dans un goulet qu'elle avait repéré quelques jours auparavant. Elle avait prévu une perche comme en usent les gondoliers vénitiens, ou les Briérons. L'embarcation à flot, elle s'y hissa. Pas assez dégourdi pour en faire autant, son équipier pataugeait dans l'eau boueuse. Il avait les paupières chargées de larmes, une boule dans la gorge, le cœur lui palpitait comme un vilain petit crapaud, mais il refusait encore de se plaindre, cramponné au cul du radeau.

— Alors, tu te décides ? lui lança Gwénola sans le regarder.

Bientôt, il n'aurait plus pied. Il se résolut à quémander de l'aide. Elle soupira, s'agenouilla, lui tendit une main secourable, il put enfin la rejoindre. Il était trempé jusque sous les aisselles, ce qui lui épargna la honte d'avouer qu'il avait pissé dans sa culotte.

Les chenaux naturels étaient si étroits que s'y faufilait à peine l'assemblage. Au bout de quelques minutes, il commença à se désarticuler. De temps à autre, une branche des bosquets penchés sur le marais se glissait entre les planches en proue, ou une racine des plantes poussées dans la lise du fond. Tout en jouant de sa perche, Gwénola intimait à son compagnon de les en libérer. Aubin s'empressait, s'égratignant la peau ramollie par l'eau à casser les rameaux rebelles, à dénouer les lianes sournoises, les ronces griffues. Il plissait les paupières et serrait les dents.

Hormis ces tracasseries qui n'étaient que vétilles pour deux cœurs vaillants, l'aventure se révélait de plus en plus exaltante. Oh ! ils n'avaient parcouru qu'une cinquantaine de mètres, mais dans leur tête ils étaient déjà rendus au bout du monde. Pour preuve, bientôt ils accosteraient dans des îles inconnues où ils auraient encore à braver des sauvages sanguinaires – peut-être même cannibales. Qu'importe, la demoiselle avait déjà à l'esprit les mots pour les amadouer et les amener à s'agenouiller devant son incommensurable bonté.

Il n'est de conquête de terres lointaines à l'abri d'une soudaine tempête. Avec son hypocrisie habituelle, le ciel avait tapi ses nuages derrière les brumes de l'horizon. Ce fut d'abord le vent qui se leva, une brise insidieuse, qui flatta l'audace des deux navigateurs. Relevée d'une once de piment, l'aventure n'en serait que plus glorieuse. Aubin sentit cependant un frisson lui parcourir l'échine. Il assura ses prises entre les planches disjointes. Jeta un coup d'œil en arrière, estimant qu'il serait plus prudent de faire demi-tour. Mais la Marie-Morgane n'en était pas à capituler. Elle s'arc-bouta sur sa perche et poussa le radeau de plus belle. Le goulet se referma et l'étreignit de ses flancs tourbeux. Ils étaient coincés.

— Aide-moi, au lieu de trembler comme une fillette !

De brise paisible, le vent se mua en bourrasques véhémentes, dans lesquelles le gamin discernait des ricanements sardoniques, comme il distinguait des faces diaboliques dans les nuages qui s'amoncelaient au-dessus de leurs têtes. Bien sûr qu'il aurait voulu l'aider, mais la trouille le paralysait et il restait accroupi, tête baissée. Alors Gwénola sauta à l'eau afin de repousser l'embarcation en arrière. Si elle n'en laissait rien paraître, elle était consciente du mauvais pas dans lequel elle les avait fourrés. De l'eau jusqu'à la ceinture, sa jupe légère flottait autour d'elle comme une corolle. Ses pieds peinaient à trouver appui dans la vase fuyante. Son chapeau s'envola, ses cheveux se dénouèrent.

Les premières gouttes de pluie dessinèrent de larges ronds sur l'eau stagnante, bientôt une averse terrible se mit à crépiter. Aubin comprit qu'il allait de son intérêt de vaincre sa peur et d'aider son amie. Il saisit la perche, la planta dans les entrailles du marais et se mit à pousser comme il l'avait vue faire. Le radeau bougea enfin, petit à petit, puis soudain il glissa d'un coup en arrière. La demoiselle s'affala en avant, levant une grande gerbe, sous les yeux de son compagnon terrorisé. Elle avait disparu dans les remous, Aubin ne put retenir un hurlement. Il se précipita à l'avant de l'esquif. Déjà elle émergeait, ruisselante, maculée de boue.

— Tu veux bien m'aider, oui ? lui lança-t-elle en toussant et reniflant.

Puis elle éclata de rire, tout en agrippant le nez des planches. Elle prit appui sur ses avant-bras. Aubin la tirait par ses habits. Dans un effort violent, elle parvint à se rétablir et à s'asseoir, mais le poids des deux finit de dissocier les planches, dont les ligatures avaient cédé. Ce fut au tour du garçon de basculer dans la baille. D'abord, elle rit de plus belle. Puis, ne le voyant pas réapparaître, elle sentit l'angoisse l'envahir à son tour.

Elle se mit à genoux, s'allongea, la silhouette d'Aubin se dessinait à peine dans l'eau fangeuse. Elle plongea le buste, l'agrippa par les cheveux et lui sortit la tête de l'eau, sans se soucier de savoir si elle lui faisait mal. Il peinait à respirer, plus de frayeur que d'avoir bu la tasse. Elle l'accrocha par le col de sa vareuse, et l'extirpa du flot comme un poisson. Aubin hoquetait, tremblait. Se serra contre elle.

Elle n'avait plus le cynisme de se moquer.

— Là, calme-toi. C'est fini. On va rentrer.

Il acquiesça en hochant vivement la tête, ravalant aussi bien ses sanglots que l'eau de ses narines. Ce fut la première fois que Gwénola lui sauva la vie.

Ni l'un ni l'autre ne firent état de leur aventure. Rentrer trempés et couverts de boue était le lot des enfants de la côte. Les parents ne s'en alarmaient que si les vêtements avaient trop souffert et qu'il faudrait en acheter de nouveaux, ou si les mioches se mettaient à tousser pendant la nuit. Encore fallait-il qu'ils développent une fièvre carabinée pour que l'on se décide à consulter le corps médical. Sinon, une bonne cuillerée de sirop – dont on conservait toujours un flacon en réserve – constituait le remède habituel. Il n'est de meilleur lien que des secrets aussi compromettants, de ceux qui ont valu aux coupables d'avoir frôlé la mort pour avoir désobéi. Gwénola considéra encore davantage Aubin comme son petit frère. Lui, en voua à son amie une reconnaissance éternelle.

2

Nos deux complices n'étaient pas les seuls gamins de Keravel. Ils étaient quinze loupiots à courir dans les dunes et sur la côte, à escalader les rochers et à s'entailler les doigts sur les balanes. Ils formaient une communauté parallèle, avec ses propres règles qui échappaient bien souvent au contrôle des adultes. Il serait fastidieux pour l'instant d'en énumérer tous les membres. Citons cependant les Cotillec, dont le mari était manchot. Ils élevaient deux fillettes. La première était née pile-poil neuf mois après que l'éclopé fut revenu du front, la seconde à peine un an plus tard, ce qui avait fait jaser les villageois. Maurice Salaün était un moqueur impénitent – il en existe toujours un ou deux dans chaque société. Oh, il n'était pas méchant, mais il ne se rendait pas compte de ce que son humour pouvait avoir de blessant. Ainsi proclama-t-il que l'Eugène avait sauté sur sa bergère à bras raccourcis dès son retour de la guerre. Il ajouta quelques jours plus tard que s'il avait laissé un bras dans les tranchées, question galipettes il n'avait pas perdu la main. Deux fillettes donc, Géraldine et Léontine, tout le contraire de Gwénola, timides, pour ne pas dire timorées.

Les Decourt, Jean-Paul et Corentine, n'avaient procréé qu'un seul rejeton – tout Keravel s'accordait à dire que c'était largement suffisant. Ça, il était costaud, le Léonce ! Mais la nature avait omis de l'outiller côté cerveau pour mesurer sa force et contrôler ses pulsions. En un mot, le garnement faisait régner la terreur sur ses camarades, dont la plupart le fuyaient farouchement. Ne s'acoquinaient avec un pareil énergumène que Philibert Guyonvarc'h, le fils de la gueule cassée, et Onésime Piriou, ce qui ne les dispensait pas de se faire rudoyer. Le prénom de ce dernier, aussi singulier, ne manquait pas de surprendre en pays breton. Il faut dire que le père s'appelait Ange, ce qui n'était pas non plus très courant. Sans doute avait-il voulu continuer dans l'originalité, une estampille familiale.

Léonce Decourt était né en 1912. Il avait donc deux ans de plus que Gwénola Aubertin. Il trouvait la petite demoiselle à son goût, avec sa crinière noire et bouclée, ses yeux de jais qui soutenaient les regards les plus effrontés. Il ne se décourageait pas de lui tourner autour malgré les rebuffades qu'il essuyait s'il poussait ses avances un peu trop loin. Aurait-elle été un garçon, il aurait sans doute abusé de la force pour la plier à ses exigences, mais il conservait assez de dignité pour ne pas lever la main sur une fille. Tout au plus la détaillait-il avec des yeux de cocker amoureux en roulant des pectoraux et en bombant le torse. Elle en souriait avec une lueur ironique au fond des prunelles. Ne récoltant aucun encouragement en retour, il se permit un jour de lui enlacer la taille en se glissant derrière elle. Gwénola se retourna et dans le même mouvement lui expédia une mornifle qui claqua aussi fort que voile dans le vent. Cet épisode cocasse se déroula sur les dunes en haut de la grève, où se trouvait réuni ce jour-là l'essentiel de la bande juvénile. Devant une pareille brute, les autres gamins courbaient l'échine généralement. D'avoir vu le fier-à-bras se ramasser une giroflée à cinq pétales, ils se tordirent de rire, le faisant fulminer encore davantage.

Du fait de leur complicité, Aubin et Gwénola ne s'intégraient pas vraiment à la progéniture de Keravel. Aussi faisaient-ils figure de dissidents, ce qui ne les gênait nullement. Ne parvenant à amadouer la demoiselle, Léonce Decourt décida de s'en prendre à celui qui le supplantait. La vengeance des minables.

La récolte du goémon d'épave était un jeu que les enfants adoraient dès que les parents les jugeaient assez vigoureux. Quel bonheur de patauger dans les longues laminaires visqueuses, qui leur filaient entre les doigts comme des anguilles encore vivantes ! Dans lesquelles ils se roulaient comme de jeunes chiens fous. Ils les remontaient par brassées, se bousculant en riant, se faisant rabrouer s'ils démolissaient les meulons déjà esquissés. Des demoiselles, il va sans dire que Gwénola Aubertin était la plus acharnée, maniant le râteau avec force et dextérité, triant du premier coup d'œil les algues qu'il convenait d'éliminer parce qu'impropres à fournir de la soude. Aubin faisait équipe avec elle. Les adultes s'amusaient de leur inclination réciproque. Ils taquinaient les parents.

— Faudrait peut-être penser à les marier avant qu'ils vous ramènent un petit mousse à la maison.

— T'inquiète pas pour ça, répondait l'un ou l'autre des paternels. On ne leur a pas encore donné le livre de recettes où c'est expliqué comment s'y prendre.

Une telle repartie déclenchait une bordée de nouveaux quolibets.

— Ils ne seront pas plus bêtes que les autres, vos deux tourtereaux. Ils découvriront tout seuls comment glisser une pièce dans la tirelire.

Léonce recevait tous ces sous-entendus comme autant d'affronts.

Un matin de mai, où la tempête de la nuit avait brassé les fonds et détaché le goémon en abondance, femmes et enfants s'activaient, tandis que les hommes étaient dans les barques à couper le goémon de rive. Gwénola et Aubin avaient pour habitude de s'écarter du groupe. Léonce les surveillait du coin de l'œil. Les deux amis disparurent derrière un éperon rocheux, où les laminaires s'étaient accumulées. Il les suivit en se dissimulant. La fille était toujours la plus intrépide, elle descendit au plus près du flot, plantant son compagnon au milieu de l'estran. Déjà elle était à l'ouvrage, pataugeant dans ce qui ressemblait aux tripes d'une mer éviscérée. Il y avait ce jour-là de quoi approvisionner les fours voraces pendant plusieurs heures. Elle jubilait de prouver une fois de plus son efficacité à la communauté villageoise, non par orgueil, mais avec la satisfaction de fournir sa quote-part à la pratique industrieuse, alors qu'elle n'était encore qu'une enfant. Elle commença à remonter la précieuse laisse de mer.

— Tu pourrais peut-être venir m'aider au lieu de rester à compter les bigorneaux !

Pas de réponse. Elle se tourna vers le haut de l'estran en remontant les mèches qui lui dégoulinaient sur le front et dans les yeux. Aucune trace d'Aubin. Il avait rejoint les autres, dans la masse desquels il pourrait se fondre, ce ne serait pas la première fois qu'il se serait défilé quand la tâche le rebutait. Elle allait reprendre la besogne quand il lui sembla apercevoir une silhouette dissimulée derrière les rochers qui barraient la crique. Elle s'avança, le regard dardé dans la direction. Elle ne s'était pas trompée. Ce n'était pas Aubin, mais cet enfoiré de Léonce Decourt qui les espionnait. Se sentant découvert, celui-ci se redressa et s'éclipsa. Comme un rôdeur, pensa-t-elle. Elle augurait que, tôt ou tard, il s'en prendrait à Aubin. D'un rapide coup d'œil, elle inspecta la grève. Elle appela le jeune garçon, pas de réponse, une vague d'angoisse lui fit craindre le pire. Soudain, elle aperçut un amas de goémon, elle ne se souvenait pas l'avoir vu à son arrivée. Elle se précipita, dégagea les algues visqueuses à la manière d'un chien qui creuse. Un gémissement en émana alors. Un pied apparut, elle saisit la jambe et tira vigoureusement le corps d'Aubin. Il était évanoui, il avait le souffle court. Elle le tourna sur le flanc, le secoua, lui tapa dans le dos à grandes claques. Il revint à lui, suffoqua, tenta de se redresser. Ne trouva que la force de vomir.

Gwénola n'eut pas de mal à comprendre ce qui s'était passé.

— Ça va mieux ?

Aubin haletait encore, mais il recouvrait ses esprits.

— Qu'est-ce qui t'est arrivé ?

Il déglutit avec peine.

— Je ne sais pas. Quelqu'un…

— Quelqu'un, quoi ?

— Quelqu'un m'a tapé sur la tête.

— Qui ? Léonce ?

— Je ne sais pas. Je n'ai pas vu qui c'était. Après je ne me souviens plus de rien.

L'autre petit con l'avait assommé et enfoui sous les algues. Il avait tenté de le tuer, ni plus ni moins. Gwénola aida son camarade à se redresser. Il titubait, il s'accrocha au bras de la jeune fille qui venait de lui sauver la vie une deuxième fois.

— Viens. Ne restons pas là, dit-elle.

3

Elle lui avait pris la main, comme une mère avec son enfant. Elle contourna l'éperon derrière lequel s'était joué le drame, à l'insu des autres goémoniers. Les meulons parsemaient la grève jusqu'au pied des dunes. Personne ne prêta attention à eux. Gwénola s'arrêta, assura la prise. D'un coup d'œil rapidc, clle inspecta les rangs des moissonneurs de l'estran. Son regard se fixa sur la silhouette qu'elle cherchait.

Léonce les avait vus déboucher au bout des rochers. Avait-il réellement voulu tuer son jeune rival ? Non, sans doute. Il était assez sot pour avoir agi sans réfléchir, des jeux de gamins cabochards. Que désirait-il sinon donner une leçon à la petite prétentieuse, dissuader le petit guignol de se la croire promise quand celui-ci aurait entre les jambes de quoi l'honorer de virile façon ? Parce que, lui, Léonce Decourt, se prétendait déjà outillé de ce côté-là. Alors, pourquoi faire la fine bouche en lui préférant un freluquet qui avait encore la morve au nez ?

Pour l'instant, le butor feignait de les ignorer. Mais il savait que la Gwénola allait lui réclamer des comptes, puisqu'elle l'avait découvert en train de les épier. Celle-ci tira son compagnon, qui n'avait toujours pas compris ce qui lui était arrivé.

Gwénola se planta dans le dos de Léonce sans que celui-ci bronche davantage.

— J'aurais deux mots à te dire.

Il se retourna, esquissant un sourire niais.

— Je t'écoute, bafouilla-t-il.

— Si tu t'avises de toucher une nouvelle fois à un seul cheveu d'Aubin, tu auras à le regretter.

Sûr de sa force physique, Léonce avait repris du poil de la bête.

— Comment, si je peux me permettre ?

Il n'eut pas le temps d'esquiver l'attaque. Gwénola fonça sur lui, lui crocheta la jambe comme un lutteur de *gouren* – la lutte bretonne toujours en pratique –, et dans le même mouvement le poussa vigoureusement en arrière. Il s'affala de tout son long dans le sable vaseux.

— Comme ça !

Craignant un nouveau coup, Léonce rampait en arrière sur le dos. Elle le dominait, les poings sur les hanches, impressionnante, le fusillant du regard.

Les femmes avaient levé l'échine et observaient la scène. Ce grand couillon de Decourt, aucune ne le portait dans son cœur, hormis sa mère, et encore pas tout le temps.

— Alors, le Léonce, on apprend à nager ? lança l'une d'entre elles, levant un immense éclat de rire parmi ses collègues.

Jacqueline Aubertin, la mère de Gwénola, se demandait ce qui se passait. Elle vint aux nouvelles.

— Rien, répondit sa fille. C'est une affaire réglée. Pour l'instant. Viens, Aubin, on retourne travailler.

Quand on s'arroge le droit de jouer au matamore, une déroute aussi cuisante laisse des traces, sinon des blessures qui tardent à cicatriser. Était-il pire atteinte à sa dignité que d'avoir été ridiculisé par une fille aux yeux de ses vassaux ? Léonce Decourt disparut de la circulation durant quelques jours. Gwénola savait qu'elle n'était pas quitte pour autant, elle s'attendait à un coup fourré.

Les mois s'écoulaient, au rythme imposé par ce diable de goémon. Il avait été ensilé en attente des beaux jours qui permettraient de l'étaler sur les dunes afin de le faire sécher à la manière des faneurs avec le foin, à condition que le soleil ne joue pas les paresseux et en croisant les doigts pour qu'il ne pleuve pas trop. Le soir, il était rassemblé en meules que l'on recouvrait de bâches, car les longues laminaires en pleine dessiccation redoutaient la rosée matinale. Si le ciel se montrait trop menaçant au cours de la journée, les femmes s'empressaient de les mettre à l'abri.

Après le séchage vint la période du brûlage. Une pratique aux allures dantesques. La consécration de la tâche débutait généralement dès le début de l'été, notamment pour le goémon d'épave, en fonction de la récolte effectuée. On ne brûlait pas n'importe comment, c'était un art que maîtrisaient les vrais pigouyers depuis l'enfance. Quand ce n'était pas congé, les gamins s'enfuyaient de l'école avant même que la parole du maître ne les ait libérés, du moins ceux qui y assistaient, car beaucoup étaient déclarés souffrants par les parents pour qu'ils donnent la main à la tâche.

Les fours creusés sur la dune et tapissés de pierres plates étaient allumés dès l'aube, à l'aide de fagots de genêts ou d'ajoncs, jusqu'à obtenir un lit de braises. Alors le goémon était apporté. Par petites poignées on l'éparpillait dans la fournaise. Il s'en exhalait une fumée à la fois âcre et parfumée, plus épaisse que les traîtresses brumes montées du large certaines nuits. Elle faisait pleurer et tousser les moins malins, assez sots pour se positionner face au vent, et qui se ramassaient les volutes en pleine gueule. Au bout de quelques heures, le paysage tout entier disparaissait dans un immense nuage, dilacéré en voiles fantasques par les bourrasques, au point de noyer la mer jusqu'à plusieurs encablures de la côte, au point que les autorités maritimes se sentaient obligées d'alerter les patrons des bateaux, les passes dangereuses n'étant plus visibles.

Le brûlage durait toute la journée sans discontinuer, sous la surveillance des plus chevronnés, eux-mêmes contrôlés par l'œil impitoyable de Croguennec, persuadé que la réussite de l'entreprise dépendait de sa présence. Des précautions incontournables, il convenait en effet de réguler le tirage sur toute la longueur du four, de façon à atteindre la température nécessaire pour la fusion des cendres des algues, et de veiller à ne pas la dépasser de crainte de voir s'évaporer l'iode, de propension volatile.

Il va sans dire que pour rien au monde Gwénola et Aubin n'auraient manqué pareille « cérémonie ». Excité comme un jeune chien, le garçon courait en tous sens, offrant son visage aux fumées portées par le vent, malgré les recommandations de son amie qui estimait indigne d'exhiber ses enfantillages.

Léonce Decourt avait réintégré la compagnie des enfants. Son aura sérieusement ternie, il paradait moins, avait la main moins leste envers ses camarades. Ceux-ci se permettaient maintenant de l'asticoter, à distance toutefois. Il évitait farouchement celle qui l'avait humilié, ignorait son compagnon, comme si celui-ci était soudain devenu transparent.

En fin d'après-midi, la cavité de chaque four était emplie d'une masse incandescente. Commençait alors le *pifonnage* qui allait durer une heure ou deux. À l'aide de barres de fer, la soude obtenue était malaxée énergiquement comme une bouillie d'avoine, afin de la rendre compacte lorsqu'elle refroidirait. Puis on la façonnait à coups de houe en blocs de volumes à peu près identiques.

Les travailleurs, écarlates comme des forgerons, avaient enfin le droit de souffler. Une tâche phénoménale, de trois tonnes de goémon sec brûlées on tirait six cents kilos de soude, et l'usine n'en extrairait qu'entre six et neuf kilos d'iode, le produit final si précieux. S'ensuivait la veillée à la manière des grands travaux communautaires de l'arrière-pays. Assurant le rôle de vivandières, quelques femmes avaient apporté de quoi s'abreuver. Au signal de Croguennec, elles ne furent pas les dernières à lever leur verre pour consacrer une journée si bien remplie. Des lueurs rougeoyantes montaient des fours. Dans l'ombre crépusculaire, elles dessinaient des masques de sang aux villageois réunis comme autour d'un immense feu de camp. Ces soirs-là, ils dînaient sur place. Il n'était de meilleurs grils que ces pains de soude encore brûlants. Les cuisinières y disposaient des pommes de terre en robe des champs, des poissons évidés, des berniques décollées des rochers en contrebas, et auxquelles on avait arraché la tête et les boyaux en pressant du pouce la sole élastique. Des mets simples, mais qui devenaient de festin en cette occasion, magnifiés par le goût incomparable de l'iode chaud.

Gwénola gardait un œil sur Aubin. L'occasion était trop belle pour ce connard de Léonce Decourt de le bousculer dans l'un des fours à l'écart dans la pénombre. Elle était d'autant plus inquiète que le grand escogriffe avait disparu.

Les regards se voilaient derrière les brumes de l'ivresse, les hommes s'écartaient pour se soulager, les femmes s'accroupissaient mine de rien derrière les touffes d'ajonc, les gamins n'osaient plus s'éloigner dans les obscurités où rôdait pour sûr l'*anaon*, les âmes des disparus en mer. En ce pays Pagan au cœur du Léon, il était pour habitude de danser un rond à trois pas. Une gestuelle endiablée où les bras balançaient ferme, avec des avancées et des reculés énergiques, bondissant au refrain, pareils aux vagues à l'assaut des rochers par soir de tempête. L'enthousiasme endiablé dissipait la fatigue des corps harassés. Respectant la coutume en vigueur, le chant menait la ronde. À Keravel, Olivier Rivalain n'avait pas son égal pour pousser la rengaine. *Round !* clamait-il, lorsque, après quelques mouvements de mise en train, la ronde avait trouvé la cadence. Puis il enfilait les couplets, repris à pleine goule par les danseurs.

Charles Croguennec ne dansait pas, lui. Il observait la ronde, campé en hauteur sur la dune. Sa silhouette sèche se découpait sur le ciel bleuté, un rapace nocturne, figé dans une immobilité inquiétante de statue hiératique. Gwénola ne l'aimait pas, pour des raisons qu'elle ne parvenait pas à définir. Sans doute en partie parce qu'il était borgne. Son œil valide paraissait toujours à fouiner, à côté de la fixité déconcertante de son calot de verre, préférable toutefois à l'orbite creuse quand il l'enlevait pour effrayer les enfants.

Gwénola adorait la danse, elle, un des rares moments où elle s'intégrait sans arrière-pensée à la collectivité. Elle se débrouillait fort bien avec son corps souple comme une liane et ses impulsions autoritaires quand l'appui rompait l'envolée du mouvement. Quant à Aubin, trop timide, il n'osait encore y participer. Lui recommandant de rester bien en vue, elle s'intercala parmi les adultes, on lui fit place bien volontiers. Aussitôt une main vigoureuse empoigna la sienne, la gauche.

— Tu m'en veux toujours ?

Un bref regard latéral, Léonce Decourt. Alors qu'il n'avait que douze ans, son haleine fleurait déjà l'alcool. Elle détourna les yeux. Se garda de répondre. La danse commença, mais le cœur n'y était plus. Il lui serrait les doigts à lui faire mal, lui tirait le bras en arrière puis en avant à lui déboîter le coude. Au bout du premier couplet, elle feignit de se tordre la cheville et se retira. Il en fit de même, se tint quelques secondes à l'observer. Ses yeux flamboyaient, elle ne baissa pas les siens. S'il n'eut pas l'audace de l'aborder une seconde fois, il lui cria qu'elle ne perdait rien pour attendre, une menace dissipée dans le chant guttural qui résonnait dans l'espace, comme une étrange mélopée païenne.

4

Cette nuit-là, Aubin dormit chez les Aubertin, dans la chambre de Gwénola. Ils étaient encore des enfants, les parents ne s'offusquaient pas à les voir partager le même lit. Ils dormaient habillés toutefois et gardaient autant de distance que leur permettait la largeur du matelas. Sauf quand Aubin avait peur, et cela lui arrivait souvent. Il avait entendu la menace de son tourmenteur malgré la clameur du chant Pagan, il en était encore effrayé. Sa main chercha à tâtons celle de son amie. Elle répondit à la pression des doigts, il se blottit contre elle.

— Tu veux bien ?

— Oui, soupira-t-elle. Qu'est-ce qu'il y a ?

— J'ai peur qu'il te fasse du mal, balbutia-t-il.

Elle ricana faussement.

— Ne t'en fais pas pour moi. C'est plutôt à toi de te méfier.

— Moi non plus, je n'ai pas peur ! se récria-t-il, bravache. S'il m'approche, je lui casse la gueule, ou je lui lance une pierre.

— Faudra alors apprendre à bien viser, parce que si tu le rates, il t'attrapera et te tordra le cou comme à un vulgaire poulet.

Aubin soupira. Il s'escrimait à conserver les yeux ouverts, mais ses paupières étaient trop pesantes après une journée aussi chargée en émotions. Son souffle s'apaisa, son corps se détendit, il s'endormit en marmonnant des propos inintelligibles. Elle ne tarda pas à en faire de même.

Ce fut l'affairement des parents dans la grande pièce qui réveilla les deux enfants ; les Mainguy s'efforçaient d'être discrets, car ils avaient décidé de laisser les petits se reposer, mais Gwénola avait l'ouïe fine. Elle avait passé une nuit agitée, peuplée de cauchemars où ce crétin de Léonce s'en prenait à son jeune protégé. Elle se leva sans faire de bruit, mais Aubin en eut aussitôt conscience. Il mit cependant quelques secondes à se demander où il se trouvait.

— Dors encore un peu si tu veux, lui dit-elle avec une tendresse toute maternelle.

L'idée d'être abandonné par son ange gardien le convainquit de se lever sur-le-champ. Il avait les yeux chassieux, pleins de *pikous* comme on dit en breton. Armand Aubertin était attablé devant un grand bol de café, dans la pièce qui servait de cuisine et de salle à manger. Jacqueline avait entendu bouger ses pensionnaires, elle leur préparait du lait bien chaud sur la cuisinière, surveillant les tartines sur le grille-pain au-dessus des braises de la veille dans la cheminée.

— Bien dormi ?

Gwénola soupira, la mère se retourna.

— Des ennuis, ma belle ? s'étonna le père.

— Non, non…

— C'est Léonce, intervint Aubin, ignorant les regards noirs de son amie. Il n'arrête pas de nous embêter.

— Léonce ? Cet imbécile de Léonce Decourt ? demanda Armand.

— Tu n'as pas remarqué qu'il passe son temps à tourner autour de notre demoiselle ? fit la mère.

— Tant qu'il se contente de la reluquer, il n'y a rien à lui reprocher. Tous les garçons de son âge font pareil avec les filles un peu jolies. Tu as oublié ?

— Il a essayé de me faire du mal, reprit Aubin, soucieux de s'allier les parents Aubertin. C'est Gwéno qui m'a sauvé la vie.

— Ah ! Tu parles de la fois où Gwénola l'a allongé dans la vase ?

— Oui. Il a promis de se venger. Il l'a dit encore hier soir, pendant que tout le monde dansait.

— Des paroles en l'air, fit le père en haussant les épaules. D'après ce que dit tout le monde, le Léonce, il est plus bête qu'une oie. Vous voulez que je lui en touche deux mots ?

Gwénola maudissait Aubin de mêler ses parents à ses petites affaires.

— Certainement pas ! Ce serait nous faire passer pour des bébés incapables de se défendre.

La conversation en resta là. Les pénombres célestes se teintaient d'ambre là où le soleil allait bientôt se lever. Il était temps de rejoindre les autres pigouyers.

La même agitation régnait dans toutes les maisons du village. Une seconde journée de brûlage allait débuter, il fallait profiter que le ciel soit clair, car une averse aurait été catastrophique pour les fours en pleine combustion. Armand Aubertin descendit vers la grève, accompagné des deux gamins, un peu moins alertes que la veille. Jacqueline les rejoindrait un peu plus tard, le temps de ranger la maison et de faire un peu de ménage. Ça devenait un véritable taudis !

Le village se retrouva au complet à traverser la dune : les organismes des goémoniers étaient réglés par la même horloge, sommeil court mais profond, lever à cinq heures, un brin de toilette avant un solide petit déjeuner, puis direction la côte.

Pendant la nuit, la soude avait fini de se solidifier. Il convenait de l'extraire des fours afin de remettre ceux-ci en activité au plus vite. De chacun on tirerait huit à dix pains, de soixante à quatre-vingts kilos. Pour ne pas les briser, on ôtait les pierres à l'une des extrémités du four, et la section trapézoïdale de la cavité facilitait l'extraction. Pendant qu'une partie des goémoniers remettaient tout en place pour la seconde journée de brûlage, les charrettes étaient attelées pour aller déposer les blocs de soude à la pointe dite de *beg an usin* à Pors Gwen, où un bateau viendrait les chercher pour les transporter. Protégés par une bâche, pour que la soude ne s'effrite pas.

Le brûlage dura toute la semaine. Une fois n'est pas coutume, le ciel se montra clément. Le goémon d'épave ayant épuisé sa manne, s'intensifiait la récolte des longues laminaires au large, ouverte depuis le 25 avril et à laquelle tout le monde participait, le goémon de faucille, dont les stipes vigoureux restaient accrochés aux rochers. Chaque jour, les barques s'aventuraient un peu plus loin.

Ce matin-là, il faisait presque beau. Presque seulement. Une sérénité hypocrite dont il était prudent de se méfier davantage que des francs coups de tabac. Mais, à moins que la tempête ne fasse vraiment rage, renoncer à ramasser le goémon aurait constitué une lâcheté suprême pour tout pigouyer digne de ce nom.

Les barques tutoyaient les récifs au plus près. Les goémoniers quittaient l'embarcation, s'enfonçaient jusqu'à mi-corps dans l'eau glacée. De leurs lames recourbées et acérées, ils fouillaient les fonds, détachaient les longues chevelures que les femmes et les jeunes gens récupéraient derrière eux.

C'était une autre forme d'aventure à laquelle Gwénola prenait plaisir et elle tenait à accompagner ses parents aussi souvent que possible. Les Aubertin possédaient une barque eux aussi. Ceux-ci s'effrayaient de la témérité de leur gamine quand elle en sautait à pieds joints, elle en riait. Se tournait vers eux dans l'eau qui la léchait doucement comme une mère affectueuse.

— Vous avez oublié que je suis une sirène ? Neptune veille sur moi, je l'ai vu en rêve pas plus tard que la nuit dernière. Il m'a dit les yeux dans les yeux que je ne risquais pas de me noyer.

— Ne plaisante pas avec ces choses-là, petite prétentieuse, soupirait Jacqueline en secouant la tête. Si les forces du mal tapies au fond de l'eau t'entendaient, elles seraient capables de venir te chercher, tu ne serais pas la première.

Elle riait de plus belle en s'éloignant résolument dans le flot. Gwénola était à son affaire, multipliant les prouesses d'agilité, l'eau salée lui clapotant jusque sous le menton. Elle cherchait ses appuis entre les rochers qu'elle ne pouvait voir, les escaladant sans jamais perdre l'équilibre ni s'écorcher aux balanes tranchantes. Elle avait sa faucille personnelle, un peu moins grande que celle des adultes, mais fixée sur un manche aussi long, et dont elle se servait avec une dextérité qui n'avait rien à leur envier. Loin d'être aussi leste, le père avait du mal à la suivre, lui criait de faire attention.

Les Decourt étaient à l'ouvrage dans le même secteur, Léonce observait la petite mijaurée à distance. Malgré son ressentiment, il ne pouvait s'empêcher de l'admirer. Une putain de sacrée gonzesse, comme il disait à ceux de ses camarades qui lui prêtaient l'oreille. À l'entendre, tôt ou tard, il se faisait fort de la dompter, et alors, une fois qu'elle y aurait goûté, elle ne pourrait plus se passer de lui !

Quand le coin était productif, la barque ne suffisait pas à rapporter la quantité d'algues coupées à la faucille. Qu'importe, de huit cordes entrecroisées perpendiculairement, les goémoniers tressaient un savant assemblage, une *drome*. Ils l'amarraient au cul de la barque et ils y entassaient les lourdes laminaires. Dame ! une fois la drome pleine à ras bord, il s'agissait de ramer ferme pour ramener la cargaison sur l'estran. Un procédé en apparence artisanal, mais rudement efficace.

Ce jour-là, les Aubertin durent y avoir recours. Leur drome était pleine au point de craindre que les cordages ne cèdent, ou que la charge ne bascule d'un bord ou de l'autre. Jacqueline Aubertin était restée à bord.

De temps à autre, elle joignait les mains et fermait les yeux, jamais rassurée de voir sa fille aussi intrépide. Aussi se sentit-elle soulagée quand son époux ordonna de rentrer. Le père et la fille remontèrent dans la barque, tous trois s'arc-boutèrent aux rames et se mirent à souquer. Ils avaient été gourmands, la mer devint une mélasse épaisse qui collait aux avirons. Quand la drome se décida enfin à se mouvoir, ses cordes se prirent dans un dédale de rochers où elle resta coincée. Le temps était en train de virer, le vent se leva, le ciel se voila d'une brume de mer qui s'étendit jusqu'à la côte.

Lui-même occupé à la récolte avec ses parents, Léonce assistait au « naufrage ». Pensez avec quelle jubilation il s'esclaffait de l'embarras des Aubertin ! Gwénola eut conscience d'être épiée. Avant que son père ne lui en formule l'interdiction, elle se retrouva dans le flot. Elle empoigna les cordages, les tira d'un bord et de l'autre. Mais elle n'avait pas la force.

Dans une communauté aussi soudée, il était impensable de laisser des malheureux dans la mouise. Ce jour-là, en qualité de goémoniers les plus proches, il revenait aux Decourt d'intervenir.

— Attends, Armand, on va te donner la main !

Jean-Paul Decourt était un gaillard de près de deux mètres, à la carrure impressionnante. Devant lui, son gredin de fils filait doux, alors qu'il narguait volontiers sa mère. Le père lui ordonna de porter secours aux Aubertin.

— Ils n'ont qu'à se démerder, ronchonna le jeune garçon à voix basse, tout en sachant qu'il n'y couperait pas.

Le père l'attrapa par le col de son ciré et le bouscula dans l'eau où il le rejoignit.

— Tu viens tout de suite ou je t'en colle une dont tu te souviendras.

Ce n'était pas une menace en l'air. Mortifié, Léonce n'eut qu'à s'exécuter. Avec deux paires de bras supplémentaires à la pousser, la barque reprit sa progression vers la plage. Au bout de quelques minutes, elle parvint à portée de la charrette qui attendait, les essieux dans l'eau, avant de récupérer la précieuse récolte et de la transporter par le chemin dans les dunes.

Gwénola eut l'élégance de ne pas profiter de la situation. Elle se fendit même d'un remerciement quand le père et le fils Decourt s'éloignèrent, toutefois sans regarder directement son soupirant. Blessé dans son orgueil, celui-ci fulminait intérieurement. D'avoir été contraint d'obéir comme un gamin sous les yeux de la traîtresse ne fit qu'attiser son désir de vengeance.

5

Avec l'automne s'acheva l'exploitation du goémon de rive pour les habitants de Kerlouan et des villages côtiers, tandis que se poursuivait la cueillette du lichen *carragheen*, le goémon blanc. C'était l'occasion de s'occuper un peu des champs, qui ne servaient en fait qu'à une agriculture vivrière, afin de préparer la terre pour le printemps suivant. S'ouvrait une période de pêche. Les pigouyers se consacraient essentiellement à la capture des homards et autres crustacés, dont regorgeaient les eaux de la Manche, ils y excellaient. Les chiffres fournis par les affaires maritimes en témoignaient : en 1922, plus de cent bateaux appareillaient de Kerlouan et de Brignogan, pas loin de deux tonnes en cette seule année. Cette pêche se pratiquait au casier que les barques et les petits bateaux immergeaient à proximité des zones rocheuses. Contrairement à la récolte du goémon, le partage n'était pas de mise à Keravel, chaque famille œuvrait pour son propre compte.

Armand Aubertin avait la réputation d'être un redoutable pêcheur. Ce n'était pas usurpé. Les autres villageois s'escrimaient à le suivre dans les passes où il risquait son embarcation, mais il avait le chic pour leur échapper. On essayait bien sûr de lui tirer les vers du nez quand l'on trinquait entre amis, mais le bougre tenait la bouteille et ne se laissait pas aller à la confidence, même quand Charles Croguennec tentait de l'impressionner avec des discours où il parlait de solidarité, de socialisme rural, et tout le boniment habituel.

Jacqueline l'accompagnait volontiers, flattée d'être la « matelote » d'un pareil marin. Elle aussi savait tenir sa langue, les commères ne tiraient d'elle qu'une grimace ironique, ou une fausse information, dont elles n'étaient pas dupes.

Le père était fier du caractère de Gwénola, il ne regrettait plus que son épouse lui ait offert une fille et non le petit goémonier qu'il espérait. Il lui inculquait tout ce qu'il savait de la mer, il n'y avait pas grand-chose qu'il ignorait, des dangers, de sa versatilité, de ses colères sournoises, du respect que lui devait tout marin s'il entendait que le combat reste loyal. Dès qu'elle fut en âge de se tenir debout dans la barque, il l'emmena sur ses lieux de pêche, lui faisant goûter à la joie de relever les casiers et de découvrir les pensionnaires qui s'y étaient laissé prendre.

Aubertin s'aventurait dans des lieux pas possibles, ce qui expliquait que les autres villageois ne l'y aient pas suivi à son insu.

— Un jour, ta barque va se faire éventrer par les crocs de la bête marine, lui prédisaient les amis, quand ils ne le souhaitaient pas pour de bon.

Il répondait comme sa fille, en riant, avec cet air de bonté naturelle qui désarmait les plus vindicatifs, et dont jamais il ne se départait.

— Faut bien que quelques-uns d'entre nous se sacrifient pour donner à bouffer aux bestioles qu'on pêche.

Jacqueline le rabrouait dès qu'ils se retrouvaient seuls, avec des mots identiques à ceux qu'elle utilisait pour dissuader sa fille de blasphémer contre les forces du destin.

Armand et Gwénola avaient-ils trop bravé le ciel ?

C'était un matin fin octobre, de ceux où l'été semblait avoir oublié de plier boutique. La lumière n'était plus la même toutefois, plus douce, avec des opalescences dorées qui n'étaient pas sans rappeler celles de la côte d'Opale, pas si éloignées des Côtes-du-Nord, il est vrai.

Armand s'arrangeait pour ne jamais partir en même temps que les autres marins de Keravel, bien plus tôt qu'eux, ou une fois qu'ils avaient déjà tous pris le large. Ses collègues s'en amusaient :

— Garde-les, tes secrets, vieux roublard !

Il feignait de ne pas entendre.

Ce matin-là, il s'était levé de fort bonne heure. En ces veilles de Toussaint, Armand Aubertin dormait mal. Ne le quittait pas l'agonie de ses parents, morts tous deux de pneumonie à force de patauger dans les eaux saumâtres pour couper ce fichu goémon. Gwénola déboula dans la cuisine presque en même temps que son paternel, déjà équipée pour aller en mer, un épais chandail à col roulé, un pantalon qui moulait ses hanches musclées en train de prendre leur galbe de jeune fille.

Elle avait noué ses cheveux à la hâte, en une queue-de-cheval.

— Tu vas où, ma belle ? feignit de s'étonner le père.

— Au même endroit que toi, je crois bien…

— Ah bon. La maîtresse d'école ne t'a rien donné à faire ?

— C'est déjà bouclé, mentit-elle.

La mère suivait la conversation d'un air amusé en finissant d'essuyer la vaisselle de la veille.

— Tu t'es lavée, au moins ?

— Je le ferai en rentrant.

Elle avait réponse à tout, ne prit pas la peine de s'attabler pour vider le bol de lait que sa mère lui prépara.

— Prends le temps de manger quelque chose, quand même…

Elle chipa un croûton de pain et y enfonça ses dents de jeune louve.

— Bon, ça y est ? On y va ?

Le père rinça son bol d'une lichette d'eau-de-vie. La mère enfila sa tenue de côte et ils descendirent tous les trois à l'estran. Le cœur allègre, le père sifflotait. Sa femme avait l'estomac un peu noué, comme à chaque fois. Le village dormait encore quand ils laissèrent derrière eux les fermes les plus proches de la grève.

Les barques de Keravel étaient amarrées à des pieux fichés profondément. Armand Aubertin dénoua la corde de la sienne, ils la firent glisser jusqu'à l'eau sur le sable. La mer était haute, ils n'eurent pas grande distance à parcourir. Le père était animé d'un optimisme à toute épreuve quelles que soient les circonstances, un tempérament avec lequel il était agréable de vivre pour ceux qui le côtoyaient. Des moindres tracasseries – et même des épreuves les plus terribles –, il tirait des enseignements positifs pour les jours à venir. En commençant à souquer sur les rames, il augura que les casiers posés depuis l'avant-veille seraient pleins de gros homards, aux énormes pinces. Jacqueline riait :

— Tu dis ça à chaque fois, mon pauvre ami. À tous les coups, on ne va ramasser que des crabes verts.

— Eh bien, tant pis ! On fera de la soupe avec.

Avant que le soleil s'élève dans le ciel, il était fréquent qu'apparaissent des brumes assez cotonneuses pour estomper les silhouettes des récifs. Armand s'en moquait, à trente-huit ans et avec vingt ans de pratique, il connaissait les dédales de toutes les passes et aurait pu y guider son embarcation les yeux fermés.

— Tenez-vous, les filles ! On va jouer à cache-cache avec les sirènes.

En même temps, il faisait virer la barque derrière la barre rocheuse où il avait mouillé ses casiers, à l'abri des regards indiscrets, avec de petits drapeaux sur les flotteurs de liège.

Le pronostic d'Armand Aubertin s'avéra dès la première nasse que sa femme et sa fille l'aidèrent à remonter, deux homards, dont l'un de belle taille, ainsi qu'un tourteau trapu qui devait bien peser ses deux kilos.

— Je vous l'avais dit ! triompha-t-il en déposant les proies dans les caisses de bois.

Il reprit les rames, écarta l'esquif des rochers pour atteindre le second casier. C'est à ce moment-là que se produisit un craquement sinistre.

— Qu'est-ce que tu fabriques ? cria Jacqueline qui croyait qu'on avait talonné la roche.

— Mais rien ! répondit Armand, tandis que l'eau jaillissait dans le fond de l'embarcation. Jc ne comprends pas, il n'y a pas de rochcrs où on est.

Très vite, la barque fut pleine jusqu'aux plats-bords, et commença à couler.

— Nom de Dieu ! jura Armand. Accrochez-vous à moi, toutes les deux. Je vais vous sortir de là.

Un marin de sa trempe ne cédait pas à la panique. C'eût été un incident sans autre conséquence que d'avoir perdu la barque si Jacqueline n'avait été prise d'un soudain malaise, une hydrocution, sans doute, due à la froideur de l'onde en cette heure matinale. Armand l'empoigna à bras-le-corps en tentant de surnager de son bras libre. La malheureuse suffoquait, ingérant de l'eau par la bouche et les narines.

Gwénola n'avait pas eu conscience du drame qui se jouait à quelques mètres dans son dos. Véritable ondine, elle atteignait déjà les rochers quand elle se rendit compte que ses parents ne la suivaient pas. Elle se retourna.

— Attends, je viens t'aider ! lança-t-elle à son père.

— Certainement pas ! l'arrêta celui-ci. Regarde si les autres n'arrivent pas et fais-leur signe de rappliquer au plus vite. Je vais tenir jusque-là.

Gwénola se dressa sur le promontoire rocheux. Deux barques se profilaient en effet à l'horizon, dans la brume qui commençait à peine à se dissiper. Elle se dandina en agitant les bras et en criant. Quand elle fit volte-face, son père et sa mère avaient disparu.

6

Bien que pleine à ne plus pouvoir faire entrer personne, l'église Saint-Brévalaire de Kerlouan était silencieuse. La nef ne comptait pas moins de cinq travées. Dans la première se tenaient les gens de Keravel, affichant une dignité absolue. Derrière eux s'étaient installés les habitants des autres villages, qui avaient eu la discrétion de laisser une rangée vide comme s'il était indécent de se mêler à la communauté en souffrance. Ce n'était pas le premier tribut que payaient les goémoniers du pays Pagan. À échéance régulière se produisait quelque drame. Loin de se révolter contre le ciel, ils continuaient à prier ce Dieu qu'ils auraient pourtant pu taxer de cruauté. Sans doute estimaient-ils que c'était le loyer à régler pour profiter des richesses de la mer. Cette fatalité n'empêchait pas la douleur. Aimable ou revêche soit la victime, c'était toujours un déchirement.

Gwénola Aubertin avait été conduite au premier rang par Madeleine Mainguy, la mère d'Aubin. Près d'elle se tenait son ami, les parents du jeune garçon les encadraient, comme s'ils étaient frère et sœur. Il se sentait d'une certaine façon fier de l'assister dans son malheur.

Tous les regards étaient fixés sur elle, pas par voyeurisme, mais par réelle compassion. Les mains plaquées sur le haut des cuisses, la pauvrette restait immobile dans la lumière tamisée des quinze vitraux. Celle venant de sa droite lui paraissait destinée tout particulièrement, faisant scintiller un halo de poussière dorée qui la nimbait et lui sculptait la statue d'une sainte. Le visage impassible, bien que bouffi d'avoir trop pleuré, elle semblait étrangère à ce qui se passait autour d'elle.

Son esprit était ailleurs en effet, elle revivait en boucle la noyade de ses parents, un rêve sans vraie réalité, un mauvais rêve. Bien sûr qu'elle s'était jetée à l'eau dès qu'elle avait constaté leur disparition. Nageant comme un canard maladroit, pataugeant, toussant et reniflant, elle ne sortait la tête que le temps de reprendre sa respiration pour la replonger aussitôt. Le brassement du flot faisait ondoyer les algues comme de sinistres chevelures, qui empêchaient de distinguer quoi que ce soit dans la profondeur ténébreuse. Aucune trace de ses parents.

Les occupants des deux barques avaient vu l'appel au secours de la fille Aubertin. Ils comprirent tout de suite qu'il fallait faire vite. Ange Piriou et Clément Trouboul se risquèrent entre les rochers, là où ils avaient encore pied. Ils avançaient en fouillant les remous, mais ne trouvaient rien eux non plus. Camille, l'épouse Piriou, réussit à agripper Gwénola par son vêtement, à la remonter contre le flanc de la barque. Bien qu'essoufflée, celle-ci se débattait, hurlait qu'on la laisse chercher encore. Ils étaient là, Armand et Jacqueline, elle allait les retrouver ! Au bout de longues minutes, il fallut se rendre à l'évidence…

Les sauveteurs en mer déléguèrent une équipe sur les lieux du naufrage dès que leur fut transmise la nouvelle. Eux, parvinrent à localiser les deux corps, empêtrés dans les longues algues entre les récifs, encore réunis dans une étreinte mortelle. La barque ne fut récupérée que le lendemain, à l'aide d'un treuil monté sur une plateforme que l'on fit venir de Brignogan. De l'avis des spécialistes, l'embarcation avait dû heurter un étoc particulièrement acéré pour avoir été ainsi éventrée : une planche avait cédé sur toute la longueur, occasionnant une voie d'eau fatale. Ce qui intrigua tout le monde, ce fut qu'un marin aussi expérimenté ait commis une telle erreur…

Les cercueils étaient posés sur deux catafalques. Il était rare de réunir deux adultes lors des mêmes funérailles. L'allée s'était révélée trop étroite pour les accueillir côte à côte, comme ils l'auraient mérité. Les pompes funèbres avaient hésité, pour placer finalement le chef de famille en première position par rapport au chœur, comme s'il lui revenait de prendre la tête du dernier convoi. Lors de son oraison funèbre, le prêtre ne manqua pas de rappeler la dureté du métier des goémoniers, le courage de ceux-ci, l'acceptation du danger que cela supposait.

« Priez, mes frères pour le repos de l'âme d'Armand et de Jacqueline Aubertin que notre père tout-puissant a décidé de rappeler près de lui. »

Car il ne faisait aucun doute pour l'officiant qu'un pigouyer avait déjà effectué ici-bas une part suffisante de purgatoire pour mériter une place au paradis. Il jugea utile de souligner que, dans son immense bonté, ce même Dieu avait eu la charité de rappeler en même temps le mari et la femme dont la fidélité et l'affection mutuelles avaient toujours été exemplaires. Quelques toussotements dans l'assistance semblèrent le contredire. Il s'empressa d'entonner un cantique à la gloire de Santez-Anna, la mère de la Vierge Marie, que tout le monde vénérait en cette Bretagne péninsulaire, sans savoir pourtant qui elle avait été.

À son tour, Charles Croguennec s'avança dans le chœur afin de prononcer son éloge. Le silence devint encore plus palpable. Il y alla de son couplet pour vanter les qualités du couple disparu, des goémoniers expérimentés, les Aubertin, rudes à la tâche et jamais à se plaindre. Il rappela qu'en des circonstances aussi douloureuses, il convenait plus que jamais de rester soudés entre miséreux. Il recommanda la vigilance, le châtiment suprême frappait la moindre inattention. Il alla jusqu'à prôner la nécessaire modestie face à la force de la mer, qui punissait sans coup férir les orgueilleux et les présomptueux. Ce fut la seconde maladresse de la cérémonie.

À ces derniers mots, Gwénola tressaillit et lâcha un gémissement. Ses parents n'avaient jamais été des imprudents coupables de forfanteries ! Aubin lui pressa la main.

La messe s'acheva dans un moment de recueillement, les plus pieux affirmèrent par la suite avoir senti de façon tangible la présence des âmes des disparus dans le saint édifice, avant qu'elles ne s'envolent vers les cieux où les attendait tout le bonheur promis.

Le corbillard transporta les deux cercueils au cimetière, escorté de l'ensemble de l'assemblée qui entendait accompagner ses deux amis jusqu'au terme de leur dernier voyage, du moins dans son itinéraire terrestre. Une nouvelle prière fut psalmodiée par le prêtre. Le vent soufflait du large, portant les mouettes qui planaient au-dessus des croix, ajoutant leur lugubre mélopée à l'émotion, glaçant encore davantage la grisaille brumeuse.

Gwénola affichait toujours la même allure somnambulique, les lèvres entrouvertes, ne sachant que faire de ses mains, elle d'habitude si dégourdie. Le moment était venu de bénir les deux cercueils qui seraient ensevelis dans la même fosse, celui de l'homme par-dessus afin de protéger la femme qui l'avait suivi jusque dans la mort.

Fernand Mainguy et son épouse avaient pris l'orpheline sous leur aile. Madeleine évita à celle-ci le spectacle affreux de l'ensevelissement, la grêle de la terre sur les caisses en bois.

— Viens. Il faut que tu ailles recevoir les condoléances.

— Les quoi ? balbutia-t-elle, en clignant des paupières.

— Les gens ont besoin de te dire qu'ils prennent part à ta peine. Cela fait partie de la coutume lors des obsèques.

— Je ne veux pas… gémit-elle.

— Il le faut, Gwénola. Tes amis ne comprendraient pas que tu sois partie sans qu'ils t'aient dit un petit mot.

Ils se positionnèrent tous les quatre dans l'allée, un peu plus loin de la tombe où allaient reposer ses parents. Le défilé commença, les serrements de mains, les brèves accolades en se penchant vers elle, un baiser furtif sur la joue, des banalités murmurées auxquelles elle ne comprenait rien. Certains lui disaient deux mots des disparus, des gens si braves que c'était un crève-cœur de les voir partir si jeunes. Qu'elle ne s'inquiète pas, sa famille, ce serait à présent le village, Keravel tout entier, qui la soutiendrait dans cette épreuve terrible. Submergée, elle ne savait que répondre, n'avait plus la vivacité d'esprit pour trouver les termes « convenables ». Alors elle se contentait d'acquiescer d'un léger hochement de tête. Parmi les derniers se présenta Léonce Decourt. Lui aussi assura la demoiselle de toute sa sympathie.

— Tu peux compter sur moi, tu sais. Ce n'est pas parce que je t'ai taquinée un peu que je ne…

— Dégage, le coupa Aubin d'une voix rauque. Fiche-lui la paix.

Léonce obtempéra sans un mot de protestation. Les Mainguy regardèrent leur fils d'un air intrigué. Il avait les yeux fixes, le visage dur.

7

Au retour du cimetière, Gwénola demanda à entrer seule dans le logis où ses parents l'avaient élevée. Conscients de l'état second de la fraîche orpheline, les parents Mainguy se regardèrent, craignant qu'elle ne commette quelque bêtise. Aubin se rapprocha de celle qui l'avait si souvent protégé.

— Toi aussi, tu restes là, décréta-t-elle avec une voix monocorde dans laquelle ne transparaissait aucune émotion.

— Va, lui dit Madeleine. On ne s'éloigne pas, au cas où tu aurais besoin de nous.

— Non, je préfère que vous partiez. Ne vous inquiétez pas. Je vous rejoindrai tout à l'heure.

— Il faut comprendre qu'elle a besoin d'être seule, fit Fernand, alors qu'il ne comprenait rien lui non plus à ce que souhaitait la demoiselle. Viens, Mado, rentrons, il est bientôt l'heure de préparer le dîner. Prends ton temps, ma grande.

Gwénola attendit qu'ils se soient éloignés avant de pénétrer dans la demeure. Les Mainguy entendirent cependant les hurlements terribles que poussa l'orpheline. Madeleine s'arrêta, pétrifiée, sur le point de revenir.

— Non, laisse-la, la retint le père. Elle a besoin de vider l'abcès qu'elle a en elle.

Gwénola s'était laissée tomber à même le sol de terre battue. Elle se tenait la tête à deux mains. Son hurlement se dilua peu à peu en un gémissement sourd, ininterrompu, comme feulait la rumeur de la houle par nuit de grosse tempête, tandis que sur ses joues ruisselaient les larmes qu'elle avait retenues dans l'église et au cimetière. Puis elle resta prostrée, recroquevillée sur le sol, pendant un long moment. Dans son cerveau laminé résonnaient encore les voix de ses parents. Celle rugueuse du père, et pourtant empreinte d'une si chaude tendresse que sa pudeur retenait de manifester, celle plus douce de la mère, qui savait consoler, ou gronder sans hausser le ton, douce comme un bourdonnement d'abeille quand elle fredonnait en vaquant à ses occupations ménagères, la couture, le raccommodage des chaussettes qu'usait le frottement dans les bottes et les sabots, la cuisine, bien sûr – elle adorait mijoter des petits plats pour son époux et sa gamine, aussi gourmands l'un que l'autre.

Mais Armand et Jacqueline n'étaient plus là. Plus jamais Gwénola ne les entendrait, une réalité qu'elle ne parvenait à assimiler, qu'elle se refusait à admettre. Une nouvelle vague de sanglots la fit tressauter, puis son souffle s'apaisa, elle cessa de haleter, reprit peu à peu conscience du cadre qui l'entourait. Elle se leva lentement, se retint à la table parce que la tête lui tournait. Regarda à l'entour. Le grand lit, elle ne se souvenait pas d'y avoir vu ses parents allongés côte à côte, sauf ces derniers jours. En elle resterait imprimée de façon indélébile l'image de leur corps sans vie, dans leurs habits du dimanche, les mains jointes, leurs visages blêmes, comme de cire bleuie d'avoir séjourné quelques heures dans l'eau salée. Une vision horrible, malgré l'impression de sérénité qui émanait des deux gisants.

Gwénola replia les draps qui avaient servi à dresser la couche mortuaire, soigneusement, en s'assurant du moindre faux pli, puis elle les glissa par-dessus la pile dans l'armoire, comme elle avait vu sa mère le faire si souvent. Elle débarrassa le tabouret au pied du lit de l'assiette avec le rameau de buis qui avait servi aux visiteurs à bénir les défunts. Ne sachant que faire du fond d'eau bénite, elle se résigna à le vider dans le seau. Elle replia le torchon propre. Les voisines qui avaient veillé leurs deux amis avaient fait la vaisselle, nettoyé la plaque de la cuisinière. Tout était en ordre, se dit Gwénola. Il lui était souvent arrivé de s'occuper du ménage à la place de sa mère, mais ce jour-là, la tâche revêtait l'importance d'une mission sacrée, puisqu'elle était désormais la maîtresse des lieux. Elle sortit et ferma la porte à double tour, enfouit la clef au fond de sa poche et garda la main dessus à travers le tissu tout le temps qu'elle mit pour se rendre chez les Mainguy.

Charles Croguennec était là. À la vue de la fille, il se leva, l'air grave. Elle, se sentit vaguement contrariée.

— Nous parlions justement de toi.

Bien sûr qu'ils parlaient d'elle. Elle n'avait que douze ans. Si elle était capable de se débrouiller, il était cependant hors de question de la laisser vivre seule.

— Ainsi que tu peux t'en douter, tout le village est d'accord pour s'occuper de toi. Nous savons l'amitié qui vous lie, toi et Aubin. Fernand et Madeleine acceptent de t'héberger comme si tu étais leur fille, avec ton accord, bien entendu.

Gwénola s'attendait à quelque chose dans le genre. Les Mainguy étaient de braves gens, dans la droite ligne de ses parents disparus, mais ils ne roulaient pas sur l'or, elle constituerait une bouche supplémentaire à nourrir. Elle baissa la tête, consciente néanmoins qu'il n'y avait pas d'autre solution.

— Quand il y en a pour trois, il y en a pour quatre, avança gauchement le père qui avait compris les raisons de l'embarras de Gwénola.

— J'ai appris à me contenter de peu, murmura-t-elle avec un léger haussement d'épaules.

— De ce côté-là, tu n'as pas à t'inquiéter, Gwénola, fit Croguennec. Tous les villageois de Keravel sont prêts à mettre la main à la poche afin d'aider ceux qui deviendront tes parents adoptifs, en quelque sorte. Si tout le monde est d'accord, je veux bien m'occuper des papiers et officialiser la situation, de façon que tout soit en règle.

Madeleine s'approcha de l'orpheline.

— Nous savons combien tu es courageuse, et tu es plus adroite et aussi solide que bien des hommes. Tu nous aideras dans tous les travaux, avec une paire de bras en plus, la besogne ira plus vite.

Gwénola éprouvait le sentiment singulier de s'enfermer dans un piège dont jamais elle ne pourrait se libérer.

— Mais vous n'avez pas la place pour me faire dormir, se permit-elle.

— En attendant mieux, Fernand va descendre un lit que nous avions rangé au grenier après le décès du grand-père. On va l'installer dès ce soir dans la chambre d'Aubin. En se serrant un peu, elle est assez grande. De toute façon, ce ne sera pas la première fois.

— Je peux dormir chez moi. C'est juste à côté.

— Ce ne serait pas prudent, fit Croguennec. Il y a souvent des vagabonds à traîner dans les dunes, on ne sait jamais ce qui leur passerait dans la tête s'ils découvraient que tu es seule dans ta maison. Et puis, il y a les jeunes cons de Meneham, des vauriens qui seraient capables de venir te faire du mal rien que pour nous emmerder. S'il t'arrivait quelque chose, nous serions tous responsables, à Keravel.

— Et puis Madeleine vient de te dire que c'est en attendant mieux, intervint Fernand. D'ici la fin de la semaine, les copains vont me donner la main pour aménager l'appentis qui nous sert de débarras. Tu verras, tu n'y seras pas comme une princesse, mais tu ne seras pas malheureuse non plus.

Elle n'avait plus qu'à accepter. Dans la soirée, Gwénola retourna donc chercher ses affaires dans la maison de ses défunts parents.

Ce fut un dîner singulier. Ce n'était pas la première fois que la fille Aubertin partageait la table des Mainguy, toujours avec bonheur, mais ce soir-là, le cœur n'y était pas. Aubin lui-même paraissait préoccupé. D'habitude si glouton, il était en panne d'appétit, et la mère dut l'obliger à finir son assiettée de soupe.

Madeleine avait eu le tact de ne rien cuisiner qui provienne de la mer. Les poissons et autres bestioles auraient eu un drôle de goût.

8

Une brume diaphane estompait les silhouettes sombres des rochers, atténuant leurs saillies déchiquetées. La mer n'était pas encore basse. De toute façon, c'était un petit coefficient, elle ne se retirerait pas bien loin.

Gwénola se tenait sur la dune en haut de l'estran. Voilà trois jours que ses parents avaient été inhumés, mais elle ne parvenait toujours pas à se résoudre à leur disparition. Elle dormait mal, réveillée avant l'aube, s'attendant à les entendre dans la cuisine en train de se préparer pour aller relever les casiers, comme ce matin fatal. Sans faire de bruit de crainte de réveiller la maisonnée des Mainguy, elle prenait le chemin menant à la côte. Elle se postait à l'endroit d'où était partie leur embarcation, et elle attendait. Quoi ? Elle aurait été incapable de le dire. Sans doute éprouvait-elle le sentiment de pouvoir communiquer avec les chers disparus. Qu'eux aussi pouvaient la voir…

Le vent ridait la surface de l'eau en une myriade d'accents argentés, courait sur le sable encore humide, remontait à l'abordage de la grève. Par moments, une bourrasque plus vive agitait les oyats qui lui picotaient les mollets au-dessus des sabots, relevait jusqu'à mi-cuisses le bas de la robe sur laquelle elle avait enfilé un gros pull, à la hâte, échevelait un peu plus sa coiffure dont elle ne s'était pas souciée depuis le drame.

C'était en face, à quelques encablures, qu'avaient sombré Armand et Jacqueline Mainguy. Une distance dérisoire, dans des flots que le père pensait avoir apprivoisés depuis longtemps. Un accident, la fatalité, le destin, autant de paroles creuses que proféraient d'un ton doctoral les anciens lorsqu'ils descendaient à la côte, afin de surveiller quand même la pieuvre marine, de la défier encore avec l'insigne fierté de lui avoir échappé et le soulagement maintenant de ne plus avoir de dettes à lui régler.

Une larme coula sur le visage de la jeune fille, dont elle aurait été incapable de dire si c'était un ressac de chagrin ou à cause de l'air salé qui lui embuait les yeux. Elle s'avança lentement, en écarquillant les paupières, comme si elle espérait ressusciter les disparus. Soudain, elle crut que son rêve prenait réalité. Une tache sombre dans la première barre de récifs, celle que les canots avaient le plus de mal à franchir, de ceux qui avaient éventré la barque du père. Elle se frotta le visage, persuadée qu'il s'agissait d'une hallucination provoquée par la tension de la détresse. Elle s'avança encore. On aurait dit un gros poisson, ou un phoque – il leur arrivait souvent de s'échouer sur la grève.

Gwénola ne rêvait pas, ses sens n'étaient pas abusés non plus. Ce n'était pas un animal qui flottait parmi les goémons, mais un corps, les bras écartés, le visage dans l'eau, celui d'un homme. Elle se figea, se demandant si elle devait lui porter secours ou remonter chercher de l'aide à Keravel. Une vague venue du large rapprocha le naufragé et le fit rouler sur le flanc, dévoilant son visage. Elle se retint de respirer. Elle n'était pas sûre, mais il lui semblait bien… Vainquant sa répulsion, elle quitta ses sabots et se risqua dans le flot. Il s'agissait bien de ce nigaud de Léonce Decourt, mais plus jamais celui-ci ne l'importunerait.

Bouleversée, Gwénola s'empressa de remonter au village. Elle alerta les parents d'Aubin, essoufflée d'avoir couru.

— Il faut venir, vite…

— Qu'est-ce qui t'arrive, Gwéno ? s'étonna le père.

— Léonce, il est… il est…

— Qu'est-ce qu'il a encore fait ce satané Léonce ?

C'était Madeleine, elle avait le sourire aux lèvres, elle aussi savait les assiduités dont avait été victime leur nouvelle pensionnaire de la part de ce grand escogriffe.

— Je crois bien qu'il est mort, parvint enfin à proférer Gwénola.

Le père se leva en manquant de renverser son bol.

— Mort, qu'est-ce que tu racontes ? Comment ça, il est mort ?

— Je ne sais pas. Il a dû tomber à l'eau et se noyer. Il est sur la côte, en bas. Il faut venir.

— Ce serait bien de prévenir ses parents, proposa Madeleine.

— Tu crois… soupira Fernand.

Aubin sortit de sa chambre, les cheveux tout ébouriffés, se frottant les calots d'avoir été tiré de son sommeil par le remue-ménage.

— Habille-toi vite, lui dit la mère. Tu vas aller chez les Decourt leur dire que leur fils a eu un accident. Qu'il faut qu'ils nous rejoignent sur la côte.

— Qu'est-ce qui lui est arrivé ? Il n'est pas mort, tout de même ?

— Dis-leur de venir, c'est tout. S'ils te demandent, tu dis que tu sais pas.

Les autres villageois mettaient le nez dehors et vérifiaient les humeurs du ciel. Ils virent tout d'abord le fils Mainguy sortir comme une flèche, puis Fernand et Madeleine, suivis de l'orpheline. Ils comprirent qu'il se passait quelque chose d'anormal, s'en inquiétèrent. Fernand leur expliqua en deux mots : une noyade, peut-être qu'ils n'étaient pas trop tard. Qui ? Le fils Decourt.

La loi des séries, alléguerait la rumeur populaire. Quand les parents de Léonce débouchèrent sur les lieux, ils ne purent que constater eux aussi qu'il n'y avait plus rien à faire.

— Qu'est-ce qu'il fabriquait ici tout seul dans la nuit ? se lamentait Corentine, sa mère. D'habitude, il faut le tirer de son lit, sinon, il resterait dormir jusqu'à midi.

Croguennec avait appris la terrible nouvelle. Il ne fut pas long à rappliquer à son tour. Il n'était pas homme à perdre son sang-froid. Il inspecta le corps. Une plaie à l'arrière du crâne.

— Il a dû se casser la figure dans les rochers et se cogner la tête. La chute l'aura assommé, il est tombé à l'eau, il n'a pas eu la force de se relever, il s'est noyé.

Ce n'était pas le constat d'un médecin-légiste, mais ce devait être ainsi que le drame s'était déroulé.

Charles Croguennec habitait lui aussi au village. En qualité d'ancien propriétaire de l'ensemble, la famille possédait bien entendu la demeure la plus « confortable ». Ils avaient notamment fait construire une grange spacieuse, à l'arrière du corps principal. Leur fils l'utilisait à la manière d'une salle de conseil municipal, où il lui arrivait de réunir ses « administrés », à l'aube d'une décision importante, dont il ne voulait pas assumer seul les conséquences. Ce fut le cas dans l'heure qui suivit la découverte du corps de Léonce Decourt.

Les villageois s'étaient assis en arc de cercle. Le maître des lieux avait demandé que les enfants n'assistent pas à la réunion. S'installa un long silence, où chacun s'affaira à compter ses doigts, de crainte de croiser le regard des autres. La mère du défunt était restée avec son fils.

— Il faudrait peut-être prévenir les gendarmes, proposa Jean-Paul Decourt.

— Les flics n'ont rien à faire chez nous ! le rabroua sèchement Croguennec. Ton fils s'est cassé la figure dans les rochers. Il n'est pas le premier, ni sans doute le dernier. J'ai fait prévenir le docteur Maurice de Kerlouan. Il confirmera qu'il s'agit bien d'un accident.

Un murmure parcourut l'assemblée. Personne n'avait oublié l'altercation entre la fille Aubertin et le fameux Léonce, la façon dont elle l'avait allongé proprement sur le sable, les menaces qu'elle avait proférées s'il continuait à jouer au con. Comme par hasard, c'était elle qui avait découvert la dépouille de celui qui lui cassait les pieds depuis si longtemps. Mais bon… La pauvre gosse était bouleversée par le décès de ses parents. Peut-être que le fils Decourt avait entrepris de la consoler à sa façon, en se montrant trop entreprenant. Allez savoir ce qui était passé alors par la tête de l'orpheline... Elle n'avait pas supporté que son soupirant revienne déjà à la charge, elle l'avait bousculé, elle en avait la force et le tempérament.

C'était ce que tout le monde pensait plus ou moins, mais personne ne se sentait le droit de formuler ce qui aurait passé pour une accusation. Ce fut Francine Le Bras qui se permit la première allusion. Elle passait pour une fieffée commère, s'était frictionnée à plusieurs reprises avec Jacqueline Aubertin, à propos de sa fille justement, la Gwénola, à qui elle reprochait des allures un peu trop « gavaches ».

— Et si c'était pas un accident... avança-t-elle d'une voix fielleuse.

— Que veux-tu que ce soit d'autre ? demanda Fernand Mainguy, qui avait lui aussi la même drôle d'idée qui lui trottait dans la tête.

— Je ne sais pas, moi. Mais c'est quand même bizarre qu'un gaillard comme Léonce se soit ramassé une pareille gamelle dans les rochers. Vous ne trouvez pas ? dit-elle en prenant l'assistance à témoin.

— C'est pourtant ce qui est arrivé à Dédé Loriot l'année dernière, osa Maurice Salaün.

André Loriot, un gars de Meneham. Il avait fait une sévère cabriole dans les rochers, à peu près au même endroit que Léonce. Fracture des vertèbres cervicales et de la boîte crânienne, mort sur le coup.

— Oui, c'est vrai, reconnut Croguennec. Personne n'a été dire qu'il ne s'agissait pas d'un accident.

— Forcément, reprit Francine, puisqu'il y avait des témoins, alors que pour Léonce, personne n'était là pour dire ce qui s'est passé.

Croguennec commençait à trouver qu'elle poussait le bouchon un peu trop loin, et il n'était pas le seul.

— Ce n'est jamais bon de remuer la merde. Tout le monde est toujours éclaboussé, même ceux qui ne sont pas visés. Accident ou pas, personne ne saura jamais ce qui est arrivé à Léonce. Si vous voulez mon avis, c'est aussi bien comme ça.

Puis il s'adressa au père Decourt.

— Excuse-moi, Jean-Paul. Tout le monde ici compatit à ton malheur, et ce n'est pas faire offense à la mémoire de ton fils de dire que c'était un sacré enquiquineur quand il s'y mettait.

Le père ne put que hocher la tête d'un air résigné.

— De là à lui casser la tête, quand même... bredouilla-t-il en hochant la sienne.

Madeleine crut de son devoir d'intervenir.

— Ce n'est pas la peine de continuer à jouer les hypocrites. Vous savez tous que Gwénola est une chic fille. Cela faisait un bout de temps que Léonce lui tournait autour et s'en prenait à notre fils, parce qu'ils étaient amis, et qu'il était jaloux d'Aubin. Croyez-vous que si c'était elle qui avait assommé Léonce, elle serait venue nous prévenir ?

La remarque jeta un froid dans les rangs des villageois. Si on leur avait demandé qui ils préféraient de Gwénola ou de Léonce, pas un n'aurait hésité.

— C'est vrai, approuva Lucien Lalouette, l'éminence grise de Croguennec, qui n'admettait pas que l'on mette en cause les décisions de son maître à penser. Si c'était elle, elle n'aurait rien dit, elle aurait attendu que le corps soit découvert par quelqu'un d'autre, ce qui n'aurait pas tardé, vu que c'est l'heure où nous descendons tous à la côte.

Un gamin poussa la porte de la grange et passa la tête dans l'ouverture.

— Le médecin est arrivé !

La séance fut levée, tout ce petit monde se retrouva sur la place du village, devant chez les Decourt. Croguennec fut le seul à oser pénétrer avec le père dans le logis. Le corps ne présentait aucune autre blessure que celle à l'arrière du crâne, aucune trace de lutte, le docteur Maurice conclut lui aussi à un accident, une mauvaise chute ayant entraîné la noyade. Il délivra le permis d'inhumer sans faire d'histoires.

9

Il aurait sans doute été plus sage, se disait Gwénola, de prendre le temps de réfléchir plutôt que de se précipiter à Keravel, non pour chercher du secours, puisqu'elle avait compris très vite qu'il n'y avait plus rien à faire pour l'autre imbécile, mais pour signaler sa macabre découverte. Elle aurait évité de dévoiler sa présence sur les lieux sensiblement au moment où Léonce s'était abîmé dans les rochers avant de se noyer.

Afin de dissiper les soupçons, il allait de son intérêt d'assister aux obsèques du pauvre garçon. Elle s'était placée au bout du banc, dans l'église Saint-Brévalaire, à la gauche de Madeleine Mainguy. Dans l'autre travée se tenaient Aubin et son père. D'où elle était, Gwénola voyait le catafalque. Par moments, la pénombre se brouillait, elle croyait discerner les cercueils de ses parents, alignés au même endroit à peine quelques jours auparavant.

La communauté de Keravel affichait encore une solidarité inaltérable. Quelle que soit la cause du décès du jeune garçon, tout le monde se serrait les coudes, comme si le clan était régi par des lois particulières, à l'écart de celles en vigueur dans le pays. La cérémonie commença. C'était toujours l'abbé Quatrevaux qui officiait, un petit bonhomme rondouillard, à qui le crâne dégarni dessinait une tonsure naturelle. Il ne trouva pas grand-chose à exposer au sujet d'un défunt d'un âge aussi inhabituel. Un adolescent fauché dans la force de l'âge, au moment où il s'apprêtait à croquer dans la vie, un garçon robuste, dont le trépas illustrait la faiblesse de l'homme face aux forces disproportionnées des éléments, jamais à l'abri des pièges de l'estran.

Tout le monde s'attendait à ce que le chef spirituel du village prenne la suite, il n'en fut rien. Charles Croguennec fut le dernier à bénir le cercueil. Tout le temps du défilé, il resta assis sur son banc, observant ses concitoyens de son œil unique, comme s'il cherchait à percer un mystère qui lui échappait. Il ne fut pas le seul à fixer le dos de Gwénola Aubertin, quand elle s'avança à son tour et saisit le goupillon que lui tendit Madeleine Mainguy.

Les gens du village rentrèrent chez eux. Gwénola se retrouva dans sa nouvelle famille. Son premier souci fut d'aider Madeleine à éplucher les légumes pour la soupe qui ferait office de dîner. Elle sentait le malaise qui planait dans le logis au sujet de Léonce Decourt, ce fut elle qui aborda le sujet au cours du repas. Il est toujours difficile de se disculper, elle n'avait à sa disposition que sa sincérité. Fernand vint à son secours, avec une maladresse qui ne fit qu'ajouter à sa confusion :

— De toute façon, dans la vie, il faut savoir se défendre, à plus forte raison quand on est une femme.

Tôt ou tard, ce vaurien t'aurait coincée quelque part afin de te faire ton affaire.

Gwénola soupira.

— Oui… sans doute… N'empêchc quc jc nc l'ai pas tué. Quand je suis arrivéc, il était déjà mort.

— Qu'est-ce que tu allais faire à la côte de si bonne heure ? demanda Madeleine. Tu n'avais pas peur de te jeter dans la gueule du loup ?

Elle expliqua qu'elle avait envie de retrouver ses parents, qu'elle sentait leur présence près de l'endroit où ils avaient péri. Aubin suivait la conversation, le nez dans son assiette. Il paraissait nerveux. Soudain, il explosa.

— Vous savez bien quand même que ce n'est pas elle qui a réglé son compte à l'autre idiot !

— Tu as raison, Aubin, nous aussi on est des idiots, dit Madeleine. Mais il faut que Gwénola soit en mesure de se défendre si les mauvaises langues se mettent de la partie.

— Rassurez-vous, fit celle-ci. Je crois que je serai en mesure de leur clouer le bec s'ils insistent un peu trop lourdement. Je n'aurais quand même pas commis un crime pour des paroles déplacées. Et puis, le Léonce, il était plus costaud que moi.

Fernand et Madeleine acquiescèrent, convaincus.

— Je vous ai préparé un far, fit la mère. Après toutes ces émotions, nous avons besoin de nous caler un peu l'estomac, vous ne pensez pas ?

Fernand sortit sa bouteille d'eau-de-vie, la bonne, celle qu'il conservait dans un flacon de verre ciselé, pour les grandes occasions.

— Tout ça, c'est fini, maintenant. C'est une nouvelle vie qui commence. Considère, Gwéno, que tu es désormais la fille de la maison. Madeleine aurait tant voulu en avoir une… N'est-ce pas, Mado ?

Gwénola eut du mal à s'endormir ce soir-là. Dans sa tête trottaient les accusations dont elle risquait d'être l'objet. Fernand Mainguy avait aménagé l'appentis comme il l'avait promis. Madeleine l'avait récuré de fond en comble, en bouchant les quelques fissures entre les pierres disjointes par endroits. Ce n'était pas le grand luxe, mais l'orpheline savait qu'elle n'était pas en position de faire la difficile.

Elle était enfin sur le point de s'assoupir quand elle eut le sentiment d'une présence dans la pièce. Elle se redressa aussitôt.

— N'aie pas peur, c'est moi.

Aubin. Le brave garçon venait la réconforter, se dit-elle.

— Moi non plus, je n'arrive pas à dormir. Je peux m'allonger avec toi ?

Gwénola lui ouvrit bien volontiers les draps.

— Tu me crois, toi, au moins ? demanda-t-elle au bout de quelques minutes.

Aubin ne répondit pas tout de suite.

— Bien sûr que je te crois, puisque je sais moi ce qui est arrivé à Léonce.

10

Aubin se réveilla de bonne heure la nuit qui précéda le drame, bien avant les premières lueurs de l'aube. Soudain lui parvinrent de l'extérieur des crissements de pas. Il jeta un coup d'œil sur la pendulette à son chevet, quatre heures. Intrigué, il se leva, entrouvrit la porte sans faire de bruit. Il distingua une silhouette qui disparaissait dans le chemin menant à la côte. Il n'aurait pu en jurer, mais il lui sembla bien reconnaître Léonce Decourt. Aubin revint dans sa chambre, enfila son pantalon et un chandail, prit ses sabots à la main et sortit en chaussons. Il arriva en haut de la dune, un homme descendait vers l'estran. C'était bien leur ennemi juré, à lui et à Gwénola. Léonce progressait une cinquantaine de mètres en avant, il marchait vite, la tête baissée, les épaules voûtées. Aubin eut aussitôt la sensation qu'il se méfiait. Pour preuve, Léonce se retourna soudain. Aubin eut juste le temps de se dissimuler derrière une touffe d'ajoncs. Léonce s'était arrêté, il paraissait réfléchir, comme s'il n'était pas sûr d'avoir bien vu. Se ravisant, il reprit sa marche en avant et Aubin sa filature, se coulant entre les villosités du terrain dunaire.

Léonce se dirigeait résolument vers l'endroit où étaient amarrées les embarcations du village.

— Qu'est-ce qu'il allait faire là ? demanda Gwénola au garçon qui tremblait contre son flanc.

— J'étais trop loin pour voir. Si je m'approchais davantage, il allait me repérer. Mais je l'ai entendu taper sur quelque chose, des coups sourds, on aurait dit un marteau, puis il y a eu un craquement, ça je suis sûr.

Gwénola retenait son souffle. Dans sa tête, ça moulinait ferme. Peu à peu se dessinait une vérité atroce.

— Qu'est-ce qui s'est passé après ? parvint-elle à bredouiller d'une voix blanchie par l'émotion.

— Je l'ai vu revenir. Il est passé à quelques mètres de moi. Je suis descendu pour essayer de savoir ce qu'il avait fabriqué, mais il faisait noir et j'avais peur, je n'ai rien remarqué de particulier.

— Tu te rends compte que c'est certainement lui qui a saboté la barque de mes parents ?

— Maintenant, oui, mais je ne pouvais pas savoir à ce moment-là.

— Pourquoi tu n'es pas venu nous prévenir ?

Aubin garda le silence, mais il poussait de temps à autre des profonds soupirs.

— Je suis remonté à mon tour. Tout le village dormait. Je me suis arrêté devant votre porte. J'ai même frappé, mais vous n'avez pas dû m'entendre et je n'ai pas osé insister de crainte de réveiller les voisins. Je pensais vous avertir au petit matin, mais je me suis endormi, je ne vous ai pas entendus partir. Je me suis réveillé. Quand je me suis rendu compte qu'il faisait jour, j'ai couru comme un fou jusqu'à la grève. J'ai vu votre barque s'éloigner dans la brume, je vous ai fait des grands gestes, mais vous ne m'avez pas vu. C'est quand j'ai appris ce qui était arrivé à tes parents que j'ai compris ce que Léonce était allé faire à la côte pendant la nuit.

Ils restèrent un long moment silencieux, unissant leurs respirations tourmentées. Gwénola était bouleversée. Elle se souvenait de la barque éventrée, de son étonnement que le père l'ait drossée sur les rochers, lui qui connaissait si bien les passes, les traquenards de l'estran. Lui qui se serait moqué si l'un de ses collègues avait été victime d'une pareille mésaventure.

— Tu ne m'en veux pas trop ? demanda Aubin.

Elle ne répondit pas.

— De toute façon, j'ai fait ce qu'il fallait pour me faire pardonner.

Gwénola tressaillit et se redressa à moitié.

— Qu'est-ce que tu racontes ?

— C'était un peu de ma faute si tes parents s'étaient noyés, alors j'ai décidé de les venger.

Léonce était beaucoup plus fort que lui, Aubin avait hésité, mais il avait précipité Gwénola dans le malheur le plus noir. Au bout du troisième jour, il griffonna un message qu'il signa du nom de son amie. Elle invitait le fils Decourt à la rejoindre le lendemain au petit jour, sur la côte, à une heure où il n'y aurait encore personne. Elle était trop malheureuse, elle avait besoin de quelqu'un de fort pour la réconforter. Un pari risqué, mais Aubin était persuadé que l'autre ahuri tomberait dans le panneau.

— Il est venu ? demanda Gwénola.

— Je lui avais demandé d'être là à six heures. Moi j'étais descendu sur la côte une bonne demi-heure avant. Je l'ai vu arriver. En passant dans le bout de lande avant la dune, il a coupé quelques branches de bruyère, un bouquet pour toi.

Léonce s'avança sur la grève, trop idiot, trop imbu de sa personne pour flairer le piège qu'on lui tendait. Il s'arrêta, se rajusta pour le rendez-vous d'amoureux. La petite greluche avait enfin compris quel homme il était, mais il comptait bien la mettre à genoux afin de lui faire payer la honte dans laquelle elle l'avait plongé.

C'était au tour de Gwénola de trembler dans le noir de l'appentis qui lui servait de chambre.

— Qu'est-ce que tu as fait ?

— Je m'étais caché dans les rochers, tu sais, là où ils sont les plus hauts. Je savais qu'il allait te chercher et j'attendais qu'il passe à proximité. De ne pas te voir, il avait l'air bien embêté. Je l'entendais grogner et jurer à voix basse, après toi. Soudain il s'est avancé vers l'endroit où j'étais caché. J'étais derrière lui, je me suis hissé sur le rocher et je lui ai sauté dessus. En même temps, je lui ai cogné de toutes mes forces sur la tête avec la grosse pierre que j'avais prise.

— Tu as fait, ça, toi ?

— Puisque je te dis… J'avais mis le paquet. Tout costaud qu'il est, il est tombé en avant comme une masse. Alors je l'ai traîné dans l'eau entre les rochers, je lui ai tenu la tête dans l'eau, de crainte qu'il reprenne connaissance. J'avais vachement peur, mais je pensais à toi.

Gwénola respirait de plus en plus fort. En revanche, Aubin s'était calmé, heureux d'avoir été le chevalier servant de la demoiselle qu'il admirait, dix fois plus forte que lui, et qu'il avait pourtant débarrassée de cet escogriffe répugnant qui l'importunait et voulait la lui voler. Gwénola était atterrée.

— Quelqu'un aurait pu te voir sur la côte. Ou tu aurais pu rater ton coup et alors c'est Léonce qui t'aurait fait du mal. Tu te rends compte des risques que tu as pris ?

— Oui, je sais…

— Si tu avais dit ce que tu avais vu, nous aurions prévenu les gendarmes, Léonce aurait été arrêté et il serait allé en prison.

— Tu sais bien que monsieur Charles ne veut pas qu'on mêle les gendarmes aux affaires du village.

Gwénola soupira.

— Pourquoi tu as fait tout ça ?

— Parce que je t'aime…

Elle le serra contre elle, il se laissa couler aussitôt dans la quiétude d'un sommeil heureux. Désormais, ils étaient liés à vie.

Livre 2

L'orpheline

11

Aubin et Gwénola se tenaient assis à la limite entre la dune herbeuse et le début de la plage, à l'aplomb de l'endroit où s'était joué le drame qui avait frappé les Aubertin. Cela s'était passé voilà cinq ans. Malgré les soupçons qui pesaient sur elle, la jeune fille avait été tacitement innocentée par la communauté. Aubin et elle étaient les seuls à Keravel à détenir les tenants et les aboutissants de la double affaire, le naufrage, puis l'« accident » advenu à Léonce Decourt. Partager un pareil secret les avait propulsés au rang d'adultes en quelques jours.

Gwénola s'était efforcée d'analyser la situation en conservant la tête froide. Si elle avait été au courant du sabotage dont avaient été victimes ses parents, aurait-elle souhaité la mort du coupable ? Encore maintenant elle était en peine de se prononcer, sans doute que non… Léonce, lui-même, avait-il l'intention de les tuer ? N'était-ce pas plutôt elle qu'il visait ? Des histoires de petits cons, en fait.

Si Gwénola ne regrettait pas la disparition de son tourmenteur, sa perception d'Aubin s'était trouvée en revanche radicalement modifiée. Jusqu'alors, elle l'avait considéré comme un freluquet, un trouillard à cent lieues de commettre un acte aussi terrible. Car il s'agissait bien d'un crime. Un acte héroïque au demeurant. Loin de l'admirer, elle en avait été passablement effrayée, puis elle s'était habituée.

Aubin s'était trouvé investi d'une maturité soudaine. Si longtemps après, il ne se départait pas de la fierté d'avoir vengé sa bien-aimée. C'était bien d'amour qu'il s'agissait, une certitude à présent, un mot qu'il tournait en boucle dans sa tête, mais dont il ne connaissait pas encore le sens. N'était-ce pas plutôt la fierté de s'afficher avec la plus jolie fille du village tout en provoquant la jalousie des autres prétendants ? Ou encore l'illusion sentimentale qu'entretenaient les premières montées de sève de l'adolescence ? Qu'importe, il « aimait » Gwénola sans se torturer, fort d'un espoir qui aurait été taxé de cynisme s'il n'avait été si jeune : il avait éliminé le meurtrier de ses parents, les Mainguy avaient recueilli l'orpheline, celle-ci aurait été bien ingrate de le repousser. Tôt ou tard elle finirait entre ses bras, sinon par amour, du moins pour régler sa dette.

Aubin saisit la main de Gwénola. Elle tressaillit, mais ne retira pas la sienne.

— À quoi tu penses ? demanda-t-il en pétrissant ses doigts.

— Je ne sais pas… À rien.

À chaque fois qu'ils venaient là, comme s'il s'agissait d'un pèlerinage, il lui tenait le même discours :

— Arrête de penser à ce qui est arrivé à Léonce. Tu sais bien qu'il voulait te faire du mal.

Combien de fois n'avait-elle pas été sur le point de lui répondre qu'elle était de taille à se défendre ! Mais elle n'avait pas la cruauté de le culpabiliser.

— Tu vois, Gwéno, reprit Aubin, avec un sérieux pathétique, je serai toujours là pour te protéger. Comme je te l'ai dit, je…

— Tais-toi avec ça ! Tu es encore trop jeune pour dire ces mots-là.

— Je sais bien que tu me prends toujours pour un gamin. Mais je suis un homme maintenant. Tu n'as pas oublié, quand même ? fit-il en désignant le bas de la grève d'un coup de menton en avant. Le Léonce, j'aurais voulu que tu sois là pour voir comment je lui ai réglé son compte.

Gwénola ne répondit pas. Dès le début de son adoption – officialisée par Charles Croguennec qui avait le bras long –, elle avait eu le sentiment de s'enfoncer dans un piège. Les mors de l'étau s'étaient resserrés à mesure qu'Aubin lui manifestait son attirance et elle ne trouvait pas les mots pour lui faire entendre raison.

— Il est temps de rentrer maintenant. Les parents vont se demander où on est passés, et puis demain, tu sais bien qu'on commence à récolter le goémon de rive.

Déjà elle se levait, afin d'éviter des confidences qu'elle avait à chaque fois un peu plus de mal à esquiver. Déjà elle remontait le chemin vers le village. Aubin la suivit à contrecœur, en contemplant ses hanches, dont la musculature ferme et nerveuse se dessinait sous le tissu léger de la jupe.

Dix-sept ans. L'adolescente devenait une superbe jeune fille, avec ses cheveux noirs et ses yeux de jais, qui la faisaient ressembler encore davantage à une Espagnole. Un corps souple, aux attaches fines, elle était pourtant dotée d'une force remarquable, et rivalisait sans le moindre complexe avec les pigouyers les plus aguerris.

On était le 24 avril 1931. Le lendemain, à l'aube, commencerait une nouvelle campagne au goémon de rive. Depuis quelques jours, l'espace s'était figé. Le vent avait plié ses bourrasques, le ciel immobile avait pris une teinte uniforme, un vaste nuage d'un jaune sale, dans laquelle n'apparaissait plus le moindre contour. La mer elle-même était frappée de léthargie, et la houle feutrait sa rumeur. Les hommes pressentaient un danger imminent, une angoisse indicible, mais qui oppressait jusqu'aux enfants. L'idée de partir au goémon le lendemain en effrayait plus d'un. Il n'était pas question pour autant de manquer l'ouverture de la cueillette, ni d'en différer la date.

Les éléments se libérèrent au milieu de la nuit. Ce fut d'abord un mugissement sourd, monté du large, et qui enveloppa en quelques minutes les maisons du village, exhalant l'haleine iodée d'un monstre gigantesque. Les villageois ne dormaient que d'un œil, ne parvenant à se débarrasser de cette impression singulière. Incités par leurs épouses, les hommes se levaient en maugréant. En fourrageant dans leur chevelure, ils mettaient le nez au seuil du logis. Le vent avait recouvré sa pleine énergie, les nuages avaient repris leur cavalcade effrénée. Ils fuyaient une menace mystérieuse, tapie au lointain horizon, qui allait fondre sur l'estran.

— Alors ? leur demandait-on du fond du lit.

Haussements d'épaules, raclements de gorge et crachats gluants.

— Rien de bon. Je ne sais pas ce que l'autre là-haut nous prépare, mais il a l'air de fourbir de sacrées armes. Va falloir batailler ferme demain matin.

Ils revenaient se coucher, sans conviction, conscients de ne plus retrouver le repos. Encore plus angoissés.

Ils avaient raison d'être inquiets. En moins d'une heure se déchaîna une véritable tempête, comme on n'en avait pas vu depuis longtemps, peut-être même jamais, du moins personne ne s'en souvenait.

Les superstitions intimaient de ne pas déroger aux traditions. Tout le monde se prépara quand même quand l'obscurité commença à se dissiper. Les pigouyers se rassemblèrent sur la petite place. La présence de tous atténua les inquiétudes de chacun. Alors, ils prirent le chemin de la côte d'un pas assuré.

Se renforçant aux premières lueurs de l'aube, le vent avait pris des énergies d'ouragan. De crainte de basculer en arrière, il fallait s'arc-bouter pour s'enfoncer dans la masse d'air, lourde, compacte.

Charles Croguennec fermait la marche, afin d'éviter sans doute que les moins téméraires ne fassent demi-tour au dernier moment. La grève dévastée était déserte, les riverains des autres villages paraissaient avoir renoncé. Les femmes traînaient la jambe, elles ronchonnaient entre elles. Fallait être fou pour braver une pareille tempête !

— Il y en aura plus pour nous, rétorquait le chef de la communauté.

Elles soupiraient, mais continuaient cependant d'avancer, braves bêtes habituées à courber l'échine sous le joug du borgne.

Gwénola et Aubin étaient de la partie, ainsi que les parents Mainguy. Elle, d'habitude si intrépide, avait le cœur qui lui battait un peu plus fort. Ce n'était pas de la peur, mais l'intuition que la lutte serait farouche. Son jeune compagnon, en revanche, n'en menait pas large. Lui, se serait volontiers dispensé de l'expédition. Il marchait la tête baissée, calquant son pas sur celui de son amie, son bonnet enfoncé par-dessus les oreilles.

— T'en fais pas, ça va bien se passer, le rassura Gwénola.

Il grommela une vague réponse qu'elle ne comprit pas.

Avec une telle agitation, les fonds de la Manche avaient été dévastés. Les longues laminaires – qu'il fallait d'habitude aller couper au large – avaient détaché leurs stipes de la roche et couvraient la plage au point d'en dissimuler le sable.

— Je vous avais dit, triomphait Croguennec. Allez, au boulot ! C'est quand même pas un peu de vent qui va nous flanquer la trouille.

Il est vrai qu'une telle abondance du goémon d'épave était rare. Les pigouyers pataugeaient dans le grouillement visqueux, dont les langues grasses s'enroulaient autour des jambes avec des bruits de succion. Ils remontaient les laminaires de leurs crocs recourbés, à amples coups de râteaux. L'instinct de ramasser sans compter tout ce que la nature prodigue, jusqu'à plus faim, jusqu'à plus soif, des réflexes sans doute inscrits dans les gènes depuis les guerres ancestrales, où la côte était alors la principale nourricière.

Occupés à la tâche, les moissonneurs de la mer en arrivèrent à oublier la tempête qui pourtant ne désarmait pas. Les bourrasques redoublaient d'intensité, s'enchaînaient sans discontinuer, comme si celui qui en commandait les assauts trouvait intolérable que ces infâmes vermisseaux se paient l'audace de défier sa toute-puissance.

Au bout d'une heure, une bonne partie du goémon de laisse avait été remontée au plus haut de la bande côtière, entassée en meules dégoulinantes, sous le regard des goélands et des mouettes, que portaient les courants aériens en un ballet époustouflant. Les pigouyers étaient harassés, Croguennec n'était pourtant pas encore repu.

— Tant qu'à être là, les amis, pourquoi on n'irait pas jeter un coup d'œil parmi les rochers ?

Les femmes criaillèrent que cela suffisait, mais le vent emporta leurs protestations, Croguennec ne les entendit pas, ou fit la sourde oreille.

Qui n'a pas récolté le goémon de rive ne peut comprendre la frénésie qui gagnait ces hommes rompus à affronter les forces marines, un défi permanent, une lutte qui ne tolérait aucune lâcheté, dont ils étaient toujours sortis vainqueurs, puisqu'ils étaient encore vivants. Un à un ils s'aventurèrent dans le bouillonnement des vagues, qui levaient des geysers d'écume en se fracassant sur les récifs.

Gilbert et Francine Le Bras n'avaient qu'un fils eux aussi, pas pour les mêmes raisons que les Decourt. Iffig avait vingt-deux ans, il était le plus gentil des garçons, mais il était trisomique. Ce n'était pas un handicap très prononcé, il possédait une certaine autonomie, capable notamment de mener une réflexion aussi bien que beaucoup de gens prétendus « normaux ». Doté d'une force peu commune, petit et trapu, il ne quittait jamais son père, sinon pour dormir, du moins depuis qu'il avait accepté de passer les nuits seul dans sa chambre. Chacun de ses gestes était calqué sur celui qu'il admirait et à qui il s'efforçait de ressembler en un mimétisme impressionnant.

Gilbert Le Bras fut parmi les premiers à braver la furie des flots, suivi évidemment de son fiston, qui ne se posait pas de question. La surface de l'eau frémissait comme si elle grelottait, dentelée d'une myriade de crêtes, avec de soudains tourbillons quand le vent se mettait à pivoter avec des prétentions de cyclone.

Germain Landrin imita Le Bras. D'avoir eu quelques prises de bec au sujet de leur courage réciproque, il entendait ne pas être en reste. Lui était accompagné de ses fils, Joël et Jérôme, quinze et seize ans, deux rudes gaillards eux aussi et qui n'avaient pas froid aux yeux. Les autres pigouyers leur emboîtèrent le pas, à la grande satisfaction de Charles Croguennec, qui surveillait son équipe, campé au milieu de la grève.

Le père Le Bras s'aventura derrière un éperon rocheux moutonné d'écume. Au même moment, Iffig reçut un paquet de mer en pleine figure, qui l'aveugla, le pénétra par les narines et entre les lèvres. Il toussa, éternua, se frotta vivement les quinquets. Quand il recouvra la vue, son père avait disparu. Aussitôt pris de panique, le jeune homme laissa tomber son croc. Il poussa un cri que personne n'entendit, se précipita en levant haut les pieds, ses jambes engoncées dans les lourdes cuissardes, gémissant, pleurnichant.

Gilbert Le Bras n'était pas rendu bien loin. Il se retourna, fut surpris de ne pas découvrir son fils. Au lieu de revenir sur ses pas, il contourna la barre rocheuse. Iffig n'était pas là non plus. Les autres pigouyers s'étaient éparpillés au gré de leur inspiration. Il ne restait sur la plage que les femmes qui accumulaient les laminaires récoltées par leurs époux. Gilbert demanda des nouvelles de son garçon.

— Il était là, il y a cinq minutes, répondit Suzanne Trouboul.

— Je crois bien l'avoir vu te suivre, ajouta Célestine Travers.

Ce fut au tour du père de sentir monter l'angoisse, c'était bien la première fois que son fils n'était pas accroché à ses basques. Il retourna derechef dans le flot. La mer était toujours brassée par une force invisible et infatigable. Il ne tarda pas à repérer une masse sombre ballottée dans le creux des vagues.

12

Il est des circonstances où la mort paraît moins cruelle. Du moins dans l'esprit de ceux qui ont la fâcheuse manie de cataloguer leurs congénères. Iffig Le Bras inspirait davantage de pitié que de réelle sympathie. Oh ! tout le village l'aimait bien, comme on aime bien le chien qui vient mendier un rogaton, et auquel donner procure bonne conscience. Mais sa noyade ne prenait pas la dimension d'une véritable tragédie, de la même façon que paraît logique le départ du vieillard grabataire, ou de celui qui traîne depuis un bail une maladie incurable. Ne furent sincèrement chagrinés que le père et la mère. Le père surtout, pour qui la présence du fils était devenue aussi essentielle que sa propre ombre dans le soleil. La mère fut moins affectée, en filigrane de ses larmes se devinait le soulagement de la délivrance. Elle traînait son boulet depuis tant d'années, il lui était interdit d'en briser la chaîne de sa propre initiative. Alors le destin s'en était chargé.

Si, quand même… Il y eut une autre personne à être sincèrement affligée : Gwénola Aubertin. Elle avait pris le temps de discuter avec Iffig en plusieurs occasions, les rares fois où le père Le Bras se refusait à emmener son fils en mer parce que ça tanguait trop fort. Le pauvre restait sur la grève à guetter son retour, même s'il pleuvait à seaux. Gwénola l'avait écouté, sans sourire comme les autres gens de Keravel. Sous son aspect lunaire, le jeune homme disait des choses fortes, empreintes d'une grande sensibilité. Il développait même une forme de poésie, dont la profondeur n'était pas évidente de prime abord. Des associations de mots d'une syntaxe plutôt improbable, inintelligibles si l'on ne faisait pas l'effort de comprendre. Un jour, il avait proféré gravement à Gwénola : « La mer est salée parce que les mamans ont trop pleuré… » Campé sur la dune, il regardait vers le large, et ses yeux bleus étaient emplis de larmes.

Le corps du malheureux fut remonté de l'eau à bras-le-corps par le père. La mère s'agenouilla dans le sable gorgé d'eau, elle souleva la tête de son fils et la posa en travers de ses genoux.

— C'est fini, *mabig*, dit-elle en secouant la tête, l'estimant sans doute délivré de ses souffrances, alors qu'il n'avait jamais été vraiment malheureux.

Les autres goémoniers s'étaient rassemblés autour de la famille. La scène prenait une allure irréelle dans les hurlements lugubres du vent, dont les rafales d'une violence inouïe levaient une myriade de papillons d'écume. Charles Croguennec était resté en retrait, les mains fourrées dans les poches de son lourd ciré. Au bout de quelques minutes, il n'y tint plus et reprit les commandes. Il n'eut pas toutefois l'indécence de demander à ses pigouyers de s'aventurer de nouveau dans le flot.

— C'est pas le tout, mais il va falloir penser à ramasser le goémon qu'on a récolté, sinon, on se sera crevé le cul pour rien.

Un à un, dociles, ils repartirent à la tâche. Seule resta Gwénola qui aida les parents Le Bras à remonter la dépouille de leur fils.

Les obsèques d'Iffig Le Bras eurent lieu deux jours plus tard, au milieu de l'après-midi. L'église de Saint-Brévalaire fut loin d'être comble. Tout Keravel était présent cependant, c'était quand même un des leurs qu'on inhumerait tout à l'heure dans le cimetière de Kerlouan. Les villageois avaient effectué à pied les deux kilomètres. Par moments, ils oubliaient la présence du mort et se mettaient à deviser aussi librement que s'ils se rendaient au marché, un cortège qu'on aurait cru d'humeur guillerette sans le corbillard et le cheval caparaçonné de noir. De temps à autre, prenant conscience de la situation, quelqu'un glissait un mot de réconfort aux parents.

— On peut dire ce qu'on veut, mais c'était un bon garçon, disait l'un.

— Jamais agressif malgré ce qu'il avait, ajoutait un autre en opinant du chef.

— Et même serviable, à condition de ne pas trop lui demander.

Gilbert et Francine acquiesçaient.

— La maison va nous paraître vide maintenant, disait la mère.

Le père se taisait, perdu dans des pensées moroses, où errait le fantôme de son *pauvre* garçon.

La messe commença, moins solennelle elle aussi, ponctuée de toussotements que l'on n'essayait pas de réprimer, de bâillements que l'on masquait à peine, trahissant l'ennui du devoir à accomplir.

Charles Croguennec s'était placé au dernier rang des pigouyers de Keravel. Il esquissait les signes de croix. Vint le moment de l'oraison funèbre. L'abbé Quatrevaux dressa le portrait du disparu dont le cercueil en bois ordinaire trônait sur le catafalque, sans beaucoup de fleurs. Iffig avait eu la chance d'être élevé par des parents courageux, qui l'avaient accepté sans rechigner, bien qu'il ne soit pas de toute évidence l'enfant qu'ils auraient souhaité. Gilbert et Francine avaient prodigué à leur pauvre garçon toute la tendresse que nécessitait son état. Il était une âme simple, sur laquelle le péché n'avait pas de prise. Que ses parents soient rassurés, le bon Dieu l'avait de toute évidence déjà accueilli près de lui, dans la paix du paradis où il continuerait à goûter à la sérénité qu'il avait connue tout le long de son existence terrestre.

C'était tourné d'élégante façon, certes, personne ne trouva à redire dans l'assistance. Gwénola bouillait cependant en son for intérieur. À ses yeux, Iffig était loin d'être l'idiot du village décrit par le prêtre. Madeleine Mainguy avait conscience de son irritation. De son coude, elle lui effleura la hanche, lui adressa un regard interrogatif.

— Tu ne vas pas bien ? demanda-t-elle à voix basse.

L'adolescente la rassura d'un hochement de tête.

S'ensuivirent les prières prévues dans le protocole funéraire. La cérémonie approchait de son terme quand Charles Croguennec s'avança dans l'allée centrale.

Gwénola tressaillit au moment où il passa à sa hauteur. Quel besoin éprouvait le rapace de prendre la parole pour un malheureux qui de toute évidence n'était à ses yeux que quantité négligeable ? Elle n'était pas la seule à être surprise, les femmes papotaient, les hommes s'agitaient.

Croguennec dressa à sa façon le portrait d'Iffig, sensiblement d'ailleurs dans le même registre que l'abbé. Autrement dit en mettant en lumière la déficience intellectuelle du jeune homme. Jusque-là, passe encore, mais il se crut obligé de remercier le Tout-Puissant d'avoir opéré le choix de rappeler à lui un innocent plutôt que l'un des hommes valides dont la communauté goémonière avait plus que jamais besoin, en cette époque où les tempêtes ne désarmaient pas.

Gwénola ne fut pas la seule à trouver saugrenue une discrimination aussi odieuse. Le dieu des chrétiens serait-il donc devenu une espèce de Moloch à qui l'on devait un sacrifice à échéance régulière ? Convenait-il alors de se séparer du membre que la communauté jugeait le moins utile ?

Croguennec eut conscience de la gêne provoquée par sa diatribe. Il tenta de se rattraper en affirmant que le défunt était *quand même* le plus brave des garçons, la mascotte que tout le village regretterait et il lui souhaitait le séjour le plus radieux au firmament que tout le monde espérait. Bref, il s'embourbait lamentablement.

Le dérapage aurait pu en rester là. L'office religieux se termina, les gens de Keravel se retrouvèrent sur le parvis, où le corbillard attendait le cercueil. Charles Croguennec commit alors une seconde erreur, celle d'entreprendre de se justifier, avec des gestes et une voix qui sonnaient faux.

Fallait pas croire, hein ! Lui aussi, il aimait bien le « mongolien ». Mais c'était quand même mieux que ce soit lui plutôt que… Il hésita, cita plusieurs pigouyers dans la force de l'âge, des pères de famille qui avaient charge d'âmes, alors qu'Iffig…

Son auditoire restait impassible, personne n'eut toutefois l'audace de le contredire. Gwénola se trouvait à proximité. Elle, en eut le courage :

— Les infirmes méritent autant de vivre que les gens normaux ! lui cracha-t-elle à la figure, avec un regard flamboyant de haine.

Croguennec resta pétrifié quelques secondes, comme s'il ne pouvait admettre que l'apostrophe lui était adressée. Les villageois se taisaient. Le chef de la communauté n'allait quand même pas tolérer un affront aussi manifeste ! À la stupéfaction générale, lui aussi garda le silence, puis il s'en alla en marmonnant.

Gwénola comprit qu'elle venait de se faire un ennemi.

13

Au lieu de rentrer au logis des Mainguy, Gwénola descendit directement sur la grève. Elle avait pleine conscience des conséquences qu'engendrerait son coup d'éclat, sans regretter pour autant d'avoir cloué le bec à ce vieux con de Croguennec. Le quinquagénaire n'était rien de plus qu'un piètre épouvantail, imbu d'une autorité qu'il s'arrogeait sans la mériter. Si ses parents avaient encore été de ce monde, elle aurait sans doute réfléchi à deux fois avant de le provoquer – il prétendait avoir la mainmise sur le village, même s'il n'avait pas le droit d'en chasser les occupants à sa guise, comme ça, d'une simple chiquenaude à l'issue d'une prise de bec, ni même pour se venger de différends plus sérieux. Mais elle, que risquait-elle ? La ferme des Aubertin lui reviendrait à sa majorité. Pour l'instant, elle s'y réfugiait à échéance régulière afin de ressourcer les joies de son enfance, les peines et les douleurs qui construisent le bagage de la vraie tendresse. Si un jour elle était contrainte de la vendre, elle en serait touchée sentimentalement – elle y gardait tant de souvenirs –, mais ce ne serait pas dramatique.

Charles Croguennec n'était pas encore remis d'une telle audace. La fille Aubertin, il avait deviné depuis longtemps qu'elle avait du caractère, ne serait-ce que lors de l'échauffourée avec Léonce Decourt – il n'y avait pas assisté, mais on lui en avait rapporté le détail. Il semblait que d'être orpheline, la petite peste s'arrogeait des droits inconcevables. Qu'elle n'oublie pas ce qu'elle devait à la communauté de Keravel ! Grâce à lui, tous les membres avaient décidé de subvenir à ses besoins. Les Mainguy avaient même accepté d'offrir le gîte et le couvert à la misérable qu'elle était devenue. Mais si lui, Croguennec, était amené à demander à tous ces braves gens de revoir leur charité à la baisse, ils lui obéiraient.

Croguennec avait planté les villageois sur le parvis de l'église de Kerlouan et filé à grandes enjambées, comme un vaincu. Une dérobade dans laquelle il ne se reconnaissait pas. Il approchait de Keravel. Dans sa tête résonnaient encore les paroles de Gwénola. Devait-il interpréter son coup d'éclat comme une menace voilée ? Elle était bientôt aussi robuste qu'un homme, capable de violence. De meurtre ? Parce que, le Léonce Decourt, qui savait comment il était mort exactement ? Qui aurait pu jurer qu'il s'agissait vraiment d'un accident ?

— La petite peste… maugréa-t-il à voix haute. Elle se paie quand même un sacré culot…

Quant aux infirmes qui avaient autant le droit de vivre que les autres… Facile à dire, se dit Croguennec en hochant la tête. Mais ces malheureux constituaient quand même des bouches inutiles, et une sacrée charge pour les parents. Et pour la société tout entière. Le village de Keravel était bien placé pour en témoigner. Le père devait toujours traîner le pauvre Iffig avec lui à la côte pour récolter le goémon, et le surveiller sans relâche au détriment de la tâche.

Croguennec se retira dans sa demeure, où il s'enfila une copieuse rasade d'eau-de-vie afin d'effacer son humiliation et de calmer la colère qui mijotait au fond de ses tripes. Des voix lui parvinrent de l'extérieur. Les funérailles étaient terminées, les villageois revenaient de Kerlouan. Apparemment, ça discutait ferme, sans doute de la scène à laquelle tous avaient assisté, non sans une certaine jubilation. Croguennec n'était pas toujours en odeur de sainteté. Pour qui allait-il passer maintenant aux yeux de ces gens qu'il dominait contre vents et marées, qui lui devaient leur subsistance ? Comment restaurer une autorité qui venait d'en prendre un sacré coup ? Non, un pareil affront ne pouvait en rester là, il décida de rendre une petite visite aux Mainguy.

Fernand et Madeleine ignoraient où était passée leur protégée, elle avait disparu en un clin d'œil. Eux aussi avaient assisté à l'insolence dont elle avait fait preuve envers Charles Croguennec. Ils en avaient été mortifiés. Ils la connaissaient bien, Gwénola, jamais ils ne l'auraient crue capable d'une telle effronterie. Fernand ronchonnait, Madeleine misait cet écart de conduite sur le fait d'avoir perdu ses parents.

— Ce n'est pas une raison ! la reprit sèchement son mari. Je ne sais pas si tu te rends compte qu'elle nous met dans une drôle de situation.

— Ce n'est encore qu'une enfant. Elle a le sang chaud, elle a parlé sans réfléchir. Je suis sûre qu'elle regrette déjà ce qu'elle a dit.

— Eh bien, il faudra lui apprendre à ne pas dire n'importe quoi.

— Toi aussi, tu parles sans réfléchir, se permit Madeleine. J'espère au moins qu'elle n'aura pas fait une bêtise…

Moment de flottement chez Fernand.

— Une bêtise ? Qu'est-ce que tu vas chercher ? Pourquoi veux-tu qu'elle fasse une bêtise ? Elle n'a tué personne quand même…

— Tu vois. Toi-même tu conviens que l'histoire avec Croguennec, ce n'est pas si grave que ça.

Elle se tourna vers son fils qui assistait à la conversation dans un coin de la pièce.

— Toi, Aubin, tu saurais pas où elle est passée, ta copine ? D'habitude, vous êtes toujours fourrés ensemble.

Le jeune garçon haussa les épaules.

— Elle est partie si vite que je n'ai pas eu le temps de la suivre. Peut-être sur la côte. Ça lui arrive souvent d'aller s'asseoir et rêver face aux rochers derrière lesquels ses parents se sont noyés.

Madeleine était inquiète. Elle demanda à son fils d'aller à la recherche de l'adolescente.

Charles Croguennec se regarda dans la glace accrochée au mur au-dessus de la pierre d'évier, dans le recoin où il effectuait sa toilette matinale. Il rectifia sa coiffure, des cheveux blanchis par le sel et l'âge, mais encore touffus pour un homme de cinquante-cinq ans. Il assura le col de sa chemise, dont les pointes avaient tendance à rebiquer, et renfila la veste qu'il avait quittée en arrivant. Il plissa les paupières pour vérifier s'il pouvait se donner toute la sévérité nécessaire et se décida à sortir.

Une bonne partie des gens du village était encore sur la place, il faillit se raviser. Mais on l'avait vu, il était trop tard. Il se dirigea d'un pas décidé vers la demeure des Mainguy.

Aubin repéra aussitôt la silhouette de son amie. Une brume froide montait de la mer en cette heure crépusculaire. Gwénola était assise dans le sable de la dune, parmi les oyats qui hérissaient le sable. Elle se tenait dans sa position habituelle : les genoux pliés en équerre entre ses bras, le menton posé dessus, le regard tourné vers le large. Ni les criailleries des volatiles, ni les bourrasques de vent, pas plus que le ronflement de la houle, ne pouvaient la distraire de l'obnubilation dans laquelle elle était plongée. Quand elle était dans cet état, Aubin avait renoncé à capter son attention. Mais ce jour-là, il s'était passé quelque chose d'assez grave pour se permettre de la déranger. Il se posa à côté d'elle. Elle ne réagit pas, sinon un soupir au bout d'une longue minute.

— Qu'est-ce que tu veux ?

— Moi, rien. C'est les parents, ils se demandaient où tu étais.

Gwénola savait pertinemment qu'ils avaient délégué leur fils en raison des événements de l'après-midi devant l'église.

— Ils sont fâchés après moi ?

De la main, Aubin esquissa la nage d'un poisson dans l'onde.

— Surtout le père. La mère t'a trouvé des excuses, tu penses bien.

— Tu parles… Ils ont tous la trouille de ce vieux fou de Croguennec.

— Ce n'est pas sans raison. Tu sais bien qu'il est le chef du village.

— Comment ça ! Les maisons ne lui appartiennent pas que je sache, les gens n'ont pas de comptes à lui rendre, sauf peut-être ceux qui lui doivent des sous.

— Facile à dire…

Ils restèrent un moment silencieux. La brume s'épaississait, d'une humidité glaciale à présent. Aubin se mit à frissonner.

— Ce serait mieux de remonter avec moi maintenant. Madeleine était inquiète, elle avait peur que tu fasses une connerie.

— Je ne vois pas pourquoi…

Gwénola se leva quand même, en soupirant de plus belle. Elle lissa sa robe devant et derrière pour en faire tomber le sable.

Croguennec cogna d'un poing impérieux contre le vantail supérieur. Toujours angoissée, Madeleine se précipita. À la vue du visiteur, elle sentit son cœur s'affoler, s'empressa d'ouvrir.

— Charles… Si on s'attendait…

Mine de rien, les badauds encore sur la place observaient leur chef, se doutant qu'il ne venait pas présenter ses civilités aux parents adoptifs de la fille Aubertin.

— Fernand est là ?

— Oui, oui, répondit celui-ci. Entre donc, Charles, tu prendras bien quelque chose.

La gêne de ses hôtes remonta un peu le moral du sieur Croguennec. Il accepta l'invitation, affectant toute la sévérité qui s'imposait en pareille circonstance. Il s'installa sur la chaise que Fernand lui avança.

— Sers-nous un verre de vin, Mado, si tu veux bien. Et du bon, ce n'est pas tous les jours que Charles nous fait l'honneur de sa visite.

— Je vous avoue qu'aujourd'hui, je m'en serais bien dispensé. Vous vous doutez pourquoi je suis là ?

— Oui… Un peu quand même… bredouilla Fernand.

— Je vais être franc avec vous. Vous êtes des braves gens, et des goémoniers qui font bien le boulot.

— On fait de notre mieux…

— Je n'ai pas apprécié la remarque que s'est permise votre gamine à mon égard.

Madeleine ne s'était pas assise, elle se tenait derrière la chaise dont elle serrait le dossier entre ses mains qui tremblaient un peu. Ni elle ni Fernand ne répondirent.

— Vous en avez discuté avec elle ? reprit Croguennec.

— C'est qu'on n'en a pas eu l'occasion, intervint la mère après une hésitation. Elle a disparu depuis.

— Ah ! Vous voyez bien. Elle-même a compris que ce ne sont pas des manières de jeune fille bien élevée. Ce n'est pas de cette façon qu'un enfant doit parler aux adultes, à plus forte raison quand on est une orpheline. Elle est bien contente de nous trouver pour nous occuper d'elle. Vous surtout.

— On va lui dire, Charles, tu penses bien, bredouilla Fernand. On va même la sermonner pour qu'elle ne recommence pas.

À ce moment-là, la porte s'ouvrit. Ce fut Aubin qui entra le premier.

— Je l'ai retrouvée, elle était…

À la vue de l'homme installé à la table, il se tut. Gwénola se profila derrière lui. Elle aussi marqua un temps d'arrêt.

— Nous parlions justement de toi, commença Fernand.

Gwénola fixait le visiteur. Dire que leurs regards se soutinrent serait exagéré, puisqu'il était borgne. L'adolescente avait recouvré son sang-froid en l'espace d'une seconde. Croguennec était de nouveau stupéfié par l'insolence qui transparaissait dans ses yeux de feu.

— J'aimerais savoir si tu es fière de toi ?

— Cela dépend, répliqua-t-elle. Il y a des fois où je suis fière de ce que j'ai fait, d'autres où je pense que j'aurais pu mieux faire.

Fernand toussota, l'affaire était mal engagée.

— Ne fais pas la sotte, Gwénola. Monsieur Charles parle de ce qui s'est passé cet après-midi. De ce que tu t'es permis de lui dire devant l'église.

— Je ne lui ai rien dit de désobligeant. Simplement que les infirmes sont des gens qui méritent eux aussi de vivre, d'être aimés. Moi j'aimais beaucoup Iffig, même s'il n'était pas comme les autres.

Croguennec ne put réprimer un haut-le-corps. Décidément, la pisseuse ne manquait ni d'audace ni de repartie.

— Ce n'est pas tant ce que tu as dit que la façon dont tu t'es adressée à moi devant tout le monde qui m'a paru déplacée, répondit-il en s'efforçant de garder le contrôle de ses nerfs.

Il avait haussé le ton. Gwénola prenait conscience de l'embarras des Mainguy, des ennuis qu'elle allait leur occasionner si elle persistait dans une attitude aussi provocante.

— Je vous l'ai dit, monsieur Croguennec, j'aimais bien Iffig. J'étais encore sous le coup de l'émotion. J'ai dû parler un peu vivement.

Elle perçut le soulagement immédiat de Fernand et de Madeleine.

— Oui, abonda Aubin. Gwéno est un peu ouragan sur les bords, mais ce n'est jamais bien méchant.

La péronnelle faisait enfin profil bas. Croguennec marquait des points, il ne s'était pas déplacé pour rien. Mais cette première marque de contrition ne lui suffisait pas.

— Quand on a le sang un peu trop chaud, il faut apprendre à se maîtriser.

Il marqua une pause.

— On m'a rapporté ce qui s'était passé entre ce pauvre Léonce et toi quelque temps avant son décès, laissa-t-il tomber d'un ton perfide.

Cette fois, Gwénola ne put masquer sa confusion. Pourquoi ce diable d'homme ressortait-il cette histoire vieille de cinq ans ?

— Il l'avait bien cherché, il avait fait du mal à Aubin. Il avait essayé de l'étouffer sous des brassées de goémon.

— De là à lui sauter dessus comme une harpie. Fallait quand même que tu lui en veuilles sacrément pour l'allonger devant tout le monde.

L'allusion était on ne peut plus flagrante, mais cela ne satisfaisait pas encore Croguennec. Gwénola encaissait sans sourciller, mais elle sentait une boule douloureuse se nouer dans sa gorge.

— Ouais, reprit Charles. Il y a des gens qui ont la rancune tenace. Des fois même, ils vont jusqu'à éliminer ceux qui se mettent en travers de leur chemin.

Un silence de plomb s'installa dans la pièce, ponctué de petits crépitements dans la cheminée où finissaient de se consumer quelques brandons.

— Enfin… Le pauvre Léonce est mort. Paix à son âme… C'était préférable pour tout le monde de dire que c'était la faute à pas de chance.

Fier de sa prestation, Croguennec estima que cette fois cela suffisait. Il trempa ses lèvres dans le vin que lui avait servi Madeleine et en aspira une large gorgée.

— Fameux, fit-il à Fernand en clappant des lèvres. Je ne regrette pas d'être venu, ç'aurait été dommage de rester fâchés pour une bagatelle.

Puis il s'adressa à la jeune fille.

— Tu vois, Gwénola, je ne t'en veux même pas. Mais tout le monde me connaît, je ne suis pas du genre à laisser une affaire en suspens. Lorsqu'il y a un malentendu, il vaut mieux le dissiper tout de suite avec les personnes concernées. Je ne te demande même pas les excuses que je serais en droit d'exiger pour avoir été offensé aux yeux de tous nos amis. J'espère seulement que cela te servira de leçon.

Il avala une seconde rasade, puis il se leva afin de prendre congé.

14

Le départ de Charles Croguennec laissa place à un silence de mort. Même Aubin n'osait bouger, lui d'habitude si volubile. Gwénola percevait la lourdeur des reproches que Fernand n'osait encore lui formuler, la compassion embarrassée de Madeleine, qui n'était pas loin de penser que l'adolescente avait eu raison de balancer au borgne la maladresse de son oraison funèbre.

Gwénola se tenait au milieu de la pièce, il n'aurait pas fallu beaucoup d'imagination pour la croire être l'accusée dans le prétoire d'un tribunal. Chacun gardait les yeux baissés. Ce fut la mère qui prit l'initiative de dissiper le malaise.

— Tu as bien fait de rattraper ta maladresse de cet après-midi, dit-elle en se dirigeant vers la cuisinière, montrant ainsi que l'incident était clos et que la vie reprenait son cours normal.

Fernand maugréa encore un peu, pour la forme, et en profita pour vider le verre de vin du visiteur – c'était du bon, ç'aurait été dommage de gaspiller.

— Charles Croguennec n'est pas aussi mauvais que certaines mauvaises langues passent leur temps à l'insinuer, dit-il pour avoir le dernier mot. C'est bien, ma fille, d'avoir eu l'intelligence de ne pas envenimer la situation.

— Tu peux me donner un coup de main pour éplucher les légumes ? demanda Madeleine à Gwénola.

Elle soupira.

— Oui, je viens.

Ce n'était pas d'un enthousiasme délirant.

— Tu n'es pas obligée si tu n'as pas envie…

— Si, si. Je rêvais. Excuse-moi.

L'atmosphère se détendit peu à peu. Aubin proposa de mettre le couvert. Fernand sortit prendre l'air avant de passer à table, fumer une petite cigarette de ce tabac gris qu'il roulait d'un geste expert et collait d'un preste coup de langue.

Assis sur le banc dans le bout de jardin en pignon donnant sur la mer, il contemplait les ronds de fumée bleutée d'un œil morose. Il ressassait les sous-entendus du chef de Keravel à propos de Léonce Decourt. Croguennec n'était pas le seul à avoir supputé que c'était leur pensionnaire qui avait réglé son compte à ce grand crétin. Il devinait même la raison qui avait pu pousser Gwénola à lui casser la tête d'un coup de caillou et à le laisser se noyer dans le flot entre les rochers, peut-être même à l'y contraindre au cas où il reviendrait à lui. Armand Aubertin était un ami d'enfance, tous deux avaient appris la mer en même temps, le défunt était le plus habile marin qu'il avait jamais connu. Pas de nature à embringuer sa barque dans des rochers qu'il connaissait mieux que n'importe quel riverain de la côte du pays Pagan. Un moment de distraction ? Ce n'était pas le genre d'Armand non plus, d'autant qu'il avait charge d'âmes avec son épouse et sa gamine. Fernand ne pouvait développer aucune certitude, mais ce couillon de Léonce était assez du genre à avoir bricolé l'embarcation des Aubertin. Ce n'était un secret pour personne qu'il était secrètement amoureux de leur fille, mais aussi qu'il lui en voulait à mort de l'avoir ridiculisé devant la communauté tout entière. Il faudrait qu'il en parle à Gwénola à l'occasion, histoire d'en avoir le cœur net.

Madeleine ouvrit la porte et le héla. C'était prêt, il était temps de passer à table.

Le repas se déroula dans une ambiance tendue. Chacun y mettait pourtant du sien, devisant du temps, de la campagne goémonière qui se révélait l'une des meilleures de ces dernières années.

— Si le beau temps se met de la partie, pontifia le père Mainguy en imbibant un croûton du bouillon au fond de son assiette, nous aurons bientôt de quoi commencer le séchage et le brûlage. Cela nous permettra de prendre un peu d'avance.

— Avec les tempêtes de ces derniers jours, c'est pas sûr que le soleil ait envie de pointer son nez.

— Joue pas les rabat-joie, Mado. Le soleil ne va pas faire la gueule toute l'année. Lui aussi doit avoir envie de faire la fête.

Les dîners étaient plutôt frugaux chez les petites gens, aussi bien ceux de la côte que les paysans de l'arrière-pays. La soupe était le seul plat chaud du soir. Ensuite on se lestait l'estomac d'une tranche de lard et d'un quignon de pain. Pour les marins, c'étaient souvent des coquillages, des palourdes, des praires si difficiles à ouvrir vivantes pour celui qui ne savait comment s'y prendre, des crustacés aussi, un tourteau, une araignée à la chair si goûteuse, voire un homard trop abîmé pour la vente aux mareyeurs qui approvisionnaient les restaurants fréquentés par les touristes anglais. Quant à lui, Fernand Mainguy aimait préparer des petites berniques à la façon des vieux marins, pas les grosses trop coriaces. Il les éviscérait, tête et boyaux, en pressant la sole du pouce. Puis il les mettait à mariner dans un fond d'huile avec beaucoup de vinaigre et une ou deux échalotes ciselées. Un véritable délice à l'entendre, accompagnées d'une tranche de pain noir et d'une noix de beurre salé, sans oublier une lichette de vin blanc bien frais, notamment le dimanche.

Le repas s'acheva. Même si elle ne le montrait pas, Gwénola restait mortifiée d'avoir dû baisser pavillon devant ce salopard de Croguennec qui se prenait pour le grand manitou de Keravel. Elle aida Madeleine à débarrasser la table et à laver la vaisselle.

— Tu as l'air fatiguée, remarqua la mère Mainguy, à son air renfrogné.

— Oui. Je vais même aller dormir chez moi, si cela ne te dérange pas.

— Ça doit sentir le renfermé depuis le temps que tu n'y as pas mis les pieds.

— Justement, ce sera l'occasion d'aérer un peu. Et puis, j'ai besoin d'être seule.

Madeleine lui prit le poignet et la serra contre elle. Une brève étreinte, dans laquelle ni l'une ni l'autre n'avaient l'intention de s'abandonner.

— Ne te tracasse pas trop pour l'histoire de cet après-midi. Croguennec, il est toujours lui-même à se persuader qu'il est le chef, mais c'est beaucoup d'esbroufe pour peu de chose. D'ici peu, il aura oublié ce qui s'est passé.

Gwénola soupira.

— De toute façon, je m'en fous. Il peut penser ce qu'il veut, c'est pas mon affaire.

— Sacrée tête de mule ! Tu ne changeras donc jamais.

Contrairement à ce qu'avait laissé entendre Madeleine, Gwénola revenait à échéance régulière dans le domicile où elle avait été élevée. Sans Aubin, qui aurait pourtant bien aimé se retrouver seul avec elle, surtout depuis qu'un peu de duvet lui ombrait les joues et la lèvre supérieure. Mais pour elle, depuis la mort de ses parents, cette chaumière revêtait la dimension sacrée d'un sanctuaire. Les corps d'Armand et Jacqueline étaient au cimetière de Kerlouan, mais leurs âmes vivaient encore entre ces quatre murs. Le paradis terrestre, c'était pour les riches, pas pour les pauvres. En contrepartie, ces derniers avaient droit direct aux loges célestes, le purgatoire et l'enfer, ils les avaient connus avant de mourir.

Gwénola leur parlait à voix haute. Elle leur avait désigné celui par la faute duquel ils étaient partis, avant qu'ils aient pu régler leurs affaires en ce bas monde. Elle avait trouvé leurs économies, mais elle n'en avait pas dépensé un seul centime. Pour Léonce, s'il les avait rejoints, ce n'était pas la peine de trop lui en vouloir. C'était un pauvre garçon, plus bête que méchant, il n'avait pas mesuré les conséquences de son geste. De toute façon, ils avaient été vengés. Là, en revanche, elle n'avait pas dévoilé le nom de celui qui s'en était chargé. C'était leur secret à elle et à Aubin.

Aubin... En voilà un autre qui devenait pathétique avec son amour juvénile avant l'heure, sa flamme qu'il lui avait déclarée à maintes reprises. À vrai dire, il l'amusait plutôt qu'autre chose, et elle n'était pas loin d'éprouver pour lui de la pitié. Mais elle devait tant aux Mainguy qu'il n'était pas question de lui faire de la peine.

Gwénola tressaillit, un grincement. Quelqu'un essayait d'ouvrir la porte. Elle se leva de la chaise, se précipita pour interdire l'entrée de son domaine sacré. Trop tard, la porte pivota. Aubin, bien sûr. Ce ne pouvait être que lui.

— J'ai cru comprendre que tu étais malheureuse, alors je suis venu voir si tu avais besoin de quelque chose.

Elle hésita à le repousser, mais sa sollicitude était si touchante.

— Je veux bien que tu restes un peu, à condition que tu partes quand je te le dirai.

Il promit. Elle referma la porte contre laquelle elle resta adossée.

— Qu'est-ce que tu voulais me dire ?

— Rien, je ne sais pas, s'embrouilla-t-il. Ah, si... Te dire que les parents étaient soulagés que Croguennec ne soit pas parti fâché.

— Arrête, s'il te plaît. J'en ai par-dessus la tête de Croguennec. Croguennec, toujours Croguennec, comme si c'était lui qui faisait la pluie et le beau temps. C'est quand même pas le bon Dieu !

— Pour Léonce, il est persuadé que c'est toi qui l'as tué.

— Oui, comme beaucoup d'autres à Kerlouan. Là, je suis d'accord avec toi, ça c'est déjà plus embêtant.

— Tu sais, je veux bien aller lui dire que c'est moi qui ai fait le coup.

— Pourquoi tu ferais ça ?

— Mais parce que je t'aime. Tu as oublié ?

— Mon pauvre Aubin, les gendarmes viendraient te chercher, ils t'emmèneraient dans une maison de correction.

— Ce n'est pas grave, puisque tout le monde te laisserait tranquille avec cette histoire-là.

Elle secoua la tête.

— De toute façon, personne ne te croirait.

— Pourquoi ? Parce que j'étais moins fort que lui ?

— C'est un peu ça, en effet.

Elle lui raconta l'histoire de David contre Goliath, lue dans la bible de sa mère, mais ce n'était qu'une légende. Dans la réalité, il était rare que le nain terrasse le géant.

— C'est pourtant moi. Je leur expliquerais comment j'ai fait, ils seraient bien obligés de me croire.

Elle posa ses lèvres sur la joue du garçon. En cet instant, elle n'aurait pu lui prodiguer plaisir plus intense. Il la retint, essaya de glisser ses lèvres vers les siennes. Elle détourna la tête au dernier moment. N'ayant pu que respirer son haleine, il retomba en arrière comme une chiffe molle, haletant, désemparé. D'une voix éteinte, il lui demanda :

— Et toi, Gwéno, est-ce que tu m'aimes aussi ? Même juste un petit peu…

Elle soupira.

— Aubin, combien de fois faudra-t-il te le dire ? Nous sommes bien trop jeunes pour parler de ces choses-là. Plus tard, quand nous serons plus grands, plus mûrs, alors je te répondrai.

— Alors, je vais attendre, dit-il, plein d'espoir.

Elle n'était pas fière de leurrer une âme aussi loyale. C'en était trop pour la même journée.

— Laisse-moi maintenant, Aubin, je t'en prie. Je suis fatiguée, j'ai besoin d'être seule.

Il tirait grise mine dans la lueur de la lampe que son amie avait allumée en arrivant et fichée sur le manteau de la cheminée.

— C'est pas chic, Gwéno, j'aimerais rester encore un peu avec toi.

— Tu as promis, Aubin. Si tu ne m'obéis pas, je ne te laisserai plus jamais revenir ici.

Il soupira, se dirigea vers la porte. Elle l'interpella au dernier moment :

— Et puis, n'oublie pas, hein ! Ce qui est arrivé à Léonce et ce qu'il avait fait à la barque de mes parents, c'est notre secret, rien qu'à nous deux. Tu m'as juré de ne le dire à personne. À personne, tu te rappelles ?

15

Fernand Mainguy avait vu juste. Aux tempêtes d'avril succéda une canicule qui fit mentir le proverbe de ne pas se découvrir d'un fil. Toutefois, avant de libérer la scène, un vent revanchard se déchaîna la dernière nuit, effectuant un baroud d'honneur stupéfiant, échevelant la mer, balayant l'estran au point d'en soulever des giclées de sable, grignotant la dune, tirant les nuages à hue et à dia, comme la gamine capricieuse et contrainte d'obéir détruit ses poupées, jusqu'à en dilacérer les haillons aux lointains horizons. Au petit jour se dévoila alors un ciel d'une limpidité absolue, affichant une sérénité insolente après une pareille débauche. Chacun s'étonna. Personne ne se plaignit d'une versatilité aussi inhabituelle.

Pour les plus pessimistes, ce n'était qu'une accalmie. Faut pas rêver, avant peu les diables tapis là-haut vont se remettre à pisser. Au bout de trois jours, ils cessèrent de ronchonner : le beau temps paraissait parti pour rester. Aux premières lueurs de l'aube, le ciel se transformait en un dais brumeux et uniforme, d'une opalescence présageant une torride journée estivale.

Il faisait chaud dès dix heures. En quelques semaines, le paysage se décharna. Les ajoncs eux-mêmes, insensibles d'habitude aux rigueurs climatiques, commencèrent à dépérir, devinrent plus secs, plus rudes, leurs fleurs crémeuses perdirent de leur douceur tandis que se ternissaient les herbes de la dune. L'impression de sécheresse devint encore plus prégnante quand le vent revint en scène. Pas méchant au demeurant, mais inextinguible, se faufilant partout en traque des traces de verdure, dépouillant les bosquets de leurs feuilles encore trop tendres, noircissant les bourgeons à peine éclos.

Les pigouyers ne pouvaient rêver printemps plus propice au séchage du goémon dont les meules bâchées bosselaient le haut de l'estran. Il revint aux femmes et aux enfants de s'y coller, les hommes continuant à récolter le goémon de rive, une partie de plaisir, dans une eau agréable, sous ce soleil généreux qui réchauffait les corps et les cœurs. Les esprits aussi. Les barques s'aventuraient de plus en plus loin, jusqu'aux rochers auparavant inaccessibles. Les rameurs s'échinaient à traîner des dromes chargées à craquer.

Au bout de quelques jours, tournées et retournées, les longues laminaires perdirent de leur viscosité, se recroquevillèrent en une étoupe noirâtre. Les faneuses de l'estran les couvraient le soir afin de les protéger des rosées matinales. À ce rythme-là, il fut très vite possible de démarrer le brûlage. Les fours à soude furent débarrassés des herbes immiscées entre les pierres qui les tapissaient. Celles-ci furent remises d'aplomb. Début juin, ils reprirent du service.

Les premières séances de brûlage revêtaient toujours des allures de fête, la consécration des semaines d'un travail ingrat. Les algues étaient nécessaires à la survie de la communauté côtière, des amies, certes, mais qu'on maudissait pour les souffrances qu'elles imposaient. Avant le premier allumage des fours, les pigouyers se recueillaient à la mémoire des disparus. Ceux désignés par le destin pour payer le tribut exigé par les dieux de la mer, usuriers aussi invisibles qu'impitoyables.

En cette année 1931, la facture de Keravel avait été lourde. Le village s'était vu amputer de trois de ses membres : Iffig Le Bras comme on le sait déjà, Célestine Travers d'une pleurésie un peu plus tard, mère d'un garçon et d'une fille, douze et dix ans, elle laissait à son mari Arsène la charge de les élever. Y perdit aussi la vie un gamin de onze ans, le fils de Marcel et Nadine Bouter. Loïc ou Valentin ? Détail stupéfiant, on ignorait le prénom du défunt.

Les Bouter avaient eu toutes les peines du monde à procréer. Une infertilité dont les instances médicales ne parvenaient à diagnostiquer la cause. Nadine avait essayé toutes les recettes de bonne femme, parfois à l'insu de son bonhomme. Elle avait même effectué le voyage jusqu'à Locronan – ce n'était pas la porte à côté – pour frotter à cru son fondement sur la pierre mégalithique réputée rendre fécondes les femmes stériles : *Garek Gwen*, la jument blanche. Rien n'y faisait, ni les prières, ni les incantations, pas plus que les décoctions de plantes aux noms compliqués. Ils se résignaient, Nadine aidait les mamans qui venaient d'accoucher, reportant sa tendresse sur des enfants qui n'étaient pas les siens. Et puis, une nuit, alors qu'elle venait de fêter ses trente-huit ans et qu'elle avait la coiffe un peu chavirée, et lui le béret de travers, elle eut l'impression que la semence de son mâle au creux de son ventre n'était plus de la même teneur. Comment dire ? Plus drue, plus vivante aussi, infiltrée au plus haut dans ses entrailles. Elle se garda bien de faire part de son intuition à son partenaire, n'ayant pas la cruauté de le décevoir une fois de plus. Au bout de cinq semaines, elle éprouva enfin le bonheur de lui annoncer la bonne nouvelle.

— Tu es sûre ?

— Puisque je te le dis… Je n'ai pas saigné depuis plus d'un mois.

Marcel fut alors le plus heureux des hommes. Il entoura sa Nadine d'une tendresse assidue, lui épargnant toutes les corvées, lui interdisant de porter des charges trop lourdes et bien entendu de participer au travail des goémoniers. Son ventre s'arrondit de façon prometteuse au bout de quelques mois, laissant augurer un garçon robuste, à l'image de son père, qui était un sacré gaillard.

Ce ne fut pas un, mais deux petits mâles que la sage-femme l'aida à mettre au monde. La nature avait pris son temps, pour se faire pardonner elle avait mis les bouchées doubles. Les jumeaux se révélèrent absolument identiques en grandissant, non seulement physiquement, mais également dans leur façon d'être, les mêmes mimiques, les mêmes gestes, la même démarche. La même intrépidité également. De vrais casse-cou, en fait. Sans doute, les parents ne se montrèrent-ils pas assez sévères, trop heureux d'avoir vaincu le sort.

Au mois de février de cette année-là, les deux chenapans se mirent en tête d'aller fouiner dans les rochers au large. C'était un matin de grande marée, il faisait un temps de cochon. Ils avaient dix ans, la certitude de débusquer le homard le plus grand et aux plus grosses pinces qu'aucun pêcheur de Keravel n'avait jamais capturé dans ses casiers. Il est rare qu'une bestiole de cette taille s'aventure si près de la côte, ils poussèrent plus loin, ne prêtèrent pas attention à l'eau qui remontait à grande vitesse autour de l'îlot rocheux où ils s'étaient risqués. Quand ils en prirent conscience, ils n'avaient plus pied.

Par un temps pareil, l'estran était désert. Les gamins eurent beau brailler, personne ne les entendit. Le promontoire où ils étaient perchés se réduisait à vue d'œil. Quelques minutes et la pointe rocheuse serait submergée. Avant d'être happés par les vagues qui enflaient, les misérables tentèrent de rejoindre le bord par leurs propres moyens, en pataugeant dans l'écume qui leur montait déjà à la taille.

Personne ne sut dire exactement ce qui s'était passé ensuite. Toujours est-il qu'il n'y eut qu'un des deux à atteindre la partie ferme de la grève.

Ne les voyant plus, ne les entendant plus crier autour de la maison, la mère se douta qu'il s'était produit quelque chose d'anormal. Mue par un mauvais pressentiment, elle s'empressa de descendre à la côte où elle repéra aussitôt le rescapé. Recroquevillé dans une flaque, il était épuisé, c'était miracle qu'il ne se soit pas noyé.

— Où est ton frère ?

Le malheureux fut incapable d'expliquer quoi que ce soit, pour la simple et bonne raison qu'il avait perdu la mémoire, au point de ne plus se souvenir de son prénom.

On prétend les jumeaux unis par des liens indéfectibles, par-delà la mort. L'année suivante, jour pour jour, et sensiblement à la même heure, le survivant disparut à son tour au même endroit. Tout laissait croire qu'il était parti rejoindre son frère, dont on n'avait pas retrouvé le corps – la mer garda également la dépouille de celui-ci.

Les fours fonctionnaient à plein régime jusqu'au crépuscule, aussitôt allumés après avoir été délestés des pains de la veille, mais cela ne suffisait pas à écouler le volume d'algues séchées. Croguennec décida d'en creuser deux de plus, la place ne manquait pas, sans empiéter sur le territoire des voisins. La canicule ne faiblissait pas. Avec la chaleur que dégageait la soude en fusion, aggravée par les flèches d'un soleil de plomb, la tâche devenait harassante. Les hommes n'arrêtaient pas de se désaltérer, engloutissant les bouteilles d'eau que les gamins allaient remplir à échéance régulière au puits de Keravel.

L'herbe rase des dunes avait jauni, les oyats piquaient du nez, et toujours ce vent qui levait des volées de sable, aussi étouffantes que la fumée iodée des laminaires en train de se consumer. C'est ce vent impudent qui fut d'ailleurs à l'origine d'un incident cocasse alors qu'il aurait pu avoir des conséquences dramatiques.

Charles Croguennec sentait le moral de ses troupes au plus bas. Sa présence devenait indispensable afin d'éviter des défections. Chez les femmes notamment. Les malheureuses avaient beau se protéger la nuque sous d'amples chapeaux de paille ou de jonc tressé, le soleil leur tapait sur la calebasse avec un sadisme redoutable, les faisant transpirer comme bœufs à l'attelage. Le chef feignait de donner la main, passait de l'un à l'autre, prodiguait les mots encourageants. Mais il ne recueillait que des soupirs désabusés.

Ce jour-là, le vent se fit encore plus violent, les fumées tourbillonnaient avant de se rabattre sur les pourvoyeurs des fours, le sable picotait les yeux si cruellement qu'ils enfournaient à l'aveuglette le goémon séché pour les alimenter.

Charles Croguennec était sujet de temps à autre à des turbulences intestinales aussi soudaines qu'imprévisibles. En un mot, il avait intérêt à trouver au plus vite un lieu isolé avant de souiller ses braies. Les dunes n'offraient guère ce genre d'endroit, sinon une parcelle de lande où les ajoncs étaient assez hauts pour qu'un homme accroupi y passe inaperçu.

Soucieux de ne pas exhiber ses faiblesses physiologiques, se tenant le ventre afin d'endiguer les gargouillements qui lui tordaient les tripes, il se dirigea vers ces chiottes de plein air, affectant une nonchalance propre à dissiper les soupçons. Il fut obligé d'accélérer au dernier moment.

Gwénola avait vu Croguennec s'éloigner. Elle comprit tout de suite pour quelle raison il s'enfonçait dans le landier aux épines durcies par la sécheresse et donc encore plus acérées. D'imaginer ce matamore la culotte baissée sur les chevilles et les fesses à l'air la fit sourire. Elle n'y aurait pas prêté davantage attention si une bourrasque soudaine n'avait soulevé une pleine brassée de goémon en pleine combustion. Attisé par le déplacement, le nuage ardent plana quelques secondes au-dessus de la dune avant d'atterrir précisément dans le landier où Croguennec était en train de se soulager avec la satisfaction que l'on devine.

Les ajoncs secs s'enflammèrent aussitôt comme de l'amadou. Tout le monde avait vu le feu s'envoler, mais seule Gwénola savait que Charles Croguennec se trouvait au cœur même du brasier. Elle aurait pu jouer les ignorantes, trop contente de voir un individu aussi détestable finir carbonisé, mais sa grandeur d'âme interdisait qu'elle laisse périr même un ennemi. Elle se précipita, la silhouette émergea des flammes roussâtres et se mit à gesticuler afin de se dépêtrer des ajoncs qui crépitaient comme des torches.

Les autres villageois prirent alors conscience du drame en train de se jouer. Ils accoururent à leur tour. Croguennec se tenait le pantalon dans un ultime instinct de dignité. Des flammèches couraient sur ses vêtements comme des feux de Saint-Elme aux mâts des bateaux. Ce n'était pas le jour de chance du quinquagénaire. Au moment de s'éloigner de l'enfer, il se tordit la cheville dans l'un des terriers que les lapins creusaient la nuit lors de leurs folles sarabandes sur les dunes. Le pauvre s'affala en avant. Le landier pétillait de plus belle, projetant des gerbes d'étincelles, le feu courait sur l'herbe pelée en poursuivant le fuyard en passe de lui échapper. Gwénola l'atteignit avant. Elle lui attrapa vivement le bras, le traîna sans ménagement hors de portée des flammes. Puis elle l'aida à se relever.

— Venez, monsieur Charles. Appuyez-vous sur moi.

Croguennec paraissait complètement halluciné. Il dévisagea la jeune fille qu'il ne reconnut pas et accepta bien volontiers son bras.

— Oui, vite. Tu as raison, il ne faut pas rester là… bredouilla-t-il en se déhanchant et claudiquant.

Il affichait le faciès d'un démon, grimaçant de douleur. Les villageois aidèrent Gwénola à conduire Croguennec un peu plus loin. Celui-ci se laissa tomber comme une masse. Il peinait à recouvrer son souffle. Ses mains et son visage étaient rosis, ses sourcils roussis. Il n'avait pas encore mal, mais il tremblait. Peu à peu il reprit conscience de la réalité, de la présence de ses amis autour de lui. Puis il avisa Gwénola. Aussitôt ses traits se durcirent, son regard devint acéré entre ses paupières plissées.

— Qu'est-ce que tu fais là, toi ? aboya-t-il avec hargne.

— Tu lui dois une fière chandelle, intervint Lalouette. Sans Gwénola, tu serais en ce moment en train de rôtir comme les damnés du père Satan.

— Ah bon… fit le miraculé. Il est donc de mon devoir de te remercier.

Le ton n'y était pas.

— Ce n'est pas la peine, répondit l'adolescente. Je n'allais quand même pas vous laisser rôtir comme une vulgaire saucisse.

La trivialité de la repartie leva un immense éclat de rire. Croguennec se sentit mortifié d'être redevable à cette effrontée qui le ridiculisait pour la seconde fois.

16

Manquer de finir grillé comme ces saucisses que les goémoniers mettaient à frire sur les pains de soude en fusion à la nuit tombée ! Une fin aussi ubuesque pour être allé se délester les entrailles à l'abri d'un landier ! Pensez si les villageois riaient sous cape, les adolescents singeaient Croguennec, ils couraient en se tenant le haut du pantalon et en criant à tue-tête « Au feu, au feu ! ». Les parents se retenaient de manifester leur joie de façon aussi sonore, mais ils fermaient les yeux sur l'insolence de leurs gamins. Il est vrai que la situation était trop jouissive pour ne pas en profiter, pour ne pas s'émanciper, ne serait-ce que quelque temps, de la soumission que le « chef » imposait à tous.

Charles Croguennec se tint cloîtré plusieurs jours, mortifié d'être la risée de la communauté, dont il percevait les éclats. Il en tenait rigueur à Gwénola, qui n'était pourtant pour rien dans ses perturbations intestinales. Suprême ingratitude, pour un peu, il lui en aurait voulu de l'avoir aidé à s'éloigner du brasier.

Gwénola avait le sentiment d'avoir réglé sa dette. En lui sauvant la vie, n'avait-elle pas lavé l'affront qu'elle lui avait infligé sur le parvis de l'église de Kerlouan ? Aubin était plus perplexe : devait-il admirer sa bien-aimée de ne pas avoir laissé le tyran périr dans les flammes de l'enfer ?

Croguennec fut contraint d'émerger de sa tanière pour s'approvisionner comme tout un chacun. Une délégation se rendait une fois par semaine au bourg de Kerlouan en char à bancs afin de rapporter les produits que n'allouaient ni la côte ni les parcelles cultivées. S'enfermer trop longtemps dans le rôle du pitoyable guignol risquait de saper définitivement son autorité. Son entorse n'était pas bien grave, à peine une simple foulure, mais suffisante pour justifier son isolement.

Les arpents de lande avaient été totalement calcinés. Le miraculé avait souffert le laps de temps où il était coincé au cœur de la fournaise. Son visage et ses mains s'étaient boursouflés de cloques séreuses. Ses cils et ses sourcils roussis lui dressaient un faciès pour le moins singulier, à la limite du cadavérique, avec ses traits osseux de squelette.

Les gamins dévisagèrent le revenant. Celui-ci s'évertuait à boiter afin de provoquer la pitié. L'un des petits drôles se permit même de chuinter entre ses lèvres un pet d'une sonorité exceptionnelle. Derrière son dos, cela va sans dire. Charles feignit de ne pas avoir entendu. Il était impossible pour les adultes d'ignorer leur mentor après l'épreuve qu'il venait de traverser. L'un s'enquit de sa santé en scrutant son visage tourmenté, allant jusqu'à se prétendre soulagé de le voir sain et sauf, un autre lui fit remarquer qu'il avait eu de la chance.

— Faut croire que mon heure n'était pas encore arrivée, grommela-t-il en s'éloignant.

Il croisa même la jeune fille qui lui avait sauvé la vie. Fière de ne plus rien lui devoir, Gwénola lui demanda comment cela allait.

— Je crois t'avoir déjà remerciée, bougonna Croguennec, en évitant de croiser son regard.

Les bras ballants, l'adolescente fronça les sourcils, pas sûre d'avoir bien entendu. Madeleine Mainguy se tenait à proximité, stupéfiée elle aussi par une malhonnêteté aussi indigne.

— N'embête pas monsieur Charles. Tu sais bien qu'il n'aime pas que l'on s'apitoie sur son sort.

Croguennec ressassait son amertume. Si le souvenir des déboires que lui avaient valus ses turbulences intestinales s'estompait, son aura en avait pris un coup. Ses conseils aussi bien que ses velléités d'autorité prêtaient peut-être à moquerie, mais le village avait besoin de lui, d'un maître à penser. Alors on l'écoutait d'autant plus volontiers que de s'être fait rabaisser le caquet à deux reprises l'avait rendu moins méprisant, moins cassant.

Gwénola précisait sa silhouette de femme, ses hanches s'épanouissaient. Sans être opulente, sa poitrine tendait le tissu léger de sa robe ou de son chemisier. Les garçons aussi bien que les hommes se retournaient. Les demoiselles de Keravel la jalousaient avec des mines de mijaurées, ce qui ne manquait pas de la faire sourire.

La canicule dura jusqu'à la fin juillet, laissant un paysage aride, des dunes pelées, des landes faméliques pour celles qui n'avaient pas été brûlées. Les fours avaient tourné à plein régime pendant les deux mois, les charrettes avaient déposé à échéance régulière leur précieuse cargaison à la pointe du Neiz Vran à Pors Gwen où les bateaux venaient récupérer les pains de soude avant de les transporter à l'usine qui en extrayait de l'iode.

Un soir, le vent chaud cessa de souffler, épuisé ou conscient d'être un intrus dans cette région d'habitude tempérée. L'immobilisation des masses d'air renforça le sentiment d'oppression. Le ciel changea de couleur à la tombée de la nuit, se cuivrant à l'aplomb du coucher de soleil, tandis qu'à l'autre horizon se déployait une barre de nuages noirs. Personne n'eut besoin cette fois de l'avis doctoral des anciens – maîtres comme chacun sait en prévision météorologique – pour augurer que le temps était en train de changer. Les propriétaires d'une parcelle de blé à l'arrière de Keravel regrettèrent d'avoir tout consacré à la production goémonière. D'avoir négligé la moisson.

Au petit jour, l'espace paraissait absolument figé. Le ciel s'était couvert d'un bouclier bas et uniforme, compact à perte de vue, sans qu'y apparaissent pour autant les boursouflures des nuages. Les villageois qui devisaient sur la place de Keravel jetaient des coups d'œil incessants au firmament. Gwénola avait du mal à supporter cette moiteur qui lui huilait le corps et l'empêchait de respirer à sa guise. Elle s'éclipsa en douce et emprunta le chemin descendant à l'estran.

Il était plus de neuf heures. Sur la côte, le paysage se révéla encore plus angoissant, le ciel noirâtre, la mer terne, refusant d'être le miroir d'une menace aussi tangible. Elle ôta ses sabots et ses chaussettes, remonta le bas de sa robe et mit les pieds dans le flot. La fraîcheur de l'eau lui procura un sentiment de bien-être immédiat. Mais cela ne lui suffisait pas, elle éprouva le besoin de goûter à la délicieuse sensation sur tout son corps, ne serait-ce que quelques secondes. Un coup d'œil rapide vers le sommet de la grève. Aucune silhouette ne se dessinait dans le chemin. Elle sortit de l'eau, se débarrassa à la hâte de ses vêtements qu'elle cala sous une pierre sur une langue de sable sec. Nue, elle retourna dans l'onde, où elle s'immergea jusqu'au menton. Elle ferma les yeux, releva les jambes afin de se laisser flotter, s'installa aussitôt une sérénité parfaite, avec une impression de pureté virginale.

C'est à ce moment-là que se déchaîna la colère céleste contenue depuis la veille. Un éclair fendilla le dais au loin. Les paupières closes, la naïade ne le vit pas. Puis les premières gouttes tombèrent, droites sans le vent, dessinant dans l'eau des auréoles larges comme des soucoupes. Elle ouvrit les yeux, tendit le visage à l'averse qui s'intensifiait. Elle se redressa afin de s'en faire fouetter, frissonnant dans le picotement tiède. Elle sortit de la mer, remonta sur le sable, s'offrant à présent tout entière à la pluie qui crépitait de plus en plus fort.

L'orpheline s'était déjà caressée, dans le secret de sa chambre. Des expériences ponctuelles, suivies d'amertume, décevantes au bout du compte. Elle eut l'intuition que ce serait différent dans ce décor dantesque, où elle communiait avec les éléments déchaînés, l'apocalypse, ou au contraire la naissance du monde, enfin quelque chose comme ça, une impression impossible à définir. Soudain, imprévisible, instantanée, une onde de désir l'investit des pieds à la tête, pareille au frémissement que le vent coquin levait sur la crête des vagues. Elle ploya les genoux, entrouvrit les cuisses en se cambrant en arrière. Ses doigts glissèrent d'eux-mêmes au creux de son ventre. En quelques secondes l'irradia un plaisir d'une intensité qu'elle n'aurait jamais imaginée. Bouche entrouverte, elle se laissa tomber à genoux, s'assit sur ses talons, se renversa en arrière, insistant jusqu'à ce que la vibration se communique à toutes les parcelles de son corps, la face tournée vers le ciel, ruisselante sous l'averse, les paupières closes. Un témoin l'aurait crue en proie à une atroce souffrance. Au moment de céder à la jouissance, elle poussa un cri terrible, sans en avoir conscience, roula sur le côté dans le sable où elle termina allongée sur le flanc en chien de fusil. Vidée de toute sensation.

— Ça va, Gwéno ?

En une seconde, les sangs de l'adolescente se glacèrent. Elle se redressa à genoux. C'était Aubin.

— Qu'est-ce que tu fais là ? bredouilla-t-elle, d'une voix rauque.

— Je t'ai vue partir tout à l'heure. Je ne te voyais pas revenir, je me suis inquiété.

— Ça fait longtemps que tu es là ?

— Non, je viens d'arriver, mentit-il. Je t'ai entendue crier quand même. Tu t'es fait mal, tu t'es blessée ?

Elle déglutit, horriblement embarrassée.

— Va me chercher mes habits. Ils sont un peu plus haut, sous une pierre.

Troublé lui aussi, Aubin s'empressa de lui obéir. Il lui tendit les vêtements roulés en boule. Ils étaient trempés.

— Tourne-toi, le temps que je me rhabille.

Elle enfila le chemisier, la jupe. Sa petite culotte semblait avoir disparu. Elle n'osa demander à Aubin de retourner voir s'il la retrouvait.

— Je peux me retourner maintenant ? demanda le garçon.

Le vent se leva, lui collant le tissu mouillé à la peau, sculptant son corps dans les moindres détails comme si elle était nue, plus suggestive, plus provocante, d'être à peine voilée que si elle n'avait rien eu sur elle. Elle avait conscience de son indécence, mais s'était jetée elle-même dans le piège, y entraînant son camarade, puisqu'elle le savait toujours collé à ses basques. Il pleuvait encore plus dru, le décor était crépusculaire. Ils ne pouvaient rester là. Au village, les parents Mainguy devaient s'inquiéter, on allait venir les chercher.

— Oui… balbutia-t-elle. Tu peux.

Ses cheveux lui dégoulinaient sur le front, sur les tempes, en longues mèches filasse. Le jeune homme resta bouche bée. Ses yeux parcoururent son anatomie dont il rêvait si fort, s'attardèrent sur sa poitrine, redescendirent sur son pubis, dont la houppe de jais se distinguait nettement à travers la cotonnade blanche devenue translucide.

— Ne me regarde pas comme ça ! s'offusqua-t-elle. Viens, rentrons, les autres vont se tracasser là-haut.

Elle se dirigea résolument vers le haut de la plage. Aubin la suivait à quelques mètres. Il n'est pas besoin de préciser où son regard s'attardait. Au bout de quelques minutes, elle prit conscience du tableau qu'elle lui offrait. Elle se retourna, lui décocha un regard furibond.

— Passe devant, je te suis.

Avec ce vent à décoiffer un chauve, avec cette pluie qui tombait en abondance, la place du village était déserte. Gwénola la traversa en courant, redoutant d'être aperçue à travers les rideaux dans cette tenue plutôt équivoque. Elle se réfugia en vitesse dans la maison de ses parents.

17

Les parents Mainguy s'inquiétèrent au moment du déjeuner de ne pas voir revenir l'orpheline. Madeleine questionna son fils. Celui-ci piqua un fard de jouvencelle.

— Toi, tu nous caches quelque chose.

— Non, je t'assure.

— Où vous étiez passés tous les deux ?

— On est descendus sur la plage avant qu'il se mette à pleuvoir, nous avons été surpris par l'orage. On était tout mouillés, Gwénola est partie chez elle pour se changer.

Madeleine fut intriguée par la gêne manifeste du jeune garçon.

— Il ne s'est rien passé d'autre, j'espère ?

La question ne fit qu'aggraver sa confusion et alarmer davantage la mère. Elle décida d'aller aux nouvelles.

Aubin s'était réfugié dans sa chambre, trempé jusqu'aux os, lui aussi. Dans son esprit dansaient les images du corps de Gwénola, qu'il ne parvenait pas à chasser. Le souhaitait-il d'ailleurs ? Devant ses yeux se contractaient ses fesses rebondies quand elle remontait dans le chemin. À travers le tissu diaphane se dessinait encore la tache noire au creux de son ventre, mais il n'avait remarqué rien d'autre dans le triangle de ses cuisses. À quoi s'attendait-il d'ailleurs ? Il aurait été bien en peine de le préciser. Cependant il avait le bas-ventre en feu, au point d'en être douloureux.

Quittant ses habits trempés, Gwénola se frictionna vigoureusement le corps dans une serviette rêche, comme si elle voulait en chasser les ondes dont elle frémissait encore par intermittence. Quelle idiote de s'être dévêtue entièrement sur la grève alors que n'importe qui pouvait la voir du haut de la dune ! C'est ce qu'elle se répétait, mais au fond, regrettait-elle son impudeur ? L'ouragan qui l'avait dévastée lui laissait un souvenir torride, la conviction que plus jamais elle n'atteindrait le plaisir avec une telle intensité, parce qu'il n'était pas né seulement sous la caresse, mais des forces extérieures en avaient décuplé la sensation, la plongeant dans un état second sur lequel sa volonté n'avait plus aucune prise. A posteriori, elle prenait conscience d'avoir été troublée également par les regards qu'Aubin avait portés sur elle. À ses yeux, il n'était encore qu'un enfant, mais elle avait éprouvé la sensation étrange et pas déplaisante d'être détaillée par un mâle qui la désirait.

Elle entendit frapper à la porte. Ce diable d'Aubin revenait à la charge. Pour l'instant, elle n'avait plus envie de le revoir. Elle décida de garder le silence, on insista.

— C'est moi, Mado. Aubin m'a dit que vous vous êtes fait surprendre par l'orage. J'espère que tu n'as pas attrapé la crève, au moins ?

— Non, non… Attends un peu, je finissais de me sécher.

Elle attrapa un pull et un pantalon, dans l'armoire où elle avait conservé certaines de ses tenues, comme si elle refusait de se couper définitivement de son enfance. Elle se recoiffa à la hâte de ses doigts en éventail, puis elle invita sa mère adoptive à entrer. Celle-ci la détailla en fronçant les sourcils.

Ça se voit que j'ai fait la folle… se dit l'adolescente.

— Tu es toute rouge, ma pauvre Gwéno. Vous êtes fous tous les deux d'être descendus à la côte avec l'orage qui menaçait !

La jeune fille se força à rire.

— Ne t'inquiète pas… Crois-moi, j'en ai vu d'autres quand on va couper le goémon sur les rochers.

— Oui, sans doute, mais ce n'était pas une petite averse quand même…

— La pluie ? Elle était tiède. Je ne vois pas comment j'aurais pu attraper froid.

Madeleine la serra entre ses bras.

— Parce que s'il y avait autre chose… Je ne sais pas moi, avec Aubin, il faudrait me le dire, hein ?

— Ne t'inquiète pas, maman. Aubin, c'est mon frère.

— C'est bien, alors. Viens maintenant, j'ai mis du poisson à frire. Je ne suis pas sûre que mon pauvre Fernand ne l'aura pas laissé brûler.

Ce fut un drôle de repas. Les deux ados évitaient de croiser leurs regards. Malgré les dénégations de Gwénola, Madeleine devinait qu'elle avait tout lieu de s'inquiéter. Ces deux-là ne se comportaient plus en frère et sœur, et cela depuis quelque temps déjà. Quoique…

Elle avait eu un vrai frangin, plus jeune, il passait son temps à la reluquer dès qu'elle avait commencé à devenir femme, pour autant il ne lui avait jamais tenu de propos équivoques ni eu un geste déplacé à son égard. Jonathan, c'était un beau garçon, blond aux yeux bleus, de belle carrure. Le métier de goémonier le rebutait. Il était parti travailler à Morlaix, dans les manufactures de tabac, où les ouvriers étaient bien payés, en tout cas mieux que les pigouyers. Voilà des années qu'il ne donnait plus de ses nouvelles, c'était aussi bien comme ça.

— Au fait, j'ai oublié de te dire. Tu ne sais pas qui j'ai croisé ce matin, pendant qu'on se demandait où étaient passés les gamins ? fit Fernand.

— Non, comment veux-tu ?

— Martha Rivalain.

— La fille d'Olivier et de Philomène ? Elle a du culot de revenir maintenant qu'ils sont décédés.

— Tu exagères. Tu sais bien qu'on a essayé de la prévenir quand son père est mort, mais personne ne savait où elle était passée. Pour sa mère, elle a dû avoir une prémonition, comme on dit… Paraît que ça arrive plus souvent qu'on pense.

— La pauvre. Comment elle va ?

Fernand haussa les épaules avec une moue navrée.

— Tu ne l'aurais pas reconnue. Moi non plus d'ailleurs, si elle ne m'avait pas dit qui elle était. À cette heure elle doit être à veiller sa mère. C'est bien que les choses soient rentrées dans l'ordre.

Oui, les Rivalain étaient morts à cinq mois d'intervalle. Le mari d'abord, Olivier, il n'avait que soixante ans, mais il avait vieilli plus vite que son âge. Depuis que leur fille les avait quittés, en réalité. Cela s'était passé en 1917, il avait alors quarante-six ans. Tout le village disait de lui que c'était l'un des meilleurs pigouyers. Ce n'était pas exagéré, il n'avait pas son pareil pour se lancer à l'assaut des rochers les plus improbables, armé de sa faucille au long manche. Était-ce témérité insensée ? Il faut croire que non, puisque jamais il n'avait connu d'accident. Oh ! il lui était arrivé comme à tout le monde de se casser la gueule en glissant sur les goémons, de s'écorcher aux minuscules balanes si sournoises. Alors, il se relevait en riant et en s'ébrouant, n'avait pas besoin de vérifier ses abattis pour savoir qu'il n'était pas blessé, repartait derechef à l'abordage.

C'était un homme d'humeur toujours égale, dont l'enthousiasme était communicatif, et l'équipe avec laquelle il travaillait était à coup sûr celle qui produisait le meilleur rendement. En 1914, il avait quarante-trois ans, il n'avait pas compris pourquoi il avait échappé à la boucherie. De justesse, de toute évidence, ou tout simplement d'avoir été oublié par un fonctionnaire distrait qui avait sauté son nom. Il s'était bien gardé de se manifester. Aux jaloux qui lui en faisaient la remarque, il répondait que les dignitaires de l'armée avaient compris d'eux-mêmes qu'il était trop paisible, trop aimable, pour devenir un bon soldat.

« Je serais incapable de tuer quelqu'un, même un Boche. »

Il s'était quand même demandé si passer pour un planqué aux yeux des gens du village n'avait pas été l'une des raisons du départ de sa fille. Ce en quoi il se trompait.

Il est souvent dit que le décor influe sur le caractère des gens qui y vivent, notamment depuis l'enfance, surtout dans un cadre aussi versatile qu'à proximité de l'estran. Ce n'est pas faux. De là à affirmer qu'il le détermine intégralement, ce serait sans doute exagéré. Dans n'importe quel endroit, il existe des bons et des méchants, des pusillanimes et des courageux, des francs et des traîtres, des téméraires et des lâches… Martha était d'un caractère au moins aussi trempé que Gwénola Aubertin. Mais il aurait été erroné d'en déduire que c'était dû à la violence de la mer voisine. Autant l'orpheline prisait les rudesses de l'estran, autant la fille Rivalain avait du mal à s'en accommoder. Dès l'âge de six ans, ce fut une réaction épidermique surprenante, qu'elle fut toujours incapable d'expliquer. Ne nous trompons pas. Elle ne fuyait pas la grève en se mettant à hurler, mais ce n'était en aucune façon le lieu où elle se réfugiait quand cela ne tournait pas rond dans sa tête d'enfant, à plus forte raison lors des turbulences de l'adolescence.

Les pigouyers ne savaient rien faire d'autre que ramasser les laminaires, d'épave et de rive. C'était leur seule source de subsistance, mais aussi un plaisir sans cesse renouvelé, des premières récoltes de printemps jusqu'au brûlage estival et l'extraction des pains de soude, dans la fournaise desquels s'évaporaient leurs sueurs et la fatigue. Dans la zone littorale du pays Pagan, on vivait goémon, on rêvait goémon quand la campagne était bonne, on cauchemardait goémon quand le destin ponctionnait sa part, sous couvert d'un principe naturel inaliénable. Car on mourait aussi goémon.

Martha Rivalain ne s'adapta jamais au cadre dans lequel elle fut élevée.

Elle n'avait jamais partagé l'enthousiasme des autres enfants, lorsque ceux-ci avaient enfin la chance d'accompagner les parents. Avant d'avoir la faculté de s'en offusquer, elle n'eut cependant d'autre choix que d'y sacrifier. À douze ans, elle eut ses premières règles, c'était au printemps, ce matin-là elle fut « victime » d'une migraine épouvantable qui, à l'en croire, la laissa sur le flanc. Doutant de sa sincérité, Philomène fit remarquer à sa mijaurée que pour une fois, passe encore, mais qu'elle ne compte pas se réfugier derrière cette excuse toutes les trois semaines ! Bon gré mal gré, l'adolescente s'appliquait de son mieux à la tâche, parce qu'elle n'était pas fainéante, ni cabocharde au point de refuser de participer à la subsistance familiale.

Les années s'écoulaient, Martha prenait son mal en patience. Le métier de goémonier lui devenait une corvée de plus en plus pénible. Rester vivre à Keravel ne lui proposait d'autre avenir que de se marier avec un pigouyer, de dépendre de son homme, de lui pondre des enfants et de lui faire la cuisine. Une perspective à laquelle elle ne pouvait se résoudre.

À quatorze ans, elle vécut une épreuve qui la dégoûta définitivement de l'espace maritime. Cela n'avait rien pourtant de vraiment dramatique, dans la mesure où elle n'était pas concernée directement. Martha s'était écartée du groupe au travail, comme à son habitude, signifiant que ce n'était pas sa place. C'était une marée de quatre-vingt-quinze, un coefficient assez élevé pour découvrir des zones reculées, surtout si le vent donnait dans le bon sens. Soudain elle distingua une forme ronde et blanche coincée entre deux rochers. On aurait dit une boule dissimulée sous les algues, à laquelle ne ressemblait aucune bestiole de la côte. Intriguée, elle s'approcha et dégagea la « chose » des goémons vésiculeux. Elle poussa un cri horrifié, un crâne, qu'elle laissa tomber au plus vite.

Martha rejoignit ses parents sur-le-champ. La mère eut aussitôt conscience de son émoi.

— Une tête de mort… bredouilla Martha en déglutissant avec peine. Je viens de trouver une tête de mort.

— Qu'est-ce que tu racontes ? intervint le père en continuant à râteler le goémon.

— Je vous assure, il faut venir voir.

Elle n'était pas du genre à débiter des sornettes. Olivier Rivalain se décida à accompagner sa fille. Lui aussi dut se rendre à l'évidence, il s'agissait bien d'un crâne, blanchi par les flots, venu on ne sait d'où. Détail encore plus intrigant, l'os frontal était percé en plein milieu, à l'aplomb des arcades sourcilières, d'un trou rond de la taille d'un doigt, une balle de toute évidence.

Le soir même, Charles Croguennec réunit ses « administrés ». Ni lui ni les autres villageois n'avaient envie de voir les gendarmes venir rôder dans le secteur, leur poser trente-six questions, découvrir on ne sait quoi, parce que, en cherchant bien, qui n'a pas quelque broutille à se reprocher ? Des homards vendus sous le manteau aux restaurateurs, par exemple, ou des soles longues comme l'avant-bras. Je te paie de la main à la main, ni vu ni connu. Les mareyeurs n'en sauront rien. Il ne fallait pas oublier non plus que c'était sur cette partie de l'estran que sévissaient naguère les sinistres naufrageurs. On affirmait maintenant que c'étaient des histoires inventées, mais il y avait bien dû y en avoir quelques misérables à attirer les bateaux sur les récifs afin de profiter de leur cargaison. En tout cas, cela restait imprimé dans les mémoires, presque aussi sûrement que la culpabilité d'avoir crucifié le fils de Dieu hantera les consciences chrétiennes jusqu'à la fin des temps.

Et puis, ce crâne, les flics auraient beau enquêter, bien malins s'ils parvenaient à déterminer à qui il appartenait. Un homme, une femme, va-t'en savoir. En tout cas, quelqu'un de pas très catholique pour s'être fait tirer une balle en pleine tête. Sur la côte, on parlait de trafic douteux en provenance d'outre-Manche, de la drogue, des saloperies dans le genre. Là non plus, il n'y avait pas de fumée sans feu. À tous les coups, il s'agissait d'un règlement de comptes, des affaires qui ne concernaient pas les gens de Keravel. Secondé par ses deux sbires, Lalouette et Guimarec'h, Croguennec n'eut pas de mal à imposer son avis : il valait mieux pour tout le monde enterrer l'affaire, et la tête du squelette. L'inhumation se passa de nuit, sous un chaos de rochers, de ce granit rose qui était la fierté de la côte nord de Bretagne. On en souleva deux ou trois, on creusa une excavation en dessous et on les remit en place après y avoir déposé le crâne et bredouillé quelques bribes de prière. Chacun fut bien entendu sommé de conserver le silence.

Martha s'enfonçait peu à peu dans une morosité qui la privait d'énergie. Elle se traînait comme une âme en peine, suivait les parents à l'estran, participait quand même de son mieux à la cueillette du goémon, répondait avec un sourire d'une tristesse infinie aux sollicitations que générait son état second. Philomène s'évertuait à renouer le contact, mais sa fille se confinait dans une mélancolie brumeuse où elle paraissait inaccessible, qui la coupait de la réalité. Le père se contentait de l'observer. Lui d'habitude si joyeux, il poussait des soupirs à fendre l'âme. À croire contagieuses les humeurs de sa fille.

Martha atteignit sa majorité en 1917, alors que la guerre battait son plein dans le nord du pays. C'étaient les femmes qui assuraient l'essentiel des tâches habituelles, avec autant de courage que les hommes appelés au front pour en découdre avec les schleuhs. Mais les bras musculeux faisaient défaut, la cueillette des laminaires s'en ressentait. Ce fut au moment où le village avait besoin de toutes ses forces que Martha fit part à ses parents de son intention de déserter.

Cela faisait quelque temps que Philomène pressentait une entourloupe de ce genre. Cela ne l'empêcha pas de fondre en larmes. Le père repoussa son assiette de soupe, à laquelle il avait à peine touché.

— Mais où tu vas aller, ma pauvre fille ?

18

Bien entendu, les malheureux parents mirent tout en œuvre pour persuader la fille de renoncer, jouant des cordes sensibles, usant de la menace : si elle partait ce n'était plus la peine de remettre les pieds à Keravel ! Mais sa décision était prise depuis trop longtemps pour espérer l'amener à renoncer. Le plus difficile à accepter, ce fut qu'elle refusait de leur dire où elle allait. La mère imaginait les pires extrémités. Martha était jolie, farouche certes, puisqu'on ne lui avait pas connu de petit ami attitré, elle semblait même plutôt fuir les hommes, mais allez savoir ce qui se passe dans la tête d'une jeune femme aux abois, en quête de ressources, soucieuse coûte que coûte de s'émanciper. La pauvre mère s'angoissait d'autant plus que si sa fille lui refusait toute confidence, c'est qu'elle n'était pas fière de l'existence qu'elle envisageait.

Le père se cantonnait dans un silence hargneux, dont il explosait cependant par intermittence. Il tenait alors des propos violents à l'encontre de la misérable. C'est comme cela qu'elle les remerciait de s'être saignés aux quatre veines pour qu'elle devienne une jeune dame respectable ! Il n'y avait pas de honte à être pigouyer. À devenir épouse de pigouyer ! Des larmes plein les yeux, Martha se taisait en baissant la tête.

— Tu peux au moins nous dire où tu vas !

Ce n'était pas par cruauté qu'elle leur taisait sa destination, mais elle savait qu'il ne se serait pas passé une semaine qu'ils viendraient lui rendre visite, essayer encore et encore de la convaincre de revenir.

Le jour de la séparation approchait. Martha profitait des moments où elle était seule au logis pour mettre de côté les affaires qu'elle emporterait, uniquement ses effets personnels – sa garde-robe n'était guère fournie. Et puis ce fut le matin fatal. Quand les parents sortirent de leur chambre, leur fille se tenait debout dans la pièce commune, sa valise posée à côté d'elle. Ils comprirent que le moment était venu, qu'ils ne pourraient plus rien y faire. La mère s'effondra sur une chaise, livide, les mains tremblant comme feuilles d'automne dans le vent. Le père resta interdit quelques secondes. Puis, sans un mot, il attrapa sa veste et sa casquette au portemanteau près de la porte et s'en alla en jurant à voix basse.

Il ne faudrait pas croire que Martha quittait le domicile et ses parents de gaieté de cœur. Elle savait le mal qu'elle leur faisait, la position délicate dans laquelle elle les abandonnait. Elle s'approcha de sa mère. Pétrifiée, celle-ci gardait le visage impassible, sinon que deux larmes coulaient dans les rides de ses joues.

— Je m'en vais…

Philomène ne réagit toujours pas. Martha répéta, un peu plus fort. La mère leva la main et l'agita comme si elle voulait chasser un moustique, mais elle n'adressa même pas un regard à sa fille. Celle-ci n'eut plus qu'à prendre son bagage et à sortir de la maison.

Olivier Rivalain n'était pas allé bien loin. Martha l'aperçut dès qu'elle mit le nez dehors. Il se tenait debout à l'amorce du chemin traversant les dunes pour descendre à l'estran. Il avait conscience de la présence de la renégate dans son dos. La scène se figea pendant de longues secondes. Martha s'avança.

— Papa, je voulais te dire…

Le père ne se retourna pas. D'un pas rageur, il prit la direction de la côte. L'ingrate avait tout prévu, les parents comprirent la raison de ses longues absences, parfois pendant plusieurs jours. Elle cherchait du travail, elle en avait trouvé. Curieusement, elle ne quittait pas le monde du goémon, dont elle avait pourtant voulu se libérer depuis son plus jeune âge.

Les Rivalain avaient un cousin à Audierne, une vague parenté avec laquelle ils avaient peu à peu perdu toute relation. Des liens qui se distendaient, on se forçait pendant quelque temps à donner de ses nouvelles, chacun reprochant à l'autre de ne pas en prendre l'initiative, puis on finissait par s'oublier les uns les autres. Martha avait renoué contact avec ce lointain parent. Elle se souvenait en effet qu'il travaillait dans une usine de traitement de la soude, pour en extraire le précieux iode, si utile dans l'industrie pharmaceutique notamment. L'établissement se situait au Stum dans un méandre du Goyen, près d'Audierne. Victor Ancelet y exerçait la fonction de contremaître. Nul n'était mieux placé pour recommander sa cousine près de ses patrons. Ceux-ci se montrèrent réticents, pour la forme, ne faisant la fine bouche que pour lui proposer un salaire de misère.

Faute de mieux, elle n'eut d'autre choix que d'accepter. Victor l'hébergea durant quelques semaines, le temps de trouver un logement, une chambre de bonne sous les toits dans un immeuble voisin.

En vérité, Martha n'avait pas quitté Keravel uniquement par aversion pour la profession de goémonier. Il y avait une autre raison qui l'avait poussée à partir. Un secret qu'elle n'avait jamais encore confié à personne.

Les Rivalain sombrèrent dans une détresse épouvantable, dont ils ne se relevèrent jamais. Plus de goût à rien, développant les stigmates de la vieillesse avant l'heure. Il convient de ne pas oublier que le pays était toujours en guerre. Personne n'en voulait à Olivier Rivalain d'avoir été exempté de se faire casser la gueule. Mais que sa fille déserte la communauté au moment où on avait le plus besoin d'elle, cela ne passait pas. Les femmes et les quelques hommes encore au village les regardaient de travers. Les plus commères ne se gênaient pas pour demander à Philomène pourquoi sa fille avait fichu le camp. Elle haussait les épaules, s'en allait la tête basse, écrasée par la charge. Ou elle bredouillait qu'elle ne savait pas.

— Tu peux nous dire où elle est partie, quand même ! lui rétorquait-on avec les mots que le père avait utilisés avec sa fille.

La mère ne pouvait avouer qu'elle l'ignorait également.

— Elle a trouvé un travail qui lui plaît. Les goémons, ça n'a jamais été son goût, vous savez bien.

Le père n'était pas d'aussi bonne composition. Lui, se fâchait tout rouge quand ses collègues lui tannaient trop le cuir au sujet de la fugitive.

— Elle était majeure, elle fait ce qu'elle veut. Elle est partie, elle est partie, pour moi c'est désormais de l'histoire ancienne. Foutez-moi la paix avec ça !

Bien que conscient de l'agitation qui régnait dans le village, Charles Croguennec eut la discrétion de ne pas en rajouter.

Quatorze années s'écoulèrent sans que les Rivalain retrouvent le plaisir de vivre. On arriva en 1931. Martha n'avait pas donné signe de vie, corroborant son ingratitude. Olivier avait soixante ans, il en paraissait dix de plus. Quant à Philomène, la dégradation était encore plus flagrante. Elle était de cinq ans l'aînée de son mari, elle avait pris l'allure d'une vieillarde. Elle se laissait aller, mal coiffée, attifée comme une mendiante, affichant l'aspect d'une souillon les jours où la tristesse était trop aiguë.

— Je ne suis plus bonne à rien, se plaignait-elle de sa voix éraillée de crécelle en agitant les mains.

Elle restait au logis, devenait aux yeux de la communauté une bouche inutile. Olivier continuait à participer à l'activité goémonière, mais il n'était plus d'une grande efficacité. Ses compagnons lui demandaient souvent de ne pas rester à traîner dans leurs pattes, il les dérangeait plutôt qu'autre chose. Le vieil homme bougonnait, poussait son grand râteau un peu plus loin où il se faisait de nouveau rabrouer comme un enfant. Bref, il n'était plus en mesure de partir couper le goémon de rive et devait se contenter de ramasser celui d'épave.

Personne ne sut si ce fut un accident, tout le monde pensa que de guerre lasse, le père Rivalain mit fin à ses jours, quittant un monde d'où s'était effacée toute forme de joie. Un matin, le lendemain de l'une des premières tempêtes de février, son corps fut retrouvé parmi les rochers par des pêcheurs à pied qui décollaient des huîtres sauvages. Il était à l'aplomb d'un promontoire haut d'à peine quelques mètres, suffisant toutefois pour se rompre l'échine. Qu'était-il venu faire là pendant la nuit ?

Charitables, les voisins s'occupèrent de Philomène, ils lui apportaient un bol de bouillon le soir, l'obligeaient à sortir du logis, ne serait-ce que pour l'aérer. Elle était devenue totalement dépendante de son mari les derniers temps. Celui-ci ne la supportait plus. Ajouté à sa tristesse, ce ne devait pas être étranger à son geste désespéré. Philomène ne lui survécut pas longtemps. Elle avait sombré dans la folie, squelettique de ne plus s'alimenter. Soudain, elle partait à la recherche de sa fille, qu'elle croyait toujours dans le voisinage. On s'efforçait de la raisonner.

— Mais puisque je vous dis que je l'ai vue ! Même qu'elle m'a donné rendez-vous à la côte. Je ne vais quand même pas la faire attendre.

Hasard de ses errances, ou lieu choisi consciemment ? Elle fut retrouvée un matin à l'endroit exact où son bonhomme s'était donné la mort. Tout laissa à penser en revanche qu'elle ne s'était pas suicidée, mais qu'au bout du rouleau ses dernières forces l'avaient abandonnée.

19

Fernand Mainguy hochait la tête, les yeux fixés sur le couteau qu'il tenait entre ses doigts et dont il faisait jouer la lame sur le gras de son pouce, comme s'il voulait en éprouver le tranchant. Madeleine le regardait, intriguée. Gwénola et Aubin ne l'étaient pas moins.

— Pourquoi je ne l'aurais pas reconnue ?

Le père leva la tête.

— Elle est… comment dire… défigurée.

— Qu'est-ce qui lui est arrivé ?

— J'ai été tellement bouleversé que je n'ai pas osé lui demander.

Les obsèques de Philomène Rivalain se déroulèrent trois jours plus tard. Le convoi funèbre partit de Keravel en tout début d'après-midi. Une drôle de procession. Martha suivait le corbillard, comme il se doit. Elle gardait la tête baissée, et marchait le corps en avant. Voûtée. Était-ce pour dissimuler son visage ou d'être écrasée par le poids des regards vrillés dans son dos ? Il est à parier que sans l'estime des villageois pour les deux disparus, aucun d'entre eux ne se serait déplacé, car il n'était pas question de manifester leur affection à celle qui avait méprisé les pigouyers et ses parents. Ou alors par curiosité : tout le monde se demandait ce qui était arrivé à Martha.

Son arrivée avait provoqué la stupéfaction générale. D'abord de la voir débarquer si longtemps après, alors que beaucoup la croyaient morte et enterrée. Ensuite d'avoir l'impression de se trouver face à un spectre avec son masque de l'enfer, quand elle avait annoncé qui elle était. Quatorze ans qu'elle avait abandonné ses parents, enfuie comme une voleuse, sans laisser d'adresse.

Les retrouvailles s'étaient déroulées dans la maison des Rivalain, dans la pièce où la défunte reposait dans son plus bel habit, sur son lit tendu de draps blancs. Elles étaient plusieurs femmes de Keravel à veiller Philomène. La coutume interdisait de laisser seul celui ou celle qui venait de trépasser. D'avoir été délaissée, son âme aurait pu se venger au lieu de monter directement au firmament. Des histoires d'un autre âge, des boniments d'esprits obscurs transmis d'une génération à l'autre. C'est ce qu'on disait. Des superstitions, fanfaronnaient même les plus cartésiens. Pourtant personne n'avait l'aplomb d'y déroger. Des fois que ça serait vrai…

— Martha… avait balbutié la revenante sous les regards effarés qui la dévisageaient, se demandant qui était cette malheureuse affligée de blessures aussi hideuses que celles rapportées du front par Ernest Guyonvarc'h. C'est moi, Martha Rivalain.

Les villageoises s'étaient levées aussitôt, en reculant pour s'éloigner de la misérable, comme si sa disgrâce était due à la peste ou à quelque autre maladie contagieuse. Un silence glacial s'était installé dans la pièce. Puis elles sortirent une à une.

Quant à Fernand Mainguy, Martha l'avait rencontré juste avant d'entrer dans la demeure de ses parents. En réalité elle s'était trouvée nez à nez avec lui, sans avoir le temps de l'éviter. Intrigué, il s'était permis de lui demander si elle cherchait quelqu'un. C'est alors qu'elle avait décliné son identité. S'il n'avait pas réussi à masquer sa surprise, le pigouyer était parvenu à effacer le dégoût que lui inspiraient les traits tuméfiés.

— Tu sais que ta mère est…

— Morte, oui. C'est pour ça que je suis revenue.

Elle avait planté Fernand et s'était dirigée résolument vers la maison.

Martha ne disait pas toute la vérité, ce n'était pas seulement pour assister aux obsèques de sa mère qu'elle avait refait surface. En fait, la mairie de Kerlouan avait retrouvé sa trace lors du décès du père. On avait prévenu le cousin d'Audierne, sa protégée avait fait la sourde oreille. Il en aurait été de même pour la mère sans le drame qui lui valait d'être défigurée. Consciente de sa culpabilité, elle n'avait plus la force d'affronter la communauté au sein de laquelle elle avait été élevée.

La tâche à l'usine du Stum n'était guère moins éreintante que le ramassage du goémon. Tout au plus les ouvrières étaient-elles à l'abri des agressions climatiques, mais elles étaient privées en revanche de la joie de la cueillette, la fierté indicible d'avoir vaincu les éléments, le miracle à chaque fois de s'en être sorti sain et sauf, l'angoisse de devoir recommencer, cet ensemble de sensations qui constituaient la motivation essentielle des pigouyers. Et puis, si elles avaient un maigre salaire assuré, une autre contrariété ternissait le moral des ouvrières. À Keravel, en œuvrant pour la communauté, chaque villageois avait le sentiment de travailler pour son propre compte. Ici, dans les miasmes de soude qui empestaient les œufs pourris, elles se ruinaient la santé pour un patron, qu'elles n'apercevaient que par intermittence, quand il condescendait à leur rendre visite, avec une morgue révoltante, mais les employées n'avaient d'autre choix que de courber l'échine et de taire leurs rancœurs.

Le traitement des pains de soude pour en extraire de l'iode relevait d'une alchimie plutôt complexe, dont ce récit vous fera grâce. Tout au plus est-il besoin de savoir qu'il fallait utiliser de l'acide sulfurique. C'est lors d'une manipulation malencontreuse que se produisit l'accident. Une bonbonne échappa à l'une des ouvrières au moment où Martha s'était accroupie pour lacer son soulier. La bonbonne explosa en tombant sur le sol. Martha poussa un hurlement terrible, se précipita vers la salle qui servait de vestiaire afin de se laver le visage à grande eau. La porte était fermée à clef, des ouvrières s'étaient plaintes de larcins pendant le travail. Quand Martha réussit à trouver enfin de quoi s'asperger, il était trop tard, l'acide avait causé des dégâts irréversibles.

La direction se trouva bien embarrassée. Certes, il s'agissait d'un accident, mais le transport d'un produit aussi corrosif aurait nécessité des précautions beaucoup plus strictes, la sécurité n'était pas le souci de la maison. Craignant que les services compétents ne viennent fourrer leur nez dans le fonctionnement de l'usine, les patrons eurent l'abjection de licencier Martha alors qu'elle se trouvait encore à l'hôpital d'Audierne. Tout était de sa faute, elle avait commis une imprudence flagrante, elle n'avait qu'à s'en prendre à elle-même.

Martha sortit de l'hôpital deux semaines plus tard, quand il fut possible de lui ôter ses pansements. Les médecins lui affirmèrent qu'elle avait eu de la chance que ses yeux n'aient pas été brûlés par l'acide, piètre consolation. Elle eut droit à la compassion de ses collègues, mais même les plus ardentes, jusqu'à celles qui se targuaient de syndicalisme, ne se hasardèrent pas à la soutenir. Quant au cousin contremaître, le grand patron lui rappela certaines histoires où il ne s'était pas montré à son avantage, on les avait gardées sous le coude, au cas où…

Ce fut la mauvaise foi de Victor Ancelet qui écœura le plus la pauvre femme.

— C'est vrai, qu'est-ce que tu faisais accroupie dans les pattes de Maryvonne Leclère alors qu'elle transportait une bonbonne d'acide ?

Interloquée, Martha avait secoué la tête.

— C'est sûr que ce n'était pas pour lécher le cul des patrons, comme toi.

Victor avait levé les yeux au ciel.

— Tu te rends compte de ce que tu me dis ? Tu oublies que c'est moi qui t'ai fait embaucher ?

— Merci de me le rappeler, dans l'état où je suis…

— Les patrons, ils sont bien embêtés, si tu veux le savoir. Ils ne sont pas aussi mauvais que tu t'acharnes à le dire. La preuve, ils m'ont chargé de te remettre un dédommagement pour te donner le temps de trouver un travail.

Il avait sorti une enveloppe de sa poche.

— Si tu en as besoin, je veux bien t'aider moi aussi. J'ai quelques économies… Oh, pas des mille et des cents, mais de quoi te dépanner.

Martha avait déchiré l'enveloppe et les billets qu'elle contenait et les lui avait flanqués à la figure.

Victor était resté sidéré. Il connaissait le tempérament de sa cousine, mais quand même, c'était bien peu de jugeote et un orgueil démesuré que de refuser un peu d'argent alors qu'elle se retrouvait à la rue.

Le lendemain, la nouvelle du décès de Philomène Rivalain parvenait au cousin. Autant il avait été surpris qu'elle ne se déplace pas pour celui de son père, autant il aurait parié que cette fois elle se serait résignée à rentrer à Keravel : elle n'avait plus nulle part ailleurs où aller.

Martha fut l'objet d'une froideur inchangée à l'église de Kerlouan. Elle se trouva seule au premier rang, répudiée en quelque sorte de la communauté où elle n'avait plus sa place. Il ne faudrait pas croire, ils étaient plusieurs à estimer disproportionnée la réaction dont on accablait la revenante. Qui savait pourquoi elle était réellement partie pour se permettre de la juger aussi sévèrement ? Tout le monde ignorait les raisons de la blessure affreuse qui la rendait méconnaissable. D'aucuns estimaient même que le ciel l'avait punie de sa désertion et que ce n'était plus la peine d'en rajouter. Les Mainguy faisaient partie des plus charitables. Mais, appartenant aux brebis dont le troupeau suivait aveuglément le même bélier, ils ne trouvèrent pas la force de volonté de manifester leur compassion. Le prêtre lui-même se trouva plutôt embarrassé au moment de débiter son oraison funèbre. Il regardait l'assistance en feignant de ne pas voir la silhouette de Martha, comme si elle était transparente. Des Rivalain, il dressa le portrait d'un couple uni dans la vie et jusque dans la mort. Impuissante de se remettre du départ de son cher époux, Philomène était anéantie de chagrin. Afin de lui éviter de souffrir plus longtemps, le Tout-Puissant avait décidé de la rappeler afin qu'elle retrouve son cher Olivier, avec qui elle avait passé tant de sereines années. Comme tous les pigouyers, ils en avaient traversé des épreuves, mais la plus terrible avait été sans conteste le départ de leur fille, pour des raisons tenues secrètes, ou qu'ils avaient ignorées. Il s'adressa enfin à la « coupable ».

— Martha, sache que quelles que soient tes fautes, tu restes la bienvenue dans la maison de Dieu, qui dans son immense bonté la garde ouverte à tous, même aux pécheurs les plus invétérés, à condition toutefois qu'ils aient l'humilité de se repentir.

Martha encaissait sans broncher. Les fidèles toussotaient, s'agitaient, se donnaient du coude.

— Olivier et Philomène n'auront pu bénéficier de ta présence pour les assister dans leurs derniers instants, mais là-haut, ils savent que tu t'es enfin décidée à revenir, je suis sûr que cela leur fait chaud au cœur.

C'était plutôt bien tourné, personne ne trouva à y redire.

Les villageois se demandaient si Croguennec prononcerait quelques mots. Il se tenait au milieu des hommes, les bras raides et les mains appuyées sur le banc devant lui, impassible avec son œil fixe, comme si son esprit était absent de la cérémonie. Quand l'officiant lui adressa un petit signe, il ne broncha pas.

La messe s'acheva dans un brouhaha inhabituel. Le cercueil fut sorti par les employés des pompes funèbres. Le corbillard prit la direction du cimetière, suivi par les villageois dans le même ordonnancement que pour venir à l'église. L'abbé psalmodia quelques bribes de prières, puis les fidèles se dispersèrent, laissant Martha seule devant la fosse dans laquelle luisait encore le cercueil de son père. Madeleine n'eut pas le temps de retenir Gwénola qui se précipita vers la malheureuse et la serra entre ses bras. Martha éclata alors en sanglots.

20

Les animosités les plus vives s'apparentent aux orages les plus violents. Elles se calment au bout de quelques jours, deux ou trois semaines au pire, surtout dans un microcosme où les liens sont aussi resserrés. En ce qui concerne Martha Rivalain, il en fut de même, à ceci près que les villageois l'évitèrent quelque temps à cause de son visage, dont les brûlures rosissaient, qui se veinait de vilaines villosités en cicatrisant. Elle inspirait pitié et horreur. Puis tout le monde finit par s'y habituer et les enfants cessèrent de faire des cauchemars à cause de la « sorcière ».

La malheureuse ne pouvait rester inactive, elle ne possédait guère d'économies et n'avait aucune source de revenus. Malgré ses souvenirs mitigés de la récolte des grandes laminaires, elle avait compris d'emblée que ce serait la seule solution si elle entendait vivre à Keravel. Elle s'était senti du baume au cœur quand Gwénola lui avait manifesté sa sollicitude au cimetière. Tout naturellement, ce fut vers elle qu'elle se dirigea les jours suivants. L'adolescente fut sa première confidente des déboires qu'elle avait connus à Audierne.

Gwénola était outrée que des êtres aussi retors puissent exister.

— Tu veux que je garde le secret ?

Martha hésita.

— Non. Tout le monde finira bien par savoir un jour ou l'autre ce qui m'est arrivé. Autant que les gens que je vais être amenée à côtoyer l'apprennent tout de suite. Cela leur évitera de se poser trente-six questions à mon sujet.

— Tu souhaites que j'en parle, alors ?

Un visage aussi tourmenté pouvait-il sourire encore ? En tout cas ses yeux s'allumèrent.

— Je ne te charge pas non plus d'être mon ambassadrice. Mais si on te demande si tu sais, tu peux leur dire. Notamment à tes parents…

— Tu sais que ce ne sont pas mes vrais parents ?

Ce fut au tour de Martha d'être interloquée. Quand elle s'était exilée, Gwénola n'avait que trois ans. Autant dire qu'elle n'avait d'elle aucun souvenir. L'adolescente n'avait elle non plus aucune âme sœur auprès de laquelle s'épancher. Ce jour-là, elles se trouvaient sur la dune en haut de la grève.

— C'est là-bas que mon père et ma mère ont fait naufrage, dit-elle en désignant la barre rocheuse derrière laquelle avait chaviré la barque. Mon nom, c'est Aubertin.

— Les Aubertin, oui, je me souviens d'eux. Des braves gens, je crois. C'est la tempête qui les a expédiés vers le fond ?

— Même pas…

Gwénola hésitait. Elle partageait le terrible secret avec son ami d'enfance, dont elle s'écartait de plus en plus, tant ses regards insistants et ses avances incessantes devenaient incommodants.

— Qu'est-ce qui s'est passé alors ?

— Tout le monde a cru à une fausse manœuvre de la part de mon père. Moi, je pense plutôt que quelqu'un avait saboté la barque. J'étais à bord ce jour-là. Je peux te certifier qu'il n'a commis aucune imprudence, c'était un sacré marin.

Martha resta silencieuse un long moment.

— C'est grave ce que tu me dis là… Tu as une idée de qui a fait le coup ?

Gwénola haussa les épaules, consciente de ne pouvoir en dévoiler davantage sans impliquer Aubin.

— Quelqu'un de Keravel, de toute évidence, avança-t-elle cependant. Des jaloux sans doute.

— Mais jaloux de quoi, mon Dieu ?

— Nous étions heureux tous les trois. Mes parents étaient parmi les plus braves pigouyers de Keravel, mon père était le champion de la pêche au homard. Après, je ne sais pas…

Martha lui prit la main.

— Dans l'état où je suis, je sais que je ne pourrai jamais avoir d'enfant. C'est de ma faute, j'ai attendu trop longtemps. Maintenant, de toute façon je suis trop vieille.

Gwénola ne commit pas l'hypocrisie de la rassurer.

— Tu vois, j'ai souvent rêvé d'avoir une fille. Je me l'imaginais quand j'avais le cafard. Je sais maintenant que j'aurais aimé qu'elle te ressemble.

Un long silence s'installa entre les nouvelles amies. Tout naturellement, l'adolescente se serra contre cette femme sauvagement marquée dans sa chair et en âge d'être sa mère.

— Ce sont les Mainguy qui t'ont recueillie, si j'ai bien compris ?

— Oui, Madeleine et Fernand. Il était très ami avec mon père.

— Tu es heureuse avec eux ?

— Ce sont les personnes les plus gentilles que j'aurais pu espérer. Aubin, leur fils, et moi, nous avons été élevés pratiquement ensemble. Comme tous les gens de Keravel, ils ont un seul défaut…

Elle soupira.

— Je peux savoir ?

— Ils se laissent embobiner par ce diable de Croguennec, comme si c'était le bon Dieu.

À ce nom, Martha se raidit. Gwénola s'en étonna.

— Tu n'as pas l'air de le porter dans ton cœur toi non plus ?

— À vrai dire, je ne le connais pas vraiment. Je n'ai conservé de lui qu'une image confuse, je n'ai pas encore eu l'occasion de le rencontrer directement depuis que je suis revenue.

Gwénola trouva que sa voix sonnait faux, mais elle ne se permit pas de s'en étonner.

— Je voudrais te demander un petit service, reprit Martha. Il est hors de question de rester sans rien faire, je ne le veux pas. La campagne de goémon continue, même si le brûlage a déjà commencé. Tu vois, je n'ai pas oublié comment on fabrique des pains de soude. J'aimerais bien participer maintenant que je suis là. Tu ne pourrais pas demander à tes parents si je peux vous accompagner ?

— Si, bien sûr, et une chose est certaine, ils ne refuseront pas. Il n'y a guère que Croguennec qui pourrait te mettre des bâtons dans les roues.

Martha pensa qu'il n'oserait quand même pas, mais elle ne fit pas état de sa réflexion.

Le lendemain matin, Martha descendit à la grève avec la communauté goémonière. Elle avait retrouvé avec émotion les outils de ses parents. Elle eut la conviction qu'il était dans l'ordre des choses de leur rendre hommage, surtout après les avoir dédaignés de si cruelle façon.

Madeleine et Gwénola l'encadraient comme pour la protéger des autres villageois. Sa présence jeta un froid, mais personne ne lui adressa de remarque, pas même le chef de Keravel.

— Martha a demandé à Gwénola si elle pouvait travailler avec nous, déclara Fernand Mainguy. J'espère que personne n'y voit d'inconvénient ?

Des murmures inintelligibles, des raclements de gorge.

— Ce n'est pas le goémon qui manque. Avec deux bras en plus, la récolte avancera plus vite. À condition de ne pas être fainéante et de ne pas avoir peur de patauger dans la flotte, laissa tomber Francine Le Bras avec un sourire narquois.

Martha ne releva pas, il allait de son intérêt de faire profil bas, au moins pour ce premier jour. Tout le monde guettait une réaction de Charles Croguennec, mais cette fois encore, il ne fit aucun commentaire.

Ainsi se déroula la réintégration de Martha Rivalain dans la communauté de Keravel.

21

L'automne 1931 enchaîna les jours de pluie, comme si le Tout-Puissant se rattrapait de la sécheresse caniculaire qu'il avait imposée à ses créatures pendant le printemps et au début de l'été. La saison du goémon se termina quelques jours avant les premières averses, une année exceptionnelle, que les villageois de Keravel fêtèrent de bon cœur au moment du partage des bénéfices réalisés. Comme de coutume, ce fut Charles Croguennec qui s'en chargea. Sur ce plan-là, il n'y avait rien à lui reprocher : malgré ses nombreux travers, il gardait un sens profond de l'équité, entendant que chacun reçoive la part qui lui était due. Ce fut lui encore qui abreuva les pigouyers, chose surprenante, car il était d'habitude assez près de ses sous. Il se fendit même d'un petit discours. La tâche avait été ardue, certes, mais le résultat méritait de s'être cassé les reins. « La communauté avait perdu plusieurs de ses membres, la vouivre marine n'oubliait jamais de prélever son impôt… » Les villageois se regardèrent en souriant : le vieux était en verve, il avait la fibre poétique. « Que ceux qui étaient partis sachent qu'ils ne seraient pas oubliés. D'autres étaient arrivés... » Ça y est, se dit l'assistance. Il va enfin dire un mot à propos de Martha Rivalain. « Quoi qu'ils aient pu faire, que ceux qui sont de retour au bercail soient les bienvenus. Personne ici-bas n'est en droit de juger ses semblables… » Cette fois, il déconnait, le père Croguennec, il oubliait que la société restait redevable de ses faits et gestes à l'appareil judiciaire. Ou bien alors, il considérait que la communauté des goémoniers de Keravel échappait à la loi des hommes, ce qui n'était pas impossible…

Croguennec fixa la revenante.

Depuis le début de l'allocution, Martha se tenait immobile dans le coin de la grange où elle s'efforçait de passer inaperçue. Elle avait hésité à venir à cette cérémonie.

— Tu as souffert dans ta chair, Martha Rivalain, pendant que tes parents souffraient dans leur cœur. Tu as fui le travail du goémon qui est la raison d'être de nos anciens, de notre village. La mer s'est vengée en t'infligeant une disgrâce qui te rappellera ta faute jusqu'à la fin de tes jours… Cruelle a été la punition, mais tu as payé ta dette. Pour ma part, je considère que tu es quitte avec les misérables pigouyers que nous sommes tous, puisque nous ne savons rien faire d'autre.

À quelque chose près, c'étaient les paroles de l'abbé Quatrevaux haranguant ses ouailles dans l'église de Kerlouan lors des obsèques de Philomène. Pourquoi Croguennec s'égarait-il dans une parodie aussi pitoyable ?

Personne n'ignorait désormais que la fille Rivalain avait été victime d'un terrible accident à l'usine du traitement de la soude. Le drame qu'elle avait vécu avait éveillé des sympathies à son égard, et ce d'autant plus que les patrons de l'usine du Stum n'y avaient pas tenu un rôle particulièrement glorieux. C'étaient des vautours du même acabit qui s'évertuaient à baisser le prix des pains, lorsque le bateau venait les récupérer à Pors Gwen. Cela avait été encore le cas cette année, ils avaient joué les pingres sous prétexte que la production particulièrement abondante diminuait la valeur du produit. Le visage mutilé de Martha Rivalain constituait la preuve flagrante de l'avidité de ces rapaces, des beaux messieurs dont le seul but était de s'en mettre plein les poches, sans se soucier de la peine de ceux qui les faisaient vivre.

La ruche bourdonnait dans la grange de Charles Croguennec. De cidre et de vin, les bouchons sautaient. Les forçats du pays Pagan trinquaient allègrement, sans arrière-pensée. Demain ils resteraient traîner au lit s'ils avaient des korrigans qui leur trottaient dans le grenier. Autrement dit la gueule de bois. Les prémices de l'ivresse dissipèrent les timidités et apaisèrent les rancœurs. Une femme vint causer avec Martha, imitée en quelques secondes par ses compagnes. On la pria de raconter ce qui s'était passé avec ce maudit acide. Elle s'exécuta de bonne grâce, attirant les hommes à leur tour, désireux d'entendre de vive voix la version de la martyre. Martha se rassurait, elle n'était plus rejetée par ces gens dont la plupart avaient été les amis de ses parents, ceux-là mêmes qui l'avaient exécrée pendant ces longues années d'exil pour les avoir abandonnés. Ce n'était pas pour autant qu'elle leur faisait confiance. Mine de rien, Croguennec s'approcha même en tendant l'oreille. Pas trop cependant.

Gwénola et Aubin étaient de la partie, comme il se doit. Depuis l'épisode de l'orage, le jeune garçon enveloppait son amie de regards enamourés, la détaillant de la tête aux pieds avec une insistance parfois gênante. L'adolescente s'efforçait de n'en rien laisser paraître, de rester naturelle. Aubin lui était indifférent, physiquement parlant. Peut-être de le connaître depuis trop longtemps ne faisait-il de lui qu'un camarade, un compagnon de jeu. Le pauvre déployait pourtant des prévenances pathétiques. Ce soir-là, par exemple, il alla lui chercher à plusieurs reprises de quoi se désaltérer, en veillant bien à ce que les autres jeunes gens remarquent la tendresse avec laquelle il entourait sa dulcinée.

— Du cidre, ça ne peut pas te faire de mal. Je t'assure, c'est pas trop fort… Moi, j'en ai déjà bu deux verres.

Il avait en effet le rouge aux joues et les yeux brillants. Il trinqua avec elle, un sourire triomphant sur les lèvres. Bien qu'agacée, Gwénola n'eut pas la cruauté de le rabrouer sous les yeux des autres prétendants, qui la lorgnaient sans vergogne. Au bout d'un moment, elle en eut assez de se prêter à ce jeu ridicule.

— J'ai la tête qui tourne. Je vais prendre l'air.

— Je t'accompagne, répliqua-t-il aussitôt.

Gwénola soupira.

— Ce n'est pas la peine. Reste là à t'amuser avec les autres.

— Tutt, tutt… Ce n'est pas prudent pour une demoiselle de sortir seule dans la nuit. On ne sait jamais qui tu pourrais rencontrer.

Il se pencha vers elle.

— Tu as oublié ce crétin de Léonce ? lui glissa-t-il à l'oreille, histoire de lui rappeler ce qu'elle lui devait.

Craignant de se donner en spectacle, elle le laissa la suivre.

Le ciel était clair, la lune pleine. Il faisait doux. Rien ne laissait présager les pluies qui allaient s'abattre le lendemain sur la région.

— Ça te dirait de descendre sur la plage ? proposa Aubin.

Elle hésita.

— Toi, tu as de la suite dans les idées.

— Juste un petit tour. Tu as raison, tout ce bruit, ça commençait à me casser les oreilles à moi aussi.

Gwénola aurait du mal à se dépêtrer de son soupirant. Lui passa par la tête l'idée de le planter là et de se réfugier dans la maison de ses défunts parents. Mais il était capable de la suivre, elle ne pourrait indéfiniment le repousser comme le chien fidèle collé aux basques de sa maîtresse. Ce n'était pas de se retrouver seule avec lui qui l'effrayait, de toute façon, elle était bien plus robuste que lui.

— Si tu insistes… laissa-t-elle tomber d'une voix désabusée.

Aubin sentit son cœur bondir. Se croyant déjà en terrain conquis, il lui prit la main. Elle ne se déroba pas.

Ils arrivèrent sur les dunes. Quelle folie la poussait à attiser le fol espoir du pauvre garçon plutôt que de le dissuader ? Gwénola se souvenait de s'être caressée sur la plage en contrebas, de la jouissance intense qu'elle en avait éprouvée. Ce soir-là, elle ressentait de semblables frissons lui parcourir le corps. Ce n'était pas tant la compagnie de cet adolescent qui l'émouvait que l'air iodé qui montait du large, le bourdonnement de la houle comme un essaim gigantesque, la brise qui s'immisçait dans ses cheveux et lui flattait le visage.

Aubin flottait sur un nuage. Elle restait debout, face au large, respirant profondément afin de recouvrer son calme. Il se tenait derrière elle. Elle attendait, elle sursauta quand même quand les mains se posèrent sur ses épaules. Il s'approcha à la frôler, se colla à elle. Elle sentit contre ses reins qu'il la désirait. Une image obscène, elle se raidit. Dans sa tête s'entrechoquaient les idées les plus contradictoires.

Aubin s'enhardit. Quittant les épaules, ses doigts se glissèrent sous les aisselles de Gwénola. Quand il effleura sa poitrine à travers le tissu, elle tressaillit.

— Arrête, s'il te plaît !

— Tu ne veux plus ?

Elle soupira, incapable de dire ce qu'elle souhaitait vraiment.

— Si je te laisse me caresser un peu, après tu me ficheras la paix ?

— Je ne t'embêterai plus, c'est promis.

Elle tissait elle-même les mailles du piège dont elle ne pourrait plus se dépêtrer. Une petite voix lui murmurait qu'il était encore temps de faire machine arrière, mais elle se sentait privée de la volonté de se dérober. À croire que la gaucherie du jeune garçon l'amusait. Lui faisait pitié.

— J'aimerais t'embrasser, se permit Aubin.

Elle se retourna et s'interdisant de réfléchir lui ouvrit ses lèvres en fermant les paupières. C'était leur premier baiser, à peine quelques secondes, comme s'ils avaient peur de l'audace, et surtout d'être maladroits.

Gwénola tentait de rassembler ses idées. Elle s'obligeait à refouler son propre désir, mesurant le risque qu'elle encourait.

— Tu sais que c'est dangereux ce qu'on est en train de faire ?

— Dangereux ? Pourquoi ?

Elle soupira, désarçonnée par tant de candeur.

— Parce que je n'ai pas envie de me trouver maman à mon âge.

Il mit quelques secondes à comprendre, les sourcils froncés, puis il s'esclaffa, jouant le mâle expérimenté.

— On n'est pas obligés... On n'est pas obligés... Enfin tu comprends ? Si tu n'as pas envie...

Il l'étreignit de plus belle. Il glissa une main le long de son flanc. Elle se plaqua contre lui afin de bloquer le geste. Peine perdue, Aubin crut à une acceptation. Si elle s'était sentie troublée un moment, l'insistance brutale de l'adolescent lui coupa tout désir. Plus question de se laisser peloter par ce grand nigaud ! Au moment où elle le repoussait, Aubin se crispa en laissant échapper un gémissement rauque.

Gwénola ne comprit pas tout de suite ce qui lui arrivait, elle crut qu'il s'était blessé.

Aubin recula en tremblant, la bouche entrouverte, les mains plaquées sur le bas de son ventre. Elle devina alors qu'il n'avait pu se contrôler. Il recula. Bafouilla quelques mots inintelligibles, puis se retournant, il enfila le chemin à toute allure, en tenant son pantalon souillé.

Pour cette fois, l'orpheline était quitte, mais il reviendrait à la charge. Sauf s'il se trouvait trop mortifié.

22

Aubin évitait Gwénola. À table, obligé de composer avec l'ensemble de la famille, il fuyait son regard. Bien que trouvant la situation plutôt cocasse, elle n'avait pas la cruauté de profiter de son embarras pour le mortifier davantage, elle s'abstenait de sourire quand les yeux du garçon se posaient malencontreusement sur elle, ne s'adressait à lui que pour les banalités. Madeleine avait conscience de la gêne des deux tourtereaux, mais elle se gardait bien de leur poser la moindre question. Elle était assez fine mouche pour avoir remarqué que son garçon roucoulait pour leur pensionnaire, en qui elle avait toute confiance. Allons, se disait-elle, ce n'est rien de grave… Il avait dû se montrer trop entreprenant, peut-être s'était-il même permis un geste déplacé, ou une parole un peu trop salace, elle lui avait signifié de se tenir tranquille.

Peinée de le voir si triste, Gwénola était encline à le consoler. Elle avait l'intuition que ce genre de défaillance masculine devait être assez fréquente, surtout chez des novices. Mais lui en parler, le rassurer, c'était ressourcer ses espoirs, alors qu'elle apprécierait d'être à l'abri de ses avances pendant quelque temps.

Gwénola avait quitté l'école dès ses seize ans. D'être orpheline la contraignait à rester dans le milieu des goémoniers où les perspectives d'avenir étaient pourtant on ne peut plus réduites. Aubin ne tarda pas à en faire de même. Il aimait le monde de la mer, lui, il serait pigouyer, comme son père, comme la totalité des hommes de Keravel, hormis les quelques rares illuminés qui avaient refusé cette existence rude, souvent inhumaine. Ceux-là, les habitants les considéraient comme des traîtres à la pratique coutumière, une tâche ingrate, éreintante, certes, mais qui permettait de vivre à condition d'accepter de se contenter de peu.

Gwénola mesurait le désarroi de son ami d'enfance. Il s'absentait du village aussitôt après le petit déjeuner. Afin de ne pas éveiller les soupçons des Mainguy, l'adolescente en faisait de même quelques minutes plus tard, laissant croire aux parents qu'elle l'accompagnait. Elle le suivait à distance, animée par l'instinct de le protéger s'il lui arrivait quelque déboire. Une noble intention de grande sœur finalement. Par curiosité également : où allait-il d'un pas si pressé, la tête basse, le col de son ciré remonté comme pour passer inaperçu, ou du moins ne pas être reconnu ? Dès le premier jour, elle remarqua qu'il ne descendait pas sur la grève, théâtre d'une humiliation dont le souvenir n'avait pas fini de le tourmenter. Il s'éloignait de la côte, s'enfonçait dans les dunes où il errait en rond. Puis, à bout de force, il se laissait tomber assis dans l'une des fondrières qui éventraient le sable de place en place. Gwénola s'arrangeait pour gravir un promontoire voisin et l'observer. Elle le découvrait pelotonné, les genoux serrés entre les coudes, la tête posée sur les avant-bras. Il était capable de rester ainsi près d'une heure. Bien sûr, elle en était attristée. C'était à elle de le consoler, elle se savait responsable de sa mélancolie.

Le temps s'était dégradé depuis le début de l'automne. En quelques jours les températures chutèrent, les vents fourbirent leurs armes en prévision de l'hiver, transbahutant des masses nuageuses de plus en plus noires d'un bout à l'autre du ciel. Les pluies s'intensifièrent. Qu'importe, Aubin s'entêtait à ses longues balades solitaires. Un matin, Gwénola s'arrangea pour croiser son chemin. Il l'aperçut au dernier moment, crut qu'elle l'espionnait, ce en quoi il ne se trompait pas, mais il était trop tard pour l'éviter. Elle feignit la surprise.

— Qu'est-ce que tu fais là, tout seul ?

Le visage de l'adolescent s'empourpra, ses paupières cillèrent, mais il évita farouchement son regard.

— Rien, je me promène. Et toi ?

— Je crois bien que je fais la même chose que toi.

Elle hésita, mais l'occasion ne se représenterait pas de sitôt.

— Pour l'autre jour, je voulais te dire…

— Quel autre jour ? la coupa-t-il vivement.

— Mais, si, tu sais bien, quand nous nous sommes promenés sur la plage tous les deux dans la nuit. Même qu'on s'était embrassés.

— Ah oui… Tu vois, j'avais oublié…

Le pauvre était au supplice. Sa voix sonnait horriblement faux.

— Je croyais que c'était pour ça que tu boudais, fit Gwénola avec toute la douceur qu'elle gardait en réserve.

— Qu'est-ce que tu vas chercher... Si je suis parti, c'est que je ne voulais pas que tu te fasses des idées au sujet de notre relation.

Il marqua une pause, le temps de déglutir. Elle le laissait s'empêtrer avec une certaine jubilation dans ses explications oiseuses.

— Faut que je te dise... J'avais bien vu que tu t'intéressais à moi depuis quelque temps. Alors je t'ai dit que je t'aimais uniquement pour te faire plaisir. Ce soir-là, j'ai tout de suite senti que tu avais envie que je te caresse. J'ai préféré te laisser avant que tu me demandes d'aller plus loin et que je sois obligé de te repousser. Je t'assure, tu n'as pas à te sentir gênée.

Le fourbe... se dit Gwénola, amusée par une échappatoire aussi pitoyable, mais qui la soulageait au bout du compte.

— Tu vois, je pensais la même chose, j'étais sur le point de te dire qu'il était temps d'arrêter. Disons que c'était un moment d'égarement. Pour moi, l'incident est clos. Mais ce serait dommage de se faire la gueule plus longtemps. Restons amis, si tu veux bien.

Aubin buvait ces paroles comme du petit-lait. Il venait de sauver son honneur, paraissait rasséréné, ses yeux ne refusèrent plus ceux de Gwénola.

— Tu as raison. C'est mieux comme ça. Je crois que la mère commence à se faire des soucis à cause de nous. Elle a bien compris qu'il y avait un malaise.

Ils se sont rabibochés… se dit Madeleine lors du déjeuner. Gwénola avait conscience des regards interrogatifs qu'elle lui lançait de temps à autre, elle se contenta de lui sourire afin de la rassurer définitivement.

Cette nuit-là, Gwénola fut réveillée par des gémissements. Elle s'arrêta de respirer, tendit l'oreille, pensant que c'était peut-être le couple Mainguy qui prenait un peu de plaisir. Après tout, ils auraient eu bien tort de s'en priver, tant qu'ils en avaient encore la vigueur. La plainte reprit, elle émanait de la chambre d'Aubin. Elle se leva, revint à tâtons dans la pièce commune. Fernand Mainguy ronflait comme un bienheureux, avec de temps à autre des clappements du bec qui traduisaient la plénitude de sa satisfaction. Madeleine n'était pas en reste, mais son feulement était plus discret, plus féminin en quelque sorte.

Gwénola s'approcha de la porte d'Aubin. Il bredouillait des propos incohérents, entrecoupés de gémissements. Il doit rêver à moi, se dit-elle, car elle avait bien compris qu'il la désirait toujours autant. Elle s'apprêtait à le laisser dormir quand il poussa une plainte plus forte, qui trahissait une réelle souffrance. Elle tourna le bouton ovoïde de la poignée, poussa la porte en évitant de la faire grincer.

Gwénola n'avait jamais eu l'odorat très affûté, mais elle décela tout de suite des relents de sueur, des miasmes malades, comme ceux qu'exhalait le corps de son père quand il avait failli mourir d'une méchante pneumonie alors qu'elle n'avait que huit ans.

Aubin avait le souffle court. Elle s'avança vers le lit. Dans l'obscurité, elle constata qu'il était entièrement découvert, ses draps et la couverture rejetés en bouchon à ses pieds. Il était allongé sur le dos, cambré. La bouche ouverte, il avait du mal à respirer. Elle s'enhardit à poser une main sur son front. Il tressaillit, mais ne reprit pas conscience. Il était brûlant de fièvre, trempé de sueur.

Gwénola sentit une bouffée d'angoisse l'envahir.

— Aubin, tu m'entends ? demanda-t-elle à voix basse de crainte de réveiller les parents.

Il ne réagit pas davantage. Elle comprit que c'était sérieux. Se décida à aller prévenir Madeleine. Elle frappa à la porte de sa chambre, l'entrouvrit et passa la tête dans l'embrasure.

— C'est Gwénola…

— Qu'est-ce qui t'arrive ?

Le père ronflait toujours autant.

— Faut venir tout de suite. Aubin est malade, il a de la fièvre.

La mère soupira.

— Tu es sûre que cela ne peut pas attendre demain matin ?

— Non. J'ai essayé de le réveiller, mais je n'y arrive pas.

Madeleine se leva.

— Où tu vas ? bougonna Fernand d'une voix ensommeillée.

— C'est Aubin. Il a dû attraper la crève. Rendors-toi, je vais voir ce qu'il a.

Madeleine dut se rendre à l'évidence dans la lueur de la lampe qu'elle avait allumée au passage. Son fils se trouvait en effet dans un piteux état.

— Gwéno, va chercher une cuvette d'eau froide et une serviette. Je vais lui faire des compresses afin de faire tomber la fièvre.

Elle remonta le drap afin de le recouvrir. Il ronchonna, battit des jambes pour se dégager comme s'il se sentait agressé.

— Là, du calme. Toi, tu as pris froid à cavaler dans les dunes à longueur de temps. Ça t'apprendra à faire le malin.

Aubin ne l'entendait pas. Il continuait à émettre des borborygmes et des gémissements inquiétants. Par intermittence, son visage se tiraillait de grimaces douloureuses, ou il souriait, ce qui donnait une impression encore plus affreuse. Gwénola revint avec l'eau.

— Je n'ai pas trouvé de serviette. J'ai pris un torchon.

— Ne t'inquiète pas. Cela fera très bien l'affaire.

Elle lui humecta le front. Lui essuya les lèvres et le tour de la bouche, les commissures des lèvres, les paupières collées par des humeurs chassieuses. Ses traits se détendirent un peu, sa respiration se fit plus régulière. Il entrouvrit même les yeux.

— Là… Tu vois, ça va déjà mieux. Attends-moi, je reviens.

Gwénola se retrouva seule avec Aubin. Machinalement, en un geste tout maternel, elle lui prit la main, il serra ses doigts comme s'il voulait se raccrocher à elle. Madeleine revenait déjà, touillant un liquide blanchâtre dans un verre à l'aide d'une petite cuiller. Aubin s'efforça de lui sourire.

— Tiens, bois. C'est un cachet qui devrait faire tomber la fièvre.

Elle l'aida à se redresser. Lui tint la nuque pendant qu'elle glissait le bord du verre entre ses lèvres. Il se montrait docile, s'obligea à avaler, mais grimaça de douleur.

— Ça a du mal à descendre ? demanda Madeleine.

Il essaya de répondre, ne parvint à tirer qu'un affreux bruit de crécelle de sa gorge, se contenta de hocher la tête.

— À mon avis, tu nous fais une belle angine… Si ça ne va pas mieux demain matin, ton père ira chercher le médecin à Kerlouan. Le docteur Maurice te prescrira un traitement plus efficace. En attendant, ce serait bien de dormir un peu.

Alerté par le tohu-bohu, Fernand Mainguy vint aux nouvelles, une silhouette spectrale dans une grande chemise de nuit qui lui descendait à mi-mollet. Il demanda ce qu'il en était.

— Ton fils a attrapé une cochonnerie. Mal à la gorge, si tu préfères.

— Si ce n'est que ça, ce n'est pas trop grave. Donne-lui donc un bon grog bien tassé et demain il sera de nouveau sur pied.

Un remède de bonne femme que du rhum dans une eau presque bouillante, qui nettoyait le gosier aussi sûrement que le hérisson du ramoneur. Madeleine haussa les épaules.

— Si c'est une angine comme je pense, ça ne servira à rien, sinon peut-être à l'achever.

Mainguy retourna dormir en grommelant. Le lendemain à l'aube, il devait aller relever ses casiers à homards, il avait besoin de repos.

— Retourne te coucher, toi aussi Gwéno.

— Non, non, vas-y toi. Moi je vais rester le veiller au cas où il aurait un nouvel accès de fièvre.

— Tu es sûre ?

— Puisque je te dis. D'ailleurs, je n'ai plus sommeil.

23

Le médicament commençait à produire son effet. Aubin s'était assoupi. Assagi. Affirmer qu'il dormait d'un sommeil paisible serait exagéré. De temps à autre, ses membres se raidissaient, surtout les jambes, qui se tendaient brusquement en avant comme les ruades d'un jeune cheval. On aurait dit qu'une décharge de cette électricité – qui n'était pas encore arrivée dans beaucoup de villages bretons – lui parcourait le corps. Ses doigts se crispaient sur l'ourlet de la couverture, les jointures de ses phalanges blanchissaient, puis ses muscles se relâchaient d'un seul coup.

Gwénola était assise sur une chaise à son chevet. Elle était en chemise de nuit, sagement tirée sur ses genoux. Ses yeux paraissaient fixés sur le visage de son ami, mais il n'était pas certain qu'elle le regardait vraiment. Son inquiétude s'était dissipée. Madeleine avait inspecté la gorge du malade, en lui abaissant la langue à l'aide du manche d'une cuiller à soupe. Aubin avait encore ses amygdales. À l'époque, rares étaient les enfants qui en subissaient l'ablation, un paravent contre les microbes, alléguait la croyance populaire, bien plus savante, cela va sans dire, que la médecine officielle. Autant qu'elle avait pu en juger à la faveur de la lampe à pétrole, la langue était marbrée de plaques blanchâtres, l'arrière-gorge également. Il n'y avait pas besoin d'être docteur pour diagnostiquer une sévère angine blanche. Ce n'était pas la première fois qu'Aubin développait ce genre d'affection. Il était sujet alors à des poussées de fièvre carabinées. Il en ressortait au bout de deux ou trois jours et d'un flacon de sirop. Il n'avait jamais été de constitution très robuste. Sa convalescence traînait une bonne semaine, il était pâle, faible, se complaisait dans une attitude souffreteuse. Il faut dire qu'il adorait se faire dorloter et qu'ainsi il évitait l'école, qu'il n'aimait que modérément.

Gwénola repensait aux événements de ces derniers jours. Pauvre garçon, cruelle désillusion de perdre ses moyens au moment de croire atteindre le bonheur suprême. Elle avait conscience d'en être en partie responsable. Quelle inconséquence de lui avoir laissé entrevoir le nirvana, alors qu'elle était décidée à ne pas « succomber ». Puis, le discours de ce matin, c'était le bouquet… Jeune mâle pétri d'orgueil, il s'était appliqué à restaurer son honneur. Au demeurant, la parade était plutôt pertinente : laisser entendre que c'était lui le maître de la situation cette nuit-là ! Amusant, pathétique. Typiquement masculin. Lui revint en mémoire une dispute à laquelle elle avait assisté voilà quelque temps, de loin. L'un des pigouyers, un fier-à-bras – il y en avait plus d'un parmi les moissonneurs de l'estran –, se plumait avec sa bonne femme. Sur le moment, Gwénola n'avait pas compris les raisons de l'altercation verbale. Les Trouboul, Clément et Suzanne, s'enguirlandaient dans leur logis. C'était au crépuscule, le mari avait dû forcer sur la bouteille. Il reprochait à son épouse de ne faire aucun effort quand ils étaient au lit. À l'époque, Gwénola n'avait pas compris : à quel genre d'effort faisait-il allusion ? Le lit était au contraire conçu pour se reposer et non pour travailler. La suite de l'échange était encore plus absconse pour une fillette de sept ans. Suzanne se rebiffait. Il ne pensait qu'à ça, elle n'était pas une traînée pour le satisfaire quand lui prenait l'envie de la « sauter ». Un autre terme ambigu. Le ton montait. Clément en vint à accuser sa femme d'avoir une liaison avec un autre homme, c'était pour cela qu'elle faisait la fine bouche avec lui. Tous deux avaient alors pris conscience que porte et fenêtres étant ouvertes, des oreilles indiscrètes pouvaient se régaler de la scène – c'était le cas. Alors, ils refermèrent bien vite. Le brouhaha se poursuivit quelques minutes, puis le silence retomba sous le toit de chaume. Le lendemain, ils eurent droit à quelques quolibets bien sentis à propos de leurs ébats amoureux, ce qui éclaira en partie Gwénola. En partie seulement…

Une saccade plus violente parcourut le corps d'Aubin. Sa tête brinquebala d'un bord et de l'autre sur l'oreiller trempé de sueur. Elle le crut sur le point de se réveiller. Il n'en fut rien, il s'apaisa, un sourire bizarre lui éclaira le visage, tandis que frémissaient ses lèvres. Il se mit à bafouiller. Intriguée, elle tendit l'oreille. Ce ne furent d'abord qu'un brouillamini inintelligible, dans lequel elle finit cependant par discerner son prénom. Elle sourit, il rêvait à elle, il n'avait pas renoncé, ce qui émut la jeune fille. Malgré ses réticences et ses résolutions vertueuses, les caresses maladroites du jeune garçon ne l'avaient pas laissée insensible.

Aubin bredouillait des mots amoureux à présent. Elle serait à lui qu'elle le veuille ou non, un jour, tôt ou tard. Elle serait fière de lui et il lui montrerait alors qu'il était un homme, un vrai, jusqu'au bout. Une mimique satisfaite se dessina sur le visage blafard dont les traits s'émaciaient dans la pénombre. La bougie se mit à grésiller. Madeleine en avait prévu une seconde, posée sur la table de nuit. La jeune fille s'empressa d'en allumer la mèche avant que la première ne s'éteigne.

Après une pause de quelques minutes, le malade se remit à s'agiter. Cette fois, son visage devint sévère, presque féroce. Elle distingua le nom de Léonce. Aubin ne rêvait plus, mais s'enfonçait dans le cauchemar qui le hantait à échéance régulière. La voix se fit plus distincte, plus hargneuse également. Il racontait la scène du crime. Quelque chose comme suit, entrecoupé de silences et de profonds soupirs :

« Ah, le salaud, il ne m'avait pas senti dans son dos. Il n'a pas vu le coup venir, mais je ne l'ai pas raté. Il est tombé en avant comme une masse, la figure dans l'eau. »

Ses lèvres fourmillaient, il hochait la tête avec une véhémence étonnante chez quelqu'un qui dormait.

« C'est Léonce qui avait bricolé la barque de Gwéno. C'est à cause de Léonce si ses parents se sont noyés. Gwéno, elle est à moi, il n'avait pas le droit d'essayer de me la voler. C'est pour ça que je l'ai tué. »

À ce moment, la garde-malade sentit un courant d'air dans son dos. Elle pivota sur sa chaise. Madeleine. Celle-ci s'approcha du lit, se retourna vers Gwénola.

Elle était livide, elle avait entendu les terribles aveux de son fils. Elle aussi avait pensé que Léonce Decourt n'avait pas succombé à un accident, que leur protégée n'était pas étrangère à son décès, une vérité qu'elles'était jusque-là refusé d'admettre, et voilà qu'elle découvrait que le meurtrier, c'était Aubin, son propre enfant. Masque spectral, elle interrogea l'orpheline du regard. Prise au dépourvu, Gwénola baissa la tête, ne faisant que confirmer l'ahurissante version. Madeleine se pencha vers elle, jusqu'à lui parler à l'oreille.

— Dis-moi que ce n'est pas vrai…

— Mais non, tu vois bien qu'il délire, il a de la fièvre, il raconte n'importe quoi.

La voix sonnait horriblement faux, elle mentait. La pauvre mère tremblait dans sa chemise de nuit. Elle recula en titubant. Soudain elle fit volte-face et quitta la pièce précipitamment. La porte de la chaumière claqua à la volée.

Tout s'était passé si vite que Gwénola n'avait pas eu le temps d'intervenir. Elle comprit que Madeleine, hallucinée par ce qu'elle venait d'entendre, épouvantée, s'était enfuie dans la nuit.

Fernand avait été réveillé par le vacarme. Il déboula dans la chambre d'Aubin, hirsute, les yeux bouffis.

— Qu'est-ce qui se passe ? Madeleine n'est pas là ? Tu ne l'as pas vue ?

Bouleversée, Gwénola fut incapable de répondre.

— J'y suis, reprit Fernand. Aubin a encore de la fièvre, Mado est partie chercher le médecin, mais avec le temps qu'il fait, elle aurait pu me prévenir. J'espère au moins qu'elle s'est bien couverte.

La tempête rugissait en effet comme fauves en furie, des averses d'une violence inouïe cinglaient les volets, le vent s'échinait à desceller les gonds. Gwénola ne se sentait ni le droit ni le courage de raconter au père Mainguy la vérité au sujet de son fils. Tout au plus laissa-t-elle entendre que Madeleine n'avait pas pris la route pour se rendre chez le docteur de Kerlouan.

— Tu as raison, Gwéno. Je dis des bêtises. C'est bien trop loin à pied. Elle ne t'a pas dit où elle allait ?

— Je ne sais pas, elle n'avait pas l'air bien.

— Mais explique-toi, bon sang !

— Je ne sais pas, je te dis… Elle paraissait avoir perdu la tête.

Ce fut au tour de Fernand d'être la proie d'une angoisse irrépressible qui lui fit perdre le contrôle de ses gestes. Désemparé, il trépignait, levait les mains, fourrageait dans sa tignasse.

— Mais, mon Dieu, qu'est-ce qui lui a pris ?

Il se dirigea vers la porte. Se retourna vers Gwénola.

— Reste avec Aubin, toi. Je vais essayer de la retrouver et de lui faire entendre raison.

Aubin l'entendit s'habiller à la hâte. Puis Fernand revint dans la pièce principale en se cognant aux chaises et à la table. Il se mit à fouiller dans l'armoire, en quête d'une lanterne. En même temps, il marmonnait :

— Elle est partie sans rien dans ses pieds. Elle n'a même pas pris son ciré. Pour sûr qu'elle est devenue folle. Pourvu que je la récupère avant qu'il ne soit trop tard.

Il fila à son tour dans la nuit. Restée ouverte, la porte principale se mit à battre sous les rafales de vent qui s'engouffraient dans l'entrée. Gwénola s'empressa d'aller la fermer avant que les bourrasques ne mettent le logis sens dessus dessous. Quand elle revint dans la chambre, Aubin reprenait conscience. Il se redressa sur son lit.

— Qu'est-ce qui se passe ?

— Rien. Rendors-toi, sinon tu vas encore avoir de la fièvre.

24

Les lueurs de l'aube filtrèrent dans la chambre à travers les volets disjoints. Aubin avait recouvré un état à peu près normal. Après le départ précipité de ses parents, il s'était endormi pour de bon. Gwénola, elle, ne tenait plus en place. Elle se leva sans bruit, sortit de la chambre, ouvrit la porte de l'entrée. La tempête balayait toujours l'estran, les nuages bousculaient leurs silhouettes vagabondes dans un ciel dévasté. Elle passa dans son appentis pour s'habiller.

Le jour approchait. Gwénola vint jeter un coup d'œil pour la énième fois. Apparemment, tout Keravel dormait encore. Toujours aucune trace de Madeleine ni de Fernand. Elle s'efforçait de réfléchir. Si dans quelques minutes, ils ne revenaient pas, il serait de son devoir de prévenir les autres pigouyers, afin de se lancer à leur recherche.

Elle revint dans la chambre. Incapable de se résigner à rester inactive, à attendre, alors qu'un drame était en train de se jouer. Aubin se réveilla. Il allait mieux.

— Tu peux rassurer ma mère…

— Il y a un problème.

Il se redressa.

— Qu'est-ce qui se passe ?

— Tu as parlé cette nuit, pendant que tu avais de la fièvre. Tu racontais à voix haute comment tu as réglé son compte à Léonce. Ta mère t'a entendu, elle s'est enfuie comme une folle. Ton père est parti à sa recherche, mais ils ne sont toujours pas rentrés.

Aubin essaya de se lever, mais il dut s'appuyer à la tête de lit pour ne pas s'étaler.

— Ne fais pas d'imprudence, tu vois bien que ça ne va pas fort. Je vais essayer de les retrouver. S'il le faut, je demanderai aux gens du village de m'accompagner.

Fernand avait d'abord fait le tour des maisons. Tout était éteint. Madeleine n'avait pas trouvé refuge chez un voisin. Il avait hésité, il soufflait un vent à décorner les bœufs, comme disait le dicton. Le seul endroit vers lequel la malheureuse avait pu se diriger : la côte. Mais pourquoi ? Il emprunta le chemin dans la dune, tenant sa lanterne qui oscillait dans les bourrasques et dont la flamme ne tarda pas d'ailleurs à s'éteindre. Il n'en eut cure, la laissa tomber et continua à descendre.

Le paysage devenait dantesque dans l'obscurité. Il avait du mal à se tenir debout. Les cieux se déchiraient à n'en plus finir. Entre les boursouflures ténébreuses se dévoilaient soudain des trouées cuivrées, comme si un soleil nocturne les éclairait par-derrière. La surface de la mer n'était plus que chevauchement de vagues dont remontait une neige d'écume. Le vent hurlait comme si tous les naufragés s'unissaient en une plainte lugubre, assourdissante. Fernand tremblait de tous ses membres.

Il n'était pas possible que sa pauvre Madeleine ait perdu la raison au point de s'égarer dans un tel enfer. Il faillit renoncer, remonter, mais une intuition secrète lui dictait que c'était pourtant par là qu'elle se trouvait.

Fernand s'aventura sur la grève. Des paquets de goémon arrachés aux rochers du large couraient sur le sable comme d'immondes bestioles protéiformes, dotées d'une multitude de pattes griffues, en fuite d'un danger invisible. Il s'égosilla à appeler son épouse, mais le vent prenait un malin plaisir à disperser ses cris, que lui-même n'entendait pas. Épuisé, il sanglotait comme un enfant, marchait au hasard, ne reconnaissant plus rien de cette grève qu'il fréquentait pourtant depuis sa plus tendre enfance. Soudain, il apercevait Madeleine blottie derrière un rocher, ou recroquevillée dans une flaque, mais ce n'était qu'une chevelure d'algue agitée par les bourrasques impitoyables.

Fernand Mainguy ne retrouva Madeleine qu'au petit jour. Ce fut la tache blanche de sa chemise à moitié retroussée qui capta son attention. Il se précipita, craignant le pire. Mais non, elle respirait, même si ce n'était que faiblement. Il la releva, la serra contre lui. Elle prit conscience de sa présence. Agrippa son vêtement en haletant comme un animal blessé.

— Qu'est-ce que tu fais là ? Tu peux me dire ce qui t'est passé par la tête ?

Madeleine avait couru pendant un long moment sur le sable imbibé qui se dérobait sous ses pieds nus. Elle hurlait sa détresse dans le vent, ne parvenant à réaliser que son fils était un assassin. Puis elle était tombée, exténuée, à bout de souffle. Dans sa tête, les idées dansaient comme des ludions dans les vagues. Elle s'appliquait à réfléchir, elle parvint à remettre un peu d'ordre dans ses idées. Le décès de Léonce, il y avait combien de temps que cela s'était passé ? Elle avait du mal à compter, mais plus de cinq ans en tout cas. Cinq longues années pendant lesquelles Aubin et Gwénola avaient farouchement celé le secret. Son fils n'avait alors que douze ans. Madeleine se prit la tête à deux mains, ses cheveux dégoulinèrent entre ses doigts. Douze ans… Ce n'était pas possible, elle était victime d'une hallucination. Aubin n'était qu'un enfant, le fils Decourt était un grand gaillard doté d'une force remarquable pour son âge. Si Aubin s'était attaqué à lui, Léonce l'aurait écrabouillé comme un vulgaire moustique. Pourtant, elle était sûre d'avoir bien entendu, tout à l'heure, à travers la porte de la chambre. La gêne de Gwénola, le mensonge qu'elle avait proféré avaient corroboré le récit de son fils. Qui à part eux se souvenait de cette triste histoire ? Oh, personne n'avait vraiment oublié, mais cela ne servait à rien de ressourcer toute cette misère. Elle décida de garder le silence elle aussi, même vis-à-vis de Fernand, qui avait souvent tendance à tout dramatiser.

Fernand étreignait toujours Madeleine, comme s'il entendait lui communiquer un peu de sa chaleur.

— Hein, tu peux me dire ce qui t'a pris de filer comme une folle ? Gwénola elle-même n'a rien compris.

Malgré sa faiblesse, Madeleine comprit que l'orpheline n'avait pas vendu la mèche.

— Je ne sais pas. J'étais fatiguée. Avec Aubin qui était malade…

Elle avait du mal à trouver ses mots.

— Oui, Aubin est malade. Et alors ?

— J'ai dû faire un cauchemar. J'ai cru qu'il était sorti parce qu'il avait de la fièvre.

Elle déglutit, recracha un peu d'eau salée.

— Mais il était dans son lit !

— Je ne sais plus. Je ne voyais plus rien. J'ai perdu la tête, tout s'est mis à tourner autour de moi. Je sais que je suis sortie et que je me suis mise à courir.

Elle haletait toujours.

— Je n'avais plus la force de remonter le chemin. Je suis tombée. C'est tout.

Il essaya de la remettre sur ses pieds, elle chancela entre ses bras comme une poupée désarticulée. Elle avait perdu connaissance.

Gwénola avait hésité à aller frapper aux portes de Keravel. Si elle alertait les voisins pour rien, elle savait que Fernand et Madeleine en seraient mortifiés et lui en tiendraient rigueur. Elle préféra descendre sur l'estran. Elle n'eut pas à traverser la dune. Elle aperçut Fernand qui remontait, portant Madeleine, dont la tête pendait en arrière. Son sang se glaça. Elle n'osait plus avancer.

— Tu l'as retrouvée ? demanda-t-elle quand il fut à portée de voix dans le vent qui s'était calmé. Elle n'est pas…

Elle ne prononça pas le mot.

— Non, mais elle est épuisée, elle s'est évanouie. On va remonter, tu vas filer chercher le docteur Maurice à Kerlouan. Va vite, je t'en supplie.

25

Gwénola parcourut d'une seule traite, en moins de dix minutes, les deux kilomètres jusqu'à Kerlouan. Elle y parvint essoufflée, en nage, avec en tête l'image terrible de Madeleine, dont le corps désarticulé dans les bras de Fernand laissait craindre le pire. Elle ignorait l'adresse du médecin. La boulangerie était déjà ouverte.

— Dame, ma pauvre fille, ça m'étonnerait que le docteur soit déjà en consultation, lui dit une accorte dame, à la poitrine abondante comme des sacs qui lui descendaient à la taille et le menton hérissé de poils frisottants.

Le médecin descendait de sa voiture quand la jeune fille déboucha au coin de la rue. À son allure, à sa vêture de bourgeois, elle sut que c'était lui, alors qu'elle ne l'avait aperçu qu'une seule fois, et de loin, lors du décès de Léonce. Elle l'interpella en se précipitant à sa rencontre. Le docteur Maurice devina qu'il se passait quelque chose de sérieux en avisant la silhouette échevelée qui courait vers lui en criant. Gwénola lui expliqua en mots hachés la fugue de sa mère adoptive.

— Madeleine Mainguy, vous savez bien ? De Keravel.

Il ne savait pas, mais il fit comme si.

— Elle a passé toute la nuit sur la côte. On ne sait pas ce qui lui a pris, elle est partie en chemise de nuit, comme ça, d'un coup, pieds nus !

— Avec la tempête qui sévit depuis hier soir ? La pauvre, elle doit être dans un triste état…

— Fernand l'a retrouvée au petit jour. Elle s'est évanouie, il l'a ramenée à la maison, mais quand je suis partie, elle n'avait pas repris connaissance.

— Et toi, qui tu es ?

Gwénola lui expliqua qu'elle était la fille des Aubertin, décédés dans le naufrage de leur barque. De ça, le toubib se souvenait vaguement, comme de l'accident dont avait été victime un certain Léonce Decourt peu de temps après. À l'époque, lui aussi avait estimé que l'on mourait beaucoup dans le monde étroit des goémoniers, parfois dans des circonstances étranges, mais il ne s'était permis aucune allusion.

— J'ai été adoptée par les parents de mon camarade d'enfance, Aubin Mainguy. Il faut venir, monsieur. Autrement, Madeleine, elle va mourir.

Sa Mado semblait avoir gaspillé ses dernières forces à tenter d'expliquer son coup de folie à Fernand. Il ne pouvait l'allonger sur son lit dans sa chemise trempée et maculée comme une vieille serpillière.

— Laisse-nous quelques minutes, ordonna-t-il à Aubin qui avait repris des forces.

Depuis la veille, l'adolescent subissait avec ahurissement les événements qui s'enchaînaient à une vitesse infernale.

— Qu'est-ce qui…

— Laisse-nous, je te dis ! Tu vois bien qu'il faut que je change ta mère.

Fernand dépouilla Madeleine du coton rêche imbibé d'eau salée. Bien qu'elle n'ait pas encore cinquante ans, elle avait la morphologie d'une femme usée par les vicissitudes de la cueillette du goémon, la peau flasque, les seins pendant sur les flancs comme des utricules vides. Il parvint à l'asseoir et à lui enfiler une chemise sèche, puis il accompagna son corps avec tendresse en amenant sa tête sur l'oreiller. Alors, il la contempla, impuissant à contenir son émotion plus longtemps, ne se souciant pas des larmes qui coulaient sur ses joues burinées. Il arrangea les cheveux de Mado en les remontant sur ses tempes, avec l'impression sinistre de procéder à sa toilette mortuaire. N'aurait été son souffle rauque, elle paraissait avoir rendu l'âme. Il posa une main sur son front. Son corps frigorifié après toutes ces heures dans la tempête s'était réchauffé, mais elle développait à présent une fièvre de cheval. Il lui murmura à l'oreille qu'il fallait tenir le coup, ses traits se crispèrent comme si elle entendait et allait se réveiller, mais il n'en fut rien.

— Je peux venir, maintenant ?

C'était Aubin. Lui savait pour quelle raison sa mère avait fui le logis pour s'enfoncer comme une folle dans le vent et la pluie. Il fut sur le point d'éclairer son père, de se décharger du terrible secret, mais un bruit de moteur provenant de la place du village l'en empêcha.

Ils n'étaient pas légion à posséder une automobile dans les coins retirés de Bretagne, dans les microcosmes où ne vivaient que des gens de la plus insigne modestie. Notable de Kerlouan, le docteur Maurice était de ces heureux propriétaires. Il véhicula bien volontiers la jeune fille, empruntant des chemins à peine carrossables, mais en qualité de médecin de campagne, il était habitué. En cours de route, il interrogea sa passagère sur l'état de la patiente. Gwénola ne savait pas, elle était partie si vite pour venir le chercher. Mais elle n'avait pas l'air bien.

L'arrivée du médecin soulagea un peu la détresse de Fernand Mainguy. Madeleine avait de plus en plus de mal à respirer, sa fièvre était encore montée. Le docteur demanda à son mari de l'aider à la redresser et à la maintenir assise. Usant de son stéthoscope, il l'ausculta longuement sous le regard des trois autres résidents, le dos, la poitrine, puis encore le dos et encore la poitrine. Il n'était pas d'un naturel expansif, mais il ne paraissait pas très optimiste.

— Alors ? se permit Fernand.

— Elle a pris froid. Ça lui est tombé sur les bronches.

— C'est grave ?

— Malheureusement, je crains bien que oui.

Fernand avait blêmi.

— Vous allez lui prescrire des médicaments, Gwénola va aller les chercher. On ne dirait pas comme ça, mais Madeleine est une femme robuste. Je suis sûr qu'elle va guérir.

— Des médicaments ne seront pas suffisants. Le mieux, c'est de l'hospitaliser.

— À l'hôpital ? Mais qu'est-ce qu'elle a ?

— Difficile à dire précisément. Ce peut être un début de pneumonie, ou une pleurésie. À Brest ils arriveront à savoir avec des examens plus précis.

— À Brest ! Mais comment elle va se rendre là-bas ?

— Dès que je serai rentré à mon cabinet, je vais téléphoner à une ambulance. En attendant, je vais lui faire une piqûre pour enrayer la fièvre. Pour l'instant, c'est tout ce qui est en mon pouvoir.

Il n'y avait plus qu'à attendre l'arrivée de l'ambulance. S'installa une ambiance sinistre. Tous trois quittèrent la chambre, laissant la porte ouverte. Aubin paraissait avoir oublié son angine, sinon qu'il toussotait de temps à autre. En revanche, l'état de Madeleine ne s'améliorait pas. C'était pitié d'entendre sa respiration rauque, irrégulière, avec des phases d'apnée comme si elle était en train de s'étouffer. Soudain, une quinte de toux la secoua, une vilaine toux sèche qui la déchirait, dont la douleur la tira de son inconscience. Elle appela faiblement. Fernand se précipita à son chevet, l'aida à se redresser.

— Ça va mieux ?

Elle secoua la tête en signe de dénégation. Elle était méconnaissable avec ses cheveux encore imprégnés de sel, ses joues pâlottes hormis les plaques rougeâtres qui lui marbraient la peau.

— Tu as mal ?

Elle pressa ses mains sur sa poitrine. Lâcha un gémissement sourd en tordant les lèvres.

— Ça brûle. C'est affreux.

— Le médecin est passé. Une ambulance va venir te chercher pour te conduire à l'hôpital de Brest.

Elle protesta en gémissant. L'hôpital, elle ne voulait pas. De toute façon, c'était trop tard. Elle sentait bien qu'il n'y avait plus rien à faire…

— Ne raconte pas de bêtises. Tu n'as pas le choix. Il n'y a que là-bas qu'on pourra te soigner. Le docteur Maurice a dit que ce ne serait l'affaire que de quelques jours, mentit-il.

Elle se rallongea, accepta de se calmer. Elle souffrait toujours le martyre. En témoignaient les tiraillements qui la faisaient grimacer. Soudain, elle tourna la tête vers son époux.

— Gwénola est là ?

— Oui, à côté, avec Aubin. Ils sont inquiets tous les deux, tu penses bien…

— Dis-lui de venir. J'ai besoin de lui parler seule à seule.

La jeune fille fut surprise. Elle comprit que c'était important, elle s'avança dans la pièce, une boule d'angoisse au fond de la gorge.

— Ferme la porte et assieds-toi.

Gwénola était de plus en plus impressionnée par le ton solennel que prenait le tête-à-tête. La douleur de Madeleine connaissait une accalmie, mais son regard fébrile brillait avec des éclats hallucinés.

— Alors ils vont m'envoyer à l'hôpital…

— Ils vont te soigner. Là-bas, ils ont tout ce qu'il faut.

La malade secoua la tête tristement.

— Cela ne servira à rien. Je sais que je ne reviendrai plus.

Elle se redressa légèrement.

— Avant de partir, je tiens à te dire quelque chose, Gwénola. Pour Léonce, je pensais que c'était toi qui lui avais réglé son compte. Depuis cette nuit, je sais que c'est Aubin.

— Il a voulu venger mes parents.

— Oui, mais c'est surtout par amour pour toi qu'il a trouvé le courage de commettre un acte aussi abominable. C'est pour cette raison que j'ai un service à te demander.

Gwénola hocha la tête, subjuguée par le ton grave de cette femme qu'elle aimait comme une mère.

— Si je ne reviens pas, je veux que tu me promettes de t'occuper d'Aubin.

Gwénola s'attendait à quelque requête de la sorte.

— Vous êtes beaux tous les deux, vous formerez un joli couple et vous aurez de beaux enfants. Quand vous serez en âge, fais-moi le serment de te marier avec lui.

Un paquet de mer en pleine figure ne l'aurait pas glacée davantage. Gwénola resta bouche entrouverte, n'osant plus lever les yeux de ses mains tétanisées.

— Si je sais que tu seras avec lui, reprit Madeleine de sa voix qui s'essoufflait, je m'en irai la conscience tranquille. De toute façon, vous êtes liés tous les deux par le terrible secret, vous ne pourrez pas vivre l'un sans l'autre. Ni avec quelqu'un d'autre. Promets-moi, Gwénola. Nous t'avons adoptée, tu nous dois bien ça…

Ce n'était rien d'autre qu'une forme de chantage, la jeune fille sentait se refermer sur elle le piège qu'elle redoutait. Elle hésita, leva les yeux sur Madeleine, vit ses paupières chargées de larmes. Elle eut l'intuition elle aussi que le mal dont était frappée la pauvre femme était irréversible. Alors, elle promit d'une voix chevrotante. Madeleine lui demanda de s'approcher, elle lui saisit la main.

— C’est bien. Tu es une bonne fille. Je savais que je pouvais compter sur toi.

Fernand monta dans l’ambulance afin d’accompagner sa chère Madeleine à l’hôpital de Brest, laissant seuls les deux adolescents. Ce soir-là, Aubin n’eut pas le cœur à importuner son amie, même s’ils ne dormirent pas beaucoup. Ils dînèrent en silence des restes que Gwénola avait préparés des jours précédents. Comme un jeune couple. Elle ressassait la promesse que sa mère adoptive lui avait extorquée. S’occuper de son fils, passc cncore, mais devenir sa femme !

Le lendemain, dans la soirée, une voiture des pompes funèbres s’arrêtait sur la place de Keravel. Sous les yeux des villageois mis au courant du drame, deux employés descendirent le corps de Madeleine Mainguy, recouvert d’un drap, sur un brancard. Fernand s’extirpa à son tour du véhicule. Il paraissait vieilli de dix ans. Gwénola alla à sa rencontre, lui prit la main. Il se laissa conduire à l’intérieur comme un enfant.

Livre 3

La fiancée

26

Gwénola posa la poêle au milieu de la table, sur le dessous-de-plat. Le poisson grésillait encore, des soles pêchées par Fernand, trop petites pour être vendues aux mareyeurs. Elle en avait soigneusement levé les filets, Aubin détestait les arêtes. Elle retourna chercher les pommes de terre cuites en robe des champs et gardées au chaud dans leur casserole, sur la cuisinière.

— Servez-vous avant que ça refroidisse.

Fernand, perdu dans ses pensées, sursauta, sa mélancolie était chronique depuis le décès de Mado – elle avait emporté une part de son époux avec elle. Ou refusant de le quitter, elle s'était installée dans son cerveau, le coupant ainsi de la réalité.

Deux ans maintenant que Madeleine Mainguy avait été inhumée au cimetière de Kerlouan, dans le secteur réservé aux défunts de Keravel.

La place de Mado à la table restait inoccupée. D'elle-même, Gwénola ne s'était pas senti le droit de s'y installer, même si elle assurait à présent le rôle de la maîtresse de maison.

Aubin saisit la cuiller que la jeune fille tendait à Fernand, mais que celui-ci semblait ne pas voir.

— Je te sers, papa ?

— Je veux bien… lâcha-t-il dans un soupir en avançant son assiette. Pas trop, gardez-en pour vous.

— Tu as besoin de prendre des forces, se permit l'orpheline. Hier soir, quand tu es rentré de la côte, tu étais épuisé. Si tu ne manges pas suffisamment, tu ne vas pas tenir le coup.

On était en mai 1933. La récolte du goémon de rive avait repris depuis un mois. Il n'y avait pas à se plaindre. Oh ! ce ne serait pas une année exceptionnelle, mais on avait vu pire. Les gens de Keravel restaient les plus efficaces. Souvent les plus teigneux aussi. Forts en gueule. Provocateurs à l'occasion, ils se frictionnaient volontiers avec ceux de Meneham, qui n'étaient pas eux non plus du genre à s'en laisser conter. Pas plus tard que l'avant-veille, les deux clans masculins avaient failli en venir aux mains. L'incident mérite d'être raconté.

Les deux jeunes gens n'étaient pas les moins actifs à la cueillette des grandes laminaires. Ils avaient dix-neuf ans. Les prémices de l'adolescence n'avaient pas menti, Gwénola était devenue une magnifique jeune femme. Son profil hispanique s'était confirmé. Un teint encore plus mat, des diamants de jais en guise de pupilles, une chevelure fournie, noire elle aussi, toute en ondulations généreuses, qui avec des sourcils serrés et de longs cils soulignaient l'ovale de son visage. Sa morphologie s'était affinée, plus élancée, plus galbée également, mettant en valeur ses appas naturels. Aubin était toujours aussi épris d'elle. Il n'était pas au courant toutefois du serment que Madeleine était parvenue à lui extirper. Encore heureux, cela n'aurait fait que renforcer les droits qu'il pensait légitimes.

Les camarades avaient grandi eux aussi. Belle évidence… Ceci pour signifier qu'ils lorgnaient tous cette belle plante qui affichait un port de déesse. Le tempérament de Gwénola s'était affirmé. Elle conservait le sens profond de la justice qui l'animait depuis l'enfance, une droiture d'esprit – une grandeur d'âme, diraient certains –, mais en même temps, elle développait une forme d'intransigeance qui n'était rien d'autre qu'une arme afin de se protéger des assauts des godelureaux.

Les jeunes pigouyers de Meneham enviaient ceux de Keravel d'avoir la chance de côtoyer une si jolie personne à longueur de journée. Plus d'un devait fantasmer sur ses hanches et sur ses nénés en se paluchant dans la pénombre de sa chambre. Quand les deux villages se côtoyaient sur la grève, les plus hardis n'hésitaient pas à lui tourner autour comme des moustiques attirés par la lampe. Aubin avait conscience des attentions dont sa dulcinée était l'objet. Il veillait sur elle farouchement, ne manquait jamais de marquer ostensiblement sa possession quand un jeune coq s'approchait d'elle, mine de rien, afin de lui présenter de fallacieuses civilités.

Ce qui se produisit ce jour-là.

Édouard Le Louarn était le fier-à-bras attitré de Meneham. Entendez par là qu'il était le plus costaud, le plus culotté. Pas le plus fin, tant s'en faut. Il rappelait Léonce Decourt à Aubin et Gwénola. Un souvenir mitigé, teinté de gloire pour le premier, plutôt amer pour la seconde. Sans être impudique, Gwénola faisait preuve d'une insouciance naturelle qui la dispensait de se voiler exagérément, surtout quand il faisait chaud – c'était le cas ce matin-là. Elle portait un pantalon dont elle avait coupé les jambes, les genoux étaient usés, elle avait la flemme de les repriser, une vieille chemise dont Aubin ne voulait plus. L'encolure bâillait, et elle ne portait rien en dessous. Le Louarn le remarqua. Il opéra une boucle astucieuse afin de se trouver face à elle et de plonger le regard dans le décolleté. Il s'approcha à quelques mètres. Quand elle se pencha en avant, il poussa un sifflotement admiratif.

— Dis donc, Gwéno, tu ne nous avais pas dit que tu hébergeais deux tourterelles aussi charmantes.

N'est pas poète qui veut. Le « compliment » tomba à plat. Gwénola se redressa et lui décocha un regard furibond en fronçant les sourcils.

— Des tourterelles ? Je ne vois pas de quoi tu veux parler.

— Eh ben… De tes nichons, pardi !

— Mes nichons, tu les laisses tranquilles. Ils ne sont pas prévus pour un museau aussi sale que le tien.

Aubin avait remarqué la manœuvre. Il ne se tenait jamais bien loin de sa protégée, il entendit la grossièreté. Il avait pris de la carrure, le maniement des outils pour le goémon lui avait gonflé les biceps, mais en comparaison du dénommé Édouard, il restait encore un freluquet. Celui-ci ne pensait pas que la jeune demoiselle aurait la langue assez leste pour le remettre en place aussi vertement. Lui, était loin de développer la même vivacité d'esprit.

— Tu sais ce qu'il te dit, mon museau ?

— Une connerie de plus, de toute évidence, ricana Gwénola. De toute façon, c'est tout ce dont tu es capable, pauvre minable.

Le ton avait monté. Les autres pigouyers observaient la scène d'un regard amusé. Aubin se dit qu'il était de son devoir d'intervenir s'il ne voulait pas passer pour un trouillard. Il s'interposa entre les deux belligérants, sa faucille au long manche à la main.

— Dégage ! fit-il en levant son « arme ».

Un tel engin pouvait devenir une arme aussi redoutable que les lourdes hallebardes des combats médiévaux. Plus maniable de surcroît.

Le Louarn comprit qu'il avait poussé la plaisanterie un peu trop loin, mais il allait également de son honneur de ne pas perdre la face au vu et au su de ses compagnons. Il tenait un grand râteau, il le leva, menaçant à son tour.

— Tu crois me faire peur, petit con ?

— En tout cas, si tu insistes, je te coupe les deux oreilles.

Les deux communautés prenaient conscience que la prise de bec était en train de virer à un affrontement susceptible de laisser des traces. Charles Croguennec se trouvait là lui aussi. Il fut l'un des premiers à s'approcher au cas où cela tournerait au vinaigre. Bientôt les deux villages se regroupèrent face à face derrière leurs « champions » respectifs, Aubin Mainguy et Édouard Le Louarn. Gwénola se sentit responsable de la situation, même si elle n'avait rien fait pour la provoquer. La tension devenait palpable entre les deux clans rivaux. Elle fit preuve alors d'un sang-froid impressionnant. Alors que Croguennec s'apprêtait à mettre son grain de sel, elle le devança afin de se positionner entre les deux fronts.

— Vous n'allez quand même pas vous taper dessus ! Vous n'avez pas compris qu'on plaisantait ?

Le Louarn se sentit lui-même soulagé. Il se tourna vers les siens.

— Ouais, ouais, c'est ça. On rigolait. Je disais à Gwénola qu'elle était vachement jolie. Il n'y a pas de mal à ça quand même. Surtout que c'est vrai.

La repartie n'était pas de première finesse, mais elle eut le mérite d'apaiser les esprits. Les pigouyers s'en retournèrent à l'ouvrage en secouant la tête. Des querelles de gamins, ils avaient d'autres sujets de préoccupation.

Charles Croguennec n'avait que moyennement apprécié l'intervention d'une femme pour régler un problème de cette importance. C'était son rôle, à lui, de prendre les commandes, puisqu'il était présent, et non celui de cette prétentieuse, à qui il gardait rancune. Contre laquelle les griefs s'accumulaient un peu trop à son goût.

27

Gwénola devenait adulte, aussi bien physiquement que dans sa tête. Il ne se passait pas une journée sans qu'elle repense à la promesse formulée à Madeleine. En fait, l'image du visage émacié, déformé par la souffrance ne la quittait jamais, inscrite en filigrane dans sa mémoire. Elle regardait Aubin d'un autre œil. La complicité de l'enfance, puis de l'adolescence, la tendresse qui les unissait s'étaient teintées d'un relent de répulsion à l'idée de devoir être un jour son épouse, de lui sacrifier son corps, de devenir la mère de ses enfants. De ne plus avoir le choix, en réalité. La seule façon de s'extirper de l'impasse, c'était que lui se détourne d'elle. Qu'il trouve une autre jeune fille – il y en avait quelques-unes à Keravel qui méritaient que l'on s'intéresse à elles, bien fichues, pas trop sottes, pas trop farouches non plus.

Gwénola n'avait jamais été coquette, consciente que ses atouts naturels ne nécessitaient pas de recourir à des artifices. Ce n'était pas de l'orgueil, elle n'était pas à se contempler dans les miroirs, mais les regards des jeunes mâles – et même ceux des pigouyers d'âge plus mûr – reflétaient l'image qu'elle développait sans avoir besoin de composer. Elle se disait parfois que de se laisser aller à des allures de souillon découragerait peut-être son prétendant, mais ç'aurait été une concession hypocrite à laquelle elle ne parvenait pas non plus à se résoudre. Alors elle l'évitait, lui battait froid. Quand elle était obligée de se trouver en sa présence, elle se surveillait sévèrement afin de ne rien laisser paraître qui puisse entretenir ses illusions, un sourire, un regard par trop avenant, une parole dans laquelle il découvrirait un sens caché en sa faveur.

Tâche ingrate, difficile, en contradiction avec le tempérament de la demoiselle. Aubin ne désarmait pas. Bien sûr, il ne pouvait ignorer la froideur de sa bien-aimée depuis le décès de Madeleine, mais il s'inventait des explications propres à la justifier : elle était en train de devenir une femme, elle avait peur de se retrouver entre les bras d'un homme, elle tenait à sa réputation au sein du village. Cela donnait lieu parfois à des échanges cocasses, au cours desquels il déployait des galanteries touchantes, ridicules. Elle en souriait. Ainsi le jour où il lui annonça en aparté qu'il souhaitait avoir un tête-à-tête avec elle… Gwénola soupira, les avances du jeune homme devenaient de plus en plus pesantes, mais elle avait promis à une femme sur le point de mourir de s'occuper de son fils. À une femme qui l'avait adoptée sans se poser de questions quand elle s'était trouvée orpheline.

— Qu'est-ce que tu veux encore ?

— Te parler, je te dis… Juste te parler.

Il l'entraîna à l'écart du village, la guida jusqu'à une fondrière qui semblait conçue pour servir de nid aux amoureux. Une touffe de genêt en fleur y avait poussé, comme si elle avait voulu se préserver des vents mauvais qui remontaient de la mer.

— Assieds-toi et ferme les yeux.

Gwénola se prêta encore au jeu en poussant un nouveau soupir.

— Tiens, c'est pour toi. Je les ai cueillis tout à l'heure.

Aubin sortit un bouquet d'asphodèles de derrière ses ramures. Il savait qu'elle adorait ces fleurs aux aigrettes si délicates. Elle n'avait d'autre choix que d'accepter le présent et de l'en remercier. Tout au plus lui fit-elle remarquer que les asphodèles étaient un don du paradis, qu'ils étaient encore plus jolis vivants, que c'était peut-être péché de les couper.

La déception d'Aubin fut si flagrante qu'elle regretta aussitôt sa dureté. Elle lui sourit et posa ses lèvres sur sa joue.

— Tu es très gentil. Tes fleurs me font très plaisir.

Il n'en fallut pas davantage pour illuminer le cœur du jeune homme. Depuis cette nuit qui lui avait valu une profonde mortification, Aubin ne s'était plus risqué à se montrer trop entreprenant. Bien sûr, il ne pouvait se dispenser de regards langoureux. Il s'arrangeait pour lui frôler la main innocemment, comme ça, juste en passant. Il humait son odeur quand ils remontaient de la côte, trempés de sueur, un peu à la manière d'un corniaud qui flaire la chienne en chaleur.

Gwénola tenait le bouquet gauchement, décontenancée, c'était la première fois qu'un garçon lui offrait des fleurs.

— Où est-ce que tu vas les mettre ?

— Chez moi…

« Chez elle », autrement dit dans la maison de ses parents qui serait bientôt officiellement à elle, comme il était notifié dans les documents établis par le notaire de Kerlouan.

— Tu as raison, c'est là que ce sera le mieux. Tu veux bien que je t'accompagne pour voir l'effet que ça fera ?

Il ne manquait jamais une occasion de tenter de se trouver seul avec elle. Elle ne pouvait toujours le repousser, c'était quand même Fernand Mainguy qui l'hébergeait, qui subvenait toujours à ses besoins, elle éprouvait pour lui l'affection d'une fille pour son père.

— Viens, mais à condition d'être sage.

— Là-dessus, tu peux être tranquille. J'attendrai que nous soyons en âge comme tu me l'as demandé.

« En âge de quoi ? » se demandait-elle à chaque fois qu'il lui formulait cette promesse. De faire l'amour ? Mais elle se gardait bien de lui poser la question.

Gwénola se réfugiait de plus en plus souvent dans la demeure de son enfance. Elle mettait un point d'honneur à ce que tout soit en ordre, à ce que les meubles soient astiqués, que le dessus de la cuisinière rutile de mille feux comme du temps où sa mère s'en occupait. Elle considérait comme un devoir de mémoire de dormir dans sa chambre, où elle conservait le sentiment de communiquer avec ses parents. Elle leur parlait, demandait à sa mère notamment ce que valait le serment auquel elle s'était sentie obligée. Jacqueline ne lui répondait pas. Gwénola se sentait de plus en plus liée.

Aubin comprenait que sa bien-aimée ne quittait le domicile de l'adoption que pour prendre ses distances. Il n'osait aborder de front le problème, craignant de s'attirer une fin de non-recevoir définitive.

Gwénola chercha un vase pour les asphodèles, puisa un peu d'eau dans le seau du puits. Aubin l'observait en silence, imaginant combien ce serait bon d'être son mari, de vivre avec elle dans ce cadre si apaisant. Elle posa le vase au milieu de la table, arrangea les fleurs.

— Elles sont jolies, tu ne trouves pas ? demanda Aubin en s'asseyant sur une chaise comme s'il était aussi un peu chez lui.

— Très belles…

Il la dérangeait, comme à chaque fois qu'il parvenait à s'infiltrer dans cette demeure où elle le considérait comme un intrus.

— Bien, fit-elle en se dirigeant vers la porte. Il faut que j'aille préparer le dîner. Ton père va se demander où nous sommes passés.

— Il sait que je suis avec toi, il ne sera pas inquiet si nous tardons un peu. Tu ne te trouves pas bien en ma compagnie ?

Elle ne répondit pas. Lui adressa un regard excédé qu'il feignit d'ignorer.

— Tu sais bien que pour ce soir, j'ai prévu de cuire un morceau de lard. Ton père adore, ce serait dommage de l'en priver. Il va être temps de le mettre sur le feu. Tu pourrais d'ailleurs me donner un coup de main pour éplucher les légumes.

Il se leva en soupirant, lui obéissant à contrecœur, enclin finalement à lui faire plaisir en l'aidant, à défaut de ne pouvoir la serrer entre ses bras.

Gwénola s'occupait du logis de Fernand Mainguy. Celui-ci n'était jamais parvenu à élucider le mystère de la nuit où sa femme avait perdu la tête et attrapé la cochonnerie qui lui avait coûté la vie. Il en avait reparlé à sa pensionnaire à plusieurs reprises, se doutant qu'elle lui dissimulait la vérité. Elle se butait.

Un jour, Fernand était même revenu sur le décès de Léonce Decourt, se disant que tout cela était lié.

— Tu te souviens, Gwéno, du soir où Charles Croguennec était passé nous voir.

Elle savait pertinemment à quelle visite il faisait allusion. Elle haussa les sourcils en faisant la moue.

— Mais si, le jour où tu lui avais cloué le bec sur le parvis de l'église à propos d'Iffig Le Bras.

— Ah oui... Pourquoi tu me parles de ça si longtemps après ?

Fernand hésita.

— Pourquoi, pourquoi ? Je ne sais pas, comme ça. Il avait l'air de dire, Croguennec, que c'était toi qui avais réglé son compte à ce crétin de Léonce.

— C'était un accident, tu as oublié ?

— C'est ce qu'on a dit. Mais il y en a qui pensent encore que Léonce t'aurait embêtée et que tu n'aurais fait que te défendre. Je te connais, Gwéno. Tu es forte, généreuse, courageuse, tu es la fille que Mado et moi n'avions pu avoir. Maintenant tu peux bien me dire si c'est vrai ou non.

— Les gens peuvent penser ce qu'ils veulent, et toi aussi. Je ne sais pas comment Léonce s'est cassé la figure dans les rochers, pour la simple et bonne raison que je n'étais pas avec lui ce matin-là. Il est tombé, il est mort, paix à son âme…

Loin d'être convaincu, Fernand se contenta de hocher la tête d'un air entendu, mais il n'en avait pas fini.

— De toute façon, même si c'était toi, tu n'aurais pas de comptes à me rendre. Et tu peux me croire, je t'accorderais l'absolution sur-le-champ.

Elle devinait qu'il avait une autre idée derrière la tête, cette histoire ancienne n'était que prétexte afin d'y parvenir.

— Aubin et toi, vous vous entendez bien…

Ce n'était pas une question. Gwénola se tint aussitôt sur la défensive.

— On se connaît depuis si longtemps. C'est un peu comme si nous étions frère et sœur.

— Oui, bien sûr… Mais ce n'est pas tout à fait pareil quand même. Tu as dix-neuf ans, Gwénola. Tu vas être bientôt en âge de te marier.

— Alors là ! J'ai bien le temps.

— Tu ne vas pas me dire que tu n'y as pas pensé, une jolie fille comme toi, avec tous les garçons qui te tournent autour.

— Ce n'est pas parce qu'ils font les jolis cœurs qu'ils m'intéressent.

— Oui, bien sûr, tu as raison. Mais Aubin, tu le trouves comment ?

Cette fois elle avait compris où il voulait en venir.

— C'est un beau garçon. Il est gentil et intelligent, courageux.

— Ah ! Ça fait plaisir de t'entendre dire ça.

Il marqua une pause, cherchant l'angle d'attaque pour parvenir au sujet qui le préoccupait.

— Tu vois, moi, j'ai passé je ne sais combien d'années avec ma chère Madeleine, et maintenant qu'elle n'est plus là, je suis le plus malheureux des hommes. La vie n'a de sens que si on la partage avec quelqu'un qu'on aime, une personne qu'on connaît bien et en qui on a entière confiance.

Elle acquiesça d'un signe de tête, les yeux dans le vague.

— Tu dois trouver que je me mêle de ce qui ne me regarde pas, mais il m'arrive de penser à des drôles de trucs. Je me disais comme ça qu'Aubin et toi vous formez un joli couple. Vous êtes habitués l'un à l'autre depuis l'enfance, vous ne vous disputez jamais. Il est fils unique, il héritera de la maison quand je ne serai plus là. Toi, tu as la tienne. Autrement dit, vous avez du bien. Je sais qu'il tient à toi plus qu'à la prunelle de ses yeux, comme on dit.

Elle se taisait, attendant la phrase suprême.

— Vous n'avez jamais pensé que vous pourriez vous marier quand vous serez en âge de fonder une famille et d'avoir des enfants ?

Elle feignit de rire.

— Nous n'avons que dix-neuf ans…

— Je n'ai pas dit que ce serait pour tout de suite, mais dans quelques années. Je n'en ai jamais parlé avec Madeleine, c'était encore trop tôt, mais je suis certain que si elle était encore de ce monde, elle penserait la même chose que moi.

Fernand ne croyait pas si bien dire. Il regardait la jeune fille avec un regard ému, comme s'il attendait qu'elle lui donne son accord.

— Hein ? Ce n'est pas pour insister, mais tu ferais de moi le plus heureux des hommes. Non, j'exagère, le plus heureux juste après Aubin. Crois-moi, cela demande réflexion.

Après Madeleine, c'était Fernand qui se mettait en tête de caser son fils. Il n'avait pas eu l'inélégance de lui rappeler ce qu'elle leur devait, mais il était évident qu'il estimait que ce ne serait qu'un juste retour des choses.

— Je verrai le moment venu…

Fernand retint le cri de joie qui lui monta aux lèvres.

28

Au lieu d'en vouloir au ciel de l'avoir privé de sa raison de vivre, Fernand Mainguy développa une foi à toute épreuve. Comme tous les misérables qui vivaient de la mer à cette époque, les pigouyers étaient superstitieux, et donc croyants. Ce n'était parfois qu'un opportunisme conjoncturel, qu'ils affichaient par tradition, par mimétisme social. D'autres estimaient qu'étaler sa foi constituait une faiblesse indigne d'aventuriers de leur trempe. Cela ne les empêchait pas de prier en cachette, surtout quand approchait le moment de braver les forces célestes, qu'il s'agissait de brosser dans le sens du poil. Il en était cependant chez qui la piété était profondément ancrée et qui le manifestaient, sans honte ni ostentation. Ceux-là effectuaient le déplacement à l'église de Kerlouan chaque dimanche matin, quel que soit le temps. Depuis deux ans maintenant, Fernand avait intégré cette phalange religieuse. Il arrivait à Aubin de l'accompagner, plus rarement à Gwénola.

— C'est ça, les hommes ! Allez donc à la messe, comme ça vous ne serez pas dans mes pattes pendant que je ferai le ménage.

Les Aubertin étaient d'une piété « tranquille », eux, autrement dit d'esprit très ouvert. Ils n'avaient pas cherché à inculquer leur foi à leur gamine. Oh, elle avait été baptisée, elle avait fait sa communion – c'était alors le lot de tous les enfants, que la famille soit croyante ou non. Elle n'était pas mécréante non plus. Le mystère de la vie, l'éternité de l'âme, autant de questions qui l'intriguaient comme tout un chacun, mais sans vraiment la tracasser. Quand il lui arrivait de se livrer à son examen de conscience, elle s'estimait en règle avec sa propre conception de la morale et de la justice. Si tant est que le Créateur existe et au cas où Il lui réclamerait des comptes, elle lui répondrait franchement, en le regardant droit dans les yeux : elle n'avait rien à confesser, rien à se reprocher. La foi, elle ne se demandait pas trop si elle en était habitée. Mais une chose était certaine, d'en faire état publiquement lui paraissait une simagrée inappropriée, à laquelle elle avait du mal à se résoudre, à moins d'y être obligée.

Les gens de Keravel n'étaient pas les seuls à placer leur destin entre les mains du bon Dieu. Les goémoniers des autres villages côtiers contribuaient à emplir la nef de l'église Saint-Brévalaire, se mêlant aux paysans de l'arrière-pays. Chaque clan laissait son animosité sous le porche et l'on s'évitait farouchement à la sortie du saint lieu de crainte qu'une parole malencontreuse ne mette le feu aux poudres.

Croyait-il en Dieu, son Fils et tout l'aréopage ? Charles Croguennec était l'un des fidèles de l'abbé Quatrevaux, avec qui il s'entretenait volontiers à la fin de l'office, au vu et au su de tout le monde, afin que personne n'oublie qu'il était un personnage de première importance. Il lui arrivait même de communier, montrant alors une religiosité surprenante chez un homme si intransigeant. En revanche, nul ne se souvenait de l'avoir vu se confesser. Sans doute négociait-il directement avec le Tout-Puissant – c'était assez dans son tempérament.

Après une période de vives turbulences, la vie avait repris son rythme habituel à Keravel, avec son lot de joies et de misères, d'espoirs et de déconvenues. Martha avait retrouvé en partie la place qui lui revenait, les rancunes s'étaient émoussées, sinon évanouies. On lui pardonnait à défaut d'oublier, ce qui ne risquait pas d'arriver, vu les séquelles qu'elle avait rapportées de l'usine d'Audierne. Entre elle et l'orpheline s'étaient tissés les liens d'une amitié indéfectible. Fernand Mainguy avait mis Gwénola en garde, s'embrouillant dans des explications échappant à toute logique. Fernand se souvenait des affrontements entre sa fille adoptive et le « chef » du village. L'alliance entre deux femmes au caractère si trempé pouvait s'avérer redoutable, de nature à ébranler son autorité. En réalité, il n'était pas le seul villageois à avoir remarqué que Charles Croguennec ne portait pas la fille Rivalain dans son cœur, même s'il avait tenu un discours laissant supposer le contraire.

Croguennec s'était toujours évertué à contrôler les sources séditieuses dans la communauté de ses pigouyers. En réalité, Gwénola Aubertin était la première forte tête avec qui il avait eu réellement à en découdre. Des altercations verbales plutôt anodines, certes, mais il n'était pas parvenu à lui faire baisser les yeux, à la première occasion, elle lui redonnerait du fil à retordre.

Martha devenait une autre rebelle en puissance, elle l'avait démontré, il était à craindre qu'elle ne recommence. À surveiller toutes les deux. Pour ce faire, il disposait de deux espions de première main : Lucien Lalouctte ct Blaisc Guimarcc'h. Nous savons déjà de quel moyen de pression disposait Charles Croguennec à l'encontre du premier : Lulu lui devait un œil. Son emprise sur le second reposait sur des assises moins tragiques, mais tout aussi impérieuses.

Le Blaise n'était pas le plus courageux des goémoniers, tant s'en faut. Il se voyait cependant attribuer sa part comme les autres. Il détenait lui aussi un bout de terrain derrière sa demeure, mais les quelques arpents étaient en friche tout au long de l'année. Qu'importe, les potagers n'étaient qu'une ressource d'appoint pour les pigouyers, il serait parvenu à boucler proprement son budget s'il n'avait convolé avec une certaine Micheline. Celle-ci avait les doigts plus agiles à délier les cordons de la bourse familiale qu'à se faire des cals sur le manche d'un outil.

Une rencontre fortuite. Elle était en vacances à Brignogan avec ses parents. De petites gens de la banlieue parisienne qui pétaient plus haut que leur cul, qui exhibaient des finances qu'ils étaient loin de détenir. S'ennuyant avec ses « vieux », la demoiselle, vingt ans, était venue traîner sa mélancolie jusque sur les plages en contrebas de Kerlouan. Blaise n'était pas des plus futés, une œillade sous un chapeau de paille en battant des cils, un sourire barbouillé de rouge aux lèvres, il était tombé dans les filets de la jeune gourgandine.

Le problème qui plombait le ménage, c'est que les ascendants des Guimarec'h n'avaient pas fini de rembourser les Croguennec pour l'achat de la maison qu'ils occupaient. La dette avait traîné depuis des décennies, elle aurait même triplé si les vendeurs avaient comptabilisé les intérêts, mais en l'occurrence, ils ne s'étaient pas montrés trop chiens. C'était en raison de ce passif tacitement passé sous silence que Charles tenait Blaise. Il avait été amené à le lui rappeler à quelques reprises, il avait intérêt à filer droit s'il ne voulait pas que l'on ressorte l'ardoise…

À Keravel comme sur toute la côte, les femmes participaient à la récolte des grandes laminaires d'épave, elles veillaient à leur séchage dès le début des beaux jours, elles approvisionnaient les fours quand commençait le brûlage. La femme Guimarec'h trouvait toujours un prétexte pour échapper à ces corvées. Elle était malade plus souvent qu'à son tour, des migraines, elle s'était tordu la cheville, elle n'allait quand même pas descendre à la côte en boitant comme un vilain canard. Les membres de la communauté n'étaient pas dupes, les femmes lui tiraient la gueule, elles qui n'avaient jamais l'audace de se plaindre. Une autre excuse pour la Micheline : elle voyait bien que tout le monde lui faisait la tête. Alors là ! elle avait bien compris qu'on ne voulait pas d'elle, elle n'allait quand même pas se battre pour imposer sa présence.

Croguennec avait le souci d'un partage équitable, disions-nous. Lui aussi comptabilisait mine de rien l'assiduité de chacun de ses « administrés ». Le salaire alloué aux Guimarec'h se trouvait donc singulièrement amputé. La donzelle s'offusquait auprès de son mari :

— Tu n'es qu'un larbin. Tu ne vas quand même pas te laisser rouler dans la farine par ce vieil imbécile !

Ils n'étaient jamais parvenus à procréer. La servilité de son bonhomme confirmait les doutes qu'elle avait toujours émis sur ses attributs virils. Il va sans dire que c'était dans des termes bien moins courtois qu'elle lui en adressait le reproche. Blaise était de ces tempéraments habitués à courber l'échine à condition qu'on leur fiche la paix. Il rassurait sa bergère : à la première occasion, le père Croguennec, il allait lui dire ce qu'il pensait ! Elle pouvait compter sur lui. Du vent, une fois de plus.

Voilà pour quelles raisons Lucien Lalouette et Blaise Guimarec'h étaient à la botte du sieur Croguennec. Voilà pourquoi ils avaient pour mission de surveiller ces deux femmes qui passaient le plus clair de leur temps à comploter.

Il y avait un autre villageois qui voyait d'un œil plutôt froid l'amitié entre Gwénola et Martha. Aubin. Il les suivait à distance. Quand elles se posaient sur la grève afin de bavarder, il usait de ruses de Sioux afin de s'approcher et de grappiller leur propos. Il croyait passer inaperçu, elles avaient deviné sa présence à plusieurs reprises.

— Dis donc ! Il a l'air d'en pincer pour toi !

Gwénola ne répondait pas. Elle soupirait, n'en étant pas encore à s'épancher près de cette femme de presque vingt ans son aînée.

— Un peu trop, si tu veux connaître le fond de ma pensée.

— Ne fais pas la fine bouche. Tu as de la chance d'avoir un garçon pas trop mal de sa personne qui te fait la cour. J'aimerais bien en dire autant.

Martha énonçait cette évidence sans se lamenter sur son sort, scellé à vie dans le célibat par une malencontreuse aspersion d'acide.

— Il n'y a pas que le physique qui compte dans un couple. Le plus important, c'est la personne à l'intérieur, la consola sa jeune amie.

— Oui, bien sûr. Mais c'est quand même les crapauds que les enfants martyrisent…

L'échange en resta là.

Croguennec avait la rancune tenace. Son honneur avait été mis à mal par la fille Aubertin. Oh ! il ne souhaitait pas qu'elle disparaisse – il n'était quand même pas un monstre –, mais ce serait une bonne leçon de la rabaisser aux yeux des villageois. Il en guettait l'occasion.

Le moyen le plus utilisé pour salir une femme a toujours été de laisser entendre qu'elle a la cuisse légère, soit avant de se marier, soit une fois qu'elle a pris époux et qu'elle mène une double vie. En fidèles lieutenants, Lucien et Blaise – aussi fourbes l'un que l'autre – remarquèrent que Gwénola et Aubin se retrouvaient de temps à autre dans la demeure de feu les Aubertin. Le fait leur parut surprenant. Quelle raison avaient-ils de s'isoler, sinon pour se cacher du père Mainguy ? Ce n'était un secret pour personne que ces deux-là fricotaient ensemble. La demoiselle avait du tempérament et du culot à en revendre. Ne ressemblait-elle pas d'ailleurs à une Espagnole ? Il était bien connu que les femmes au teint mat avaient le sang chaud et le giron accueillant.

Croguennec les écoutait déballer le résultat de leur enquête. Il réfléchissait. Il hochait la tête. Soudain son œil s'alluma.

— Vous avez raison, les gars. Ce n'est pas pour lui apprendre à jouer aux dominos que la petite garce l'invite chez elle. Elle le mène par le bout du nez, c'est évident.

L'idée cheminait, les images s'enchaînaient.

— Pas seulement par le bout du nez d'ailleurs, si vous voyez ce que je veux dire.

Ils voyaient très bien, ils s'esclaffèrent pour lui faire plaisir.

— Si ce n'est pas malheureux ! Ils ne sont même pas fiancés et elle s'envoie en l'air dans la maison de ses propres parents, profitant qu'ils soient morts pour prendre du bon temps sous le toit où ils l'ont élevée…

Énoncée de cette façon et avec le ton de circonstance, la situation paraissait assez ignominieuse. Croguennec offrit un verre de cidre à ses sbires. Avec l'âge, le breuvage avait pris une teinte brunâtre, ils grimacèrent en y trempant les lèvres, s'obligèrent à l'écluser quand même en décrétant qu'il avait du corps, mais qu'il restait tout à fait convenable.

Lalouette avait toujours eu l'esprit tordu. L'idée qui germait dans son cerveau tourmenté le faisait sourire par avance.

— Peut-être que le fils ne lui suffit pas… laissa-t-il tomber négligemment.

— Qu'est-ce que tu veux dire, Lulu ? demanda Charles.

— Rien, je me disais comme ça qu'elle s'est peut-être aussi tapé le père. Pourquoi se priver, tant qu'à faire !

— C'est pas idiot ce que tu dis là, mon Lulu. Non, ce n'est pas idiot du tout…

Lucien se rengorgea. Guimarec'h ne présentait pas la même vivacité d'esprit que ses deux compagnons. Il demanda qu'on lui explique.

— Bon Dieu ! Pourquoi ne pas y avoir pensé plus tôt, alors que cela aurait dû nous crever les yeux, reprit Croguennec.

Cette fois, ce fut à Lulu de demander qu'on lui éclaire la lanterne. Charles s'y attela avec jubilation :

— Réfléchissez un peu. Cela ne vous a pas semblé bizarre que la pauvre Madeleine fiche le camp de chez elle en pleine nuit, alors qu'il soufflait une tempête de tous les diables ?

— Maintenant que tu le dis, fit Lalouette. Elle a découvert qu'il se passait de drôles de choses entre son Fernand et l'autre hypocrite qui joue les orphelines. Alors elle a foutu le camp.

— Il y a de quoi être horrifié en effet pour une honnête femme, convint Blaise Guimarec'h. La drôlesse, avec son air de pas y toucher.

Croguennec tenait enfin l'arme dont il rêvait depuis si longtemps. Il ne lui restait plus qu'à trouver la mise en œuvre la plus efficace. En attendant, il intima à ses deux complices de conserver le silence.

29

La qualité première de la rumeur est son caractère insidieux. À l'instar d'une fuite d'eau, elle s'infiltre goutte à goutte par les moindres interstices avant de s'amplifier en un ruisseau qui donne une rivière. Charles Croguennec avait conscience de ne pouvoir ouvrir lui-même les vannes. Il lui fallait un intermédiaire pour allumer la mèche, une ambassadrice spécialiste de la médisance, parce qu'à ses yeux seules les femmes étaient assez retorses pour mener à bien une aussi vile mission. Il chargea ses deux informateurs de mettre leurs épouses dans le coup.

Micheline Guimarec'h était la vipère la plus venimeuse de Keravel. Son mari la pratiquait depuis assez longtemps pour savoir qu'il était inutile de lui demander le moindre service, elle refuserait par principe. Il convenait de lui fournir les munitions qu'elle croirait avoir découvertes. Blaise inventa donc une date anniversaire du décès de Madeleine Mainguy.

— Ça va faire deux ans maintenant qu'elle est morte… fit-il entre deux cuillerées de soupe, l'air songeur.

Son épouse interrompit son geste et fronça les sourcils.

— Mais qui donc ?

— Eh bien, la pauvre Madeleine.

— Oui, sans doute, et alors ? Pourquoi tu me parles d'elle comme ça, tout d'un coup ?

— Parce que j'ai vu des gamins cet après-midi devant la maison des Aubertin.

Micheline dévisagea son mari d'un air intrigué, croyant qu'il divaguait.

— Quel rapport avec Madeleine Mainguy ?

— Tu n'as quand même pas oublié que ce sont les Mainguy qui ont adopté la fille des Aubertin quand ceux-ci sont décédés ?

— Merci pour la nouvelle. Mais tu peux me dire ce que fabriquaient les gamins dont tu viens de me parler ?

Jusque-là, Blaise estima qu'il ne louvoyait pas trop mal.

— J'y viens. Les Mainguy ont un fils que Fernand a élevé seul depuis qu'il est veuf.

Micheline soupira, reprit une cuillerée de potage.

— Madeleine Mainguy, des gamins qui lorgnent par une fenêtre, Gwénola Aubertin et maintenant Aubin Mainguy… Est-ce que tu pourrais en venir au fait ?

Blaise s'essuya les lèvres avec sa serviette. Puis il la bouchonna et la posa à côté de son assiette.

— Les gamins que je te dis étaient le nez collé à la fenêtre des Aubertin. Je ne sais pas ce qu'ils regardaient, mais ils avaient l'air de se régaler.

— Et toi, tu n'as pas jeté un coup d'œil pour voir de quoi il s'agissait ?

— Pour qui tu me prends ! Je ne suis quand même pas un voyeur. Ils ne m'avaient pas vu venir derrière leur dos. Ils parlaient de quelqu'un qui était à poil. Une fille, puisqu'ils ont dit « elle ». Quand ils m'ont vu, ils ont filé.

— C'est tout ?

— Attends, je n'ai pas fini. Il n'était pas dans mes intentions de jouer les espions, mais j'étais un peu fatigué. Je me suis assis sur le banc de la place. Au bout de quelques minutes, j'ai vu sortir la Gwénola Aubertin de chez elle, puisque la maison lui appartient maintenant. Elle avait l'air de se rajuster et elle avait les joues rouges comme si elle avait couru.

— Elle devait faire sa toilette, elle a quand même le droit de se laver sans rendre de comptes à personne.

— Bien sûr, mais elle n'était pas arrivée chez son père adoptif que le fils Mainguy sortait à son tour de la même maison.

Blaise laissa quelques secondes s'écouler, le temps que la sournoiserie se fraie un chemin dans les méninges de son épouse.

— C'étaient ces deux-là, Gwénola et Aubin, que les gamins regardaient par la fenêtre et ça les faisait glousser comme des poules qui auraient pondu.

Micheline Guimarec'h hochait la tête.

— J'ai toujours pensé que la fille Aubertin n'avait pas froid aux yeux. Ça se sentait depuis qu'elle était toute gamine. Je ne sais pas si tu te souviens des fois où elle a tenu tête à Croguennec, ton ami, à qui tu es toujours à lécher les bottes.

Blaise ne releva pas.

— Si, bien sûr… Tout le monde s'en souvient. Une sacrée effrontée si tu veux mon avis ! Tu vois, depuis que Madeleine est morte, je me demande pourquoi elle est partie dans la nuit. Ce n'est quand même pas parce qu'elle aurait découvert que son fils et la Gwénola se permettaient certaines fantaisies. Ils sont jeunes, ils ont bien le droit de s'amuser ensemble. Non, tu vois, à mon avis, il y avait autre chose…

— Mais quoi donc ?

— Je ne sais pas. C'est pas mes oignons. Mange donc pendant que c'est encore chaud.

Micheline plongea dans une perplexité laborieuse. Puis elle prit la parole avec un air entendu.

— Oui, moi aussi je trouve bizarre qu'elle soit partie comme ça, sur un coup de tête, avec le temps pourri qu'il faisait cette nuit-là.

Elle n'était pas loin d'aboutir à la déduction à laquelle son mari voulait l'amener. Le moment était venu d'en remettre une couche.

— Elle a dû découvrir qu'il se passait quelque chose de grave sous son toit.

— Entre le Fernand et leur fille adoptive… renchérit Micheline.

Ça y est, elle était tombée dans le panneau. Machine arrière, Blaise feignit de s'offusquer.

— Qu'est-ce que tu vas imaginer ? Fernand, je le connais depuis je ne sais pas combien de temps. C'est un honnête homme. Je ne le vois pas en train de fricoter avec une gamine.

— Quand ça s'est passé, Gwénola n'était plus tout à fait une gamine, elle avait dix-sept ans, si tu sais compter, et elle était déjà drôlement bien roulée.

Blaise hochait la tête en signe d'approbation, en s'efforçant d'afficher une mine effarée face à une telle révélation.

— Ce serait donc ça… C'est ahurissant, mais tu as raison, ça se tient. Madeleine découvre que son bonhomme se tape la fille qu'elle a la charité d'héberger. Elle est scandalisée, elle ne veut pas rester une minute de plus sous le toit d'un pareil individu. Elle s'enfuit dans la nuit, et patatras, tu connais la suite.

La conversation n'alla pas plus loin.

Sidonie Lalouette et Micheline Guimarec'h étaient souvent fourrées ensemble. Ce n'était pas pour autant qu'elles étaient amies, ni même qu'elles s'appréciaient. Elles ne manquaient jamais une occasion de s'égratigner, avec un ton doucereux d'une sournoiserie redoutable. Leur satisfaction réciproque était de détenir une information que l'autre ignorait et de la lui coller en travers les gencives d'un air triomphant. Dès le lendemain matin, la femme de Blaise disait à celle de Lucien qu'elle savait pour quelle raison Madeleine Mainguy avait « ridé son parapluie ». Elle se fit prier, comme il se doit, pour déballer un secret aussi précieux.

— D'où, tu tiens ça, toi ? fit Sidonie.

— Je le sais, c'est tout. De toute façon, il y a longtemps que je l'avais deviné. Pas toi ? Tu te crois pourtant plus maline que tout le monde.

La perfidie ne mit pas deux jours à effectuer le tour du village. Le lendemain soir, tout Keravel savait que le Fernand Mainguy était une espèce de pervers qui se permettait des privautés avec l'adolescente que lui et son épouse avaient adoptée. De là à en déduire que c'était dans cette seule intention qu'il lui avait ouvert sa porte, il n'y avait qu'un pas à franchir, et il n'y eut pas besoin de beaucoup pousser ces braves gens pour les y amener. Quant à Gwénola, elle fut présentée comme une petite allumeuse, dont le jeu favori était de faire tourner la tête des hommes, aussi bien les jeunes garçons que les vieux fourneaux en âge d'être son père.

30

La terrible nouvelle parvint aux oreilles des principaux intéressés dans le même laps de temps. Ce fut Aubin qui en fut le premier informé, apostrophé par des gamins, des ados jaloux que la « gitane » – comme ils l'appelaient – lui accordait ses faveurs. Ils n'y allèrent pas par quatre chemins.

— Alors, Mainguy, il paraît que ta chérie fait des galipettes avec ton père ?

Ce n'était pas les premières insultes qu'Aubin avait à subir à propos de Gwénola, mais elles n'avaient jamais atteint un tel degré d'insanité. Il n'était pas sûr d'avoir bien entendu, il demanda de répéter.

— Fais pas l'innocent. Tu as très bien compris. Ton père, Fernand Mainguy, et ta copine, Gwénola, tu savais pas qu'ils couchaient ensemble ?

Aubin en resta interloqué ; son absence de réaction ne fit que confirmer l'abjection à ses tourmenteurs. La chose lui parut tellement énorme qu'il n'y porta aucun crédit sur le coup, mais c'est également parce que c'était incroyable qu'il en vint à se demander si elle ne contenait pas une part de vérité. Il sortit du village, fit quelques pas dans les dunes, déboussolé. Se laissa tomber sur le bord d'une fondrière et se mit à réfléchir.

Il avait du mal à expliquer la froideur que Gwénola lui opposait depuis quelque temps. Il gardait en mémoire cette étreinte passagère sur la grève, elle s'était laissé caresser sans protester, elle avait même accepté de l'embrasser. Il restait persuadé que, sans sa défaillance, elle lui aurait offert toute la boutique. Et puis, tout d'un coup, rideau, on ne touche plus.

Voilà que lui venait d'être fournie une explication toute chaude. Il n'avait pas été sans remarquer la tendresse que son père montrait à l'orpheline. Il arrivait à Fernand de la serrer entre ses bras sans qu'elle se dérobe. Comme l'aurait fait un père ? Il se souvenait du corps de Gwénola pressé contre le sien. Un contact torride, qui lui avait fait perdre ses moyens. Son paternel n'était qu'un homme lui aussi, il n'était pas à l'abri des mêmes sensations, la jeune fille n'avait pu ignorer qu'il la désirait. Et pourtant…

Aubin secoua la tête, il était en train de devenir fou. Juste pour le faire enrager, de jeunes imbéciles lui débitaient des horreurs à propos de son père qu'il avait toujours considéré comme le meilleur des hommes et de cette fille à laquelle il tenait plus que tout au monde, et il tombait dans le panneau. Il s'en trouva un peu rassuré, mais se promit cependant de les surveiller.

Aubin n'eut pas à les espionner. Quand il revint au gîte, il prit conscience aussitôt qu'il y régnait une drôle d'ambiance.

— Tu es au courant de ce que les gens racontent derrière notre dos ? attaqua Gwénola.

Il hocha la tête.

— J'ai entendu certaines choses, en effet, qui ne m'ont pas fait plaisir.

— Tu ne les as pas crues, tout de même ! intervint le père, dont la détresse faisait peine à voir.

Aubin mit un instant à répondre, il baissa les yeux pour trouver les mots.

— Non, bien sûr. Mais je me suis demandé pourquoi on disait de pareilles abominations sur notre compte.

— Pour nous faire du mal. Il ne faut pas chercher plus loin. Tu sais aussi bien que moi qu'il y a des gens qui prennent un malin plaisir à faire souffrir les autres.

— Mais qui ? Je n'ai pas d'ennemi à Keravel.

— Toi, peut-être pas, rectifia Gwénola. Mais moi je connais quelqu'un qui me tient rancune et qui a peut-être décidé de se venger.

— Charles Croguennec ? demanda le jeune homme.

— Tout juste. Je croyais qu'il avait oublié tout ce qui s'était passé. Si mes soupçons sont fondés, il faut croire que non.

La seconde caractéristique de la rumeur est de ressembler à une pluie d'orage. D'une violence extrême au plus fort de sa colère, elle ne dure jamais bien longtemps. Il en fut de même pour les saloperies déversées sur les Mainguy père et fils et sur leur pensionnaire. À son point culminant, la suspicion s'était concentrée sur la supposée relation entre Fernand et Gwénola. Étant somme toute normales entre jeunes gens de leur âge, les amourettes entre celle-ci et son ami d'enfance passaient au second plan. Mais la gageure d'incriminer un pigouyer aussi honorable supposait un sacré culot. L'éventualité de la situation amusa un certain temps la galerie, notamment les amateurs d'histoires croustillantes, surtout dès qu'il s'agissait de parties de jambes en l'air. Puis l'intérêt s'émoussa. Imaginer une pareille scène impliquait une perversité indigne de la corporation des goémoniers, habitués à se serrer les coudes plutôt qu'à s'écharper au sujet d'allégations à vérifier avant d'en faire des gorges chaudes.

En effet, qu'y avait-il de vrai dans ce fatras ordurier ? Fernand avait toujours mené une vie exemplaire. Ceux qui le traînaient dans la boue pouvaient-ils se targuer de la même probité ? Madeleine était une femme droite, dont la conduite n'avait jamais prêté le flanc à la médisance. Paix à son âme, mais qu'elle n'ait rien vu dans l'hypothèse où son mari entretenait une liaison avec leur protégée était inconcevable. Les Mainguy représentaient l'image idéale du couple uni, sans histoires. Une existence dans la plus parfaite discrétion, une communion infaillible, qui excluait que ce genre d'écarts conjugaux passe inaperçu. Bref, ceux qui continuaient à propager la rumeur diffamatoire en tenant des messes basses sur la place du village se firent bientôt rire au nez.

Restait Gwénola. Personne n'avait oublié l'histoire de Léonce Decourt. De quels autres égarements était-elle capable si elle avait occis le grand nigaud qui lui faisait les yeux doux ? Il s'en trouvait encore quelques-uns à Keravel pour la regarder de travers et lui battre froid. Pour autant, la jeune femme ne se terrait pas chez elle ni chez son père adoptif. Ce n'était pas son genre de fanfaronner inconsidérément. Non, elle continuait à se promener normalement, saluant les gens qu'elle croisait, sans ostentation ni fausse humilité.

Son alliée la plus convaincue était bien entendu Martha Rivalain. Celle-ci ne manquait pas une occasion de prendre sa défense et de remettre à leur place ceux qui se permettaient de la critiquer, de façon allusive ou ouvertement. Elle mettait également un point d'honneur à s'afficher en sa compagnie. Elles discutaient longuement au vu et au su de tout le monde, et l'ancienne ouvrière clouait du regard les collets montés qui les lorgnaient en coin, avec des mines pincées de constipés chroniques.

Pour Martha aussi, il ne faisait aucun doute que l'instigateur de cette logorrhée délatrice était Charles Croguennec.

— Ce genre de coup fourré, c'est assez dans son style.

Gwénola lui adressa un regard intrigué. Voilà deux ans que Martha était revenue. Elle pensait que celle-ci vouait une certaine reconnaissance à l'homme qui avait fait l'effort de la réintégrer à Keravel.

— Tu as eu maille à partir avec lui ?

Martha haussa les épaules.

— Pas depuis que je suis revenue.

— Avant que tu partes, alors ?

Profond soupir, éloquent. Elle cherchait ses mots.

— Ce sont des histoires anciennes. Cela ne servirait plus à rien d'en parler maintenant. Viens, je dois avoir du café de ce matin au chaud sur la cuisinière.

Comme Martha, pas un villageois ne fut dupe de l'origine de la rumeur. Tout Keravel était au courant de la rancune de Charles Croguennec à l'égard de Gwénola Aubertin. Si celui-ci s'était montré assez finaud pour rester dans l'ombre, il n'en restait pas moins que les jours suivants le vent avait tourné : la bombe confiée à ses sbires n'avait produit qu'un pet dérisoire et son aura en avait pâli d'autant. Il ajouta ce revers à la liste de ses griefs à l'encontre de la péronnelle dont il ne parvenait à venir à bout.

31

Un esprit pragmatique comme celui de Fernand ne pouvait se satisfaire d'un dénouement aussi escamoté. L'escarmouche ne dura guère et s'éteignit aussi vite qu'elle avait été allumée. Mais qu'en resterait-il des années plus tard ? Il était à craindre que des esprits chagrins ne ressortent cette histoire au moindre différend. Mainguy examina la situation sous tous les angles des jours durant et surtout des nuits entières, incapable de trouver le sommeil, alors que la campagne goémonière battait son plein, avec son lot quotidien de fatigues.

À force de tourner le problème en tous sens, Fernand conclut qu'il devait restaurer l'honneur de Gwénola : c'était elle qui avait servi de catalyseur dans cette lamentable affaire. Il s'efforçait de faire le point. La jeune femme retrouvait Aubin dans la maison de ses parents, c'était la vérité. Jusque-là, rien de répréhensible, ce n'était pas péché pour des amoureux de chercher un peu d'intimité. Quel jeune couple pouvait prétendre ne pas avoir débuté de la sorte ? En revanche, qu'ils aient forcé la porte du tabernacle avant de s'être agenouillés devant l'autel était de nature à susciter une indignation légitime. Bien sûr, ce n'était qu'une allégation sans l'ombre d'une preuve, mais difficile à démentir. La seule échappatoire était d'officialiser leur amourette, une façon de se mettre en règle avec la morale. Autrement dit d'annoncer leur intention de se marier. Auquel cas, qu'ils s'autorisent un acompte de câlins sur leur bonheur à venir paraîtrait moins grave.

Fernand décida d'en parler le soir même aux deux intéressés.

Gwénola prenait son rôle de maîtresse de maison très au sérieux. Madeleine avait perdu la tête en apprenant la vérité au sujet de Léonce et d'Aubin. Il lui paraissait légitime de compenser sa disparition dans son foyer d'adoption. Ce soir-là, elle avait cuisiné des tripes achetées à la charcuterie de Kerlouan. C'était loin d'être son mets favori, en raison notamment du fumet discutable durant la cuisson, mais Fernand en raffolait, lassé de manger du poisson et même des fruits de mer, dont la réputation n'était pourtant pas à établir. Quelques pommes de terre cuites à l'eau complétaient le menu – des bintjes, dont la chair farineuse épongerait la sauce grasse.

Le dîner commença. En silence d'abord, le temps que l'appétit se soit un peu calmé. Fernand félicita sa petite ménagère. Il cherchait les mots pour entrer dans le vif du sujet. Gwénola avait conscience de son embarras, Aubin ne s'occupait que de son assiette.

— Toi, tu as quelque chose à nous dire, fit la jeune fille.

Fernand posa sa fourchette et replia son couteau. Puis il s'essuya posément les lèvres.

— À vrai dire, oui.

— C'est donc si… délicat que tu tournes autour du pot depuis le début du repas ?

— C'est à propos des jours difficiles que nous venons de vivre. Je n'ai pas envie que cela recommence.

— Quoi donc ?

— Que l'on s'en prenne de nouveau à toi. Que les gens racontent n'importe quoi dans la seule intention de te salir.

— Moi non plus, mais je ne vois pas comment nous pourrions l'éviter.

— Tout modeste pigouyer que je suis, j'ai pris la peine de réfléchir. Il y a peut-être un moyen. Cela te concerne aussi, Aubin, ce serait bien que tu écoutes.

L'adolescent posa son couvert à son tour.

— Voilà. Tout est parti du fait qu'on vous voit souvent ensemble. Vous savez comme moi qu'on a dit que vous vous permettriez certaines… fantaisies, si vous voyez ce que je veux dire.

Gwénola fronça les sourcils.

— Nous n'avons rien fait de mal. Enfin, pas ce qu'on nous reproche.

Le ton était véhément. Aubin piqua du nez.

— Pour ma part, je vous fais confiance. Si ça peut vous rassurer, je n'ai pas cru un traître mot de ce que les mauvaises langues ont fait courir à votre sujet. Mais pour couper court à ce genre de saloperies, ce serait bien de laisser croire que c'est sérieux entre vous.

— Mais, c'est sérieux ! s'exclama Aubin, faisant sourire son amie, qui commençait à entrevoir le stratagème du goémonier.

— Dis-nous le fond de ta pensée, insista-t-elle.

— Il faut que les gens soient persuadés que vous avez envisagé de vous marier.

— Mais nous sommes trop jeunes !

— Je sais tout cela aussi bien que vous. Je n'ai pas dit que ce serait pour tout de suite, mais on pourrait organiser une façon de fiançailles.

Gwénola restait perplexe, Fernand guettait sa réaction, Aubin aussi. Elle repensait bien sûr à la promesse faite à Madeleine. Le moment n'était-il pas venu de la tenir ?

— Cela ne t'engagerait pas définitivement, reprit Fernand. Tu aurais toujours le droit de changer d'avis si tu ne veux pas de mon garçon le moment venu, mais au moins personne ne penserait plus qu'il s'est passé de drôles de choses entre toi et moi.

Aubin était pendu aux lèvres de sa bien-aimée. Gwénola pesait les mots qu'elle allait prononcer, consciente d'être sur le point de sceller son destin. Elle haussa les épaules.

— Après tout, pourquoi pas…

Aubin poussa un profond soupir de soulagement.

— Ce ne serait pas non plus des fiançailles… officielles ? s'inquiéta la jeune fille.

— Non, juste une invitation pour les villageois à boire un verre afin de tirer les choses au clair. Une sorte de promesse mutuelle, si vous préférez.

À Keravel, l'autorité de Charles Croguennec relevait des mêmes traditions que les immuables rites religieux : le baptême, la communion, la confirmation, le mariage à l'église, l'extrême-onction, autant de passages incontournables, que l'on soit pratiquant ou non. Organiser une réunion sans son aval relevait d'une forme de sacrilège passible de mise au ban de la communauté, une « excommunication » civile en quelque sorte. Obtenir l'accord du chef devint pour Fernand Mainguy un moyen supplémentaire de se venger de l'affront. En l'occurrence, il fit preuve d'une finesse remarquable. S'opposer à l'invitation, pour Croguennec, revenait à avouer son rôle dans l'élaboration de la diffamation et dans sa propagation. Il ne pouvait se permettre de refuser alors que tout le monde était au courant de son implication. Fernand se paya le culot de l'aborder dès le lendemain.

Ce matin-là, le temps était radieux. La palette était complète : une luminosité nimbée dont l'opalescence adoucissait les silhouettes acérées des rochers et en rendait le rose encore plus tendre, une brise venue du large aussi câline que les caresses d'une Néréide à la recherche d'un amant. Prise au piège du sentiment, l'eau elle-même se ridait d'un frémissement amoureux qui laissait croire qu'elle avait la chair de poule. Bref, les pigouyers étaient à la fête.

Par un temps pareil, le village était au complet, Croguennec surveillait la manœuvre. De temps à autre il mettait la main à la tâche, à la manière d'un patron soucieux de motiver ses ouvriers en donnant l'exemple.

Chargés d'installer la procédure élaborée par le père, se sachant sous le feu de tous les regards, Gwénola et Aubin ne se quittaient pas. Ils s'aventuraient de conserve dans le flot jusqu'à la taille, plongeaient les bras et le buste dans l'eau salée afin de couper les laminaires, les remontaient à pleines brassées avant de les livrer aux crocs et aux râteaux des femmes moins ingambes et des enfants. Ceux-ci riaient, se bousculaient comme de jeunes chiens fous, avant de repartir de plus belle à l'assaut. Aubin était aux anges. Pour Gwénola, c'était plutôt un rôle de composition.

La récolte tirait à sa fin, la marée remontait. Fernand se décida.

Depuis quelques jours, Charles Croguennec s'attendait à être apostrophé par l'une ou l'autre de ses victimes. Tout au long de la cueillette, il avait gardé l'œil sur le couple d'amoureux, surpris de leur bonne humeur, de leur complicité alors qu'ils auraient dû faire profil bas et éviter de s'afficher ensemble de manière aussi éhontée. Il vit venir Mainguy. Il se prépara à nier toute intervention, ainsi qu'il l'avait décidé dès qu'il avait senti le vent tourner.

— J'aurais à te parler, Charles…

Aucune agressivité, plutôt de l'humilité même… Bizarre.

— Je t'écoute, Fernand.

— Tu n'es pas sans savoir que depuis quelques jours de drôles de bruits ont circulé sur mon compte et sur les jeunes gens que j'héberge sous mon toit.

— Qui n'est pas au courant ? Des racontars de gamins, si j'ai bien compris.

— Peu importe que ce soient des gamins ou des adultes qui ont fait courir de pareils mensonges. Il me paraît nécessaire de tirer les choses au clair.

Ça y est, se dit Croguennec. Il va essayer de me mettre en cause.

Fernand continuait sur le même ton.

— Gwénola et Aubin ont été très affectés qu'on les soupçonne d'ébats réservés à des époux légitimes. Certains ont été jusqu'à laisser entendre que moi-même j'aurais entretenu une relation avec ma fille adoptive. Ce sont des accusations graves, tu ne trouves pas ?

Sentant l'orage s'éloigner, Croguennec recouvrait son sang-froid. Il ne manqua pas de décocher un coup de griffes dont il avait le secret :

— Si elles ne sont pas fondées, c'est en effet gênant. Qu'est-ce que tu comptes faire ?

— Tu as toujours dit que les affaires du village devaient se régler entre nous autres pigouyers. Tu as vu nos deux jeunes gens à l'ouvrage. Je ne crois pas qu'ils donnent l'impression d'être en faute. Ils s'aiment de façon naturelle, ils ont l'intention de se marier quand ils seront en âge. Ce serait bien que tous les villageois en prennent conscience une fois pour toutes. Aussi j'ai prévu d'organiser une petite fête. Ce serait l'occasion d'annoncer qu'ils seraient comme on dit… « fiancés ». Enfin, promis l'un à l'autre. Mais je voulais t'en parler avant.

Soulagé, Charles abonda dans cette volonté de réconciliation. Il proposa même que la « cérémonie » se déroule dans sa grange, la seule pièce assez vaste à Keravel pour accueillir tous les villageois.

32

Jugez de la surprise quand Aubin fit le tour des chaumières pour convier les villageois au nom de Fernand Mainguy. Après les insanités auxquelles celui-ci, son fils et sa copine avaient eu droit, une telle générosité laissait croire que ces trois-là avaient perdu la tête.

« En quel honneur ? C'est pour quoi ? » demandait-on.

D'aucuns pensèrent qu'une convivialité aussi stupéfiante cachait quelque chose : après avoir été traînés dans la boue, les Mainguy désiraient régler leurs comptes. Personne ne déclina pour autant l'invitation, bien au contraire.

Fernand avait fixé la réception au samedi suivant, à dix-huit heures. Les goémoniers avaient pour habitude d'être ponctuels, la politesse des petites gens, trop humbles pour oser se faire attendre. Les trois hôtes avaient fait un effort de toilette. Fernand avait sorti le costume dans lequel il s'était marié. Il sentait un peu la naphtaline, il l'enfila avec une émotion qui lui mouilla les yeux. Les pigouyers prenaient du muscle en vieillissant, pas beaucoup de graisse, il ne s'y sentit pas trop engoncé. Aubin n'avait pas encore eu l'occasion de se faire tailler une vêture de cérémonie. Il dénicha cependant une chemise blanche dans laquelle il eut le sentiment d'être un homme, avec une ceinture à large boucle de son père. Gwénola partit se changer chez elle. Elle hésita, opta pour un petit chemisier dont l'encolure échancrée dévoilait l'amorce du sillon de sa poitrine. Pas de quoi s'offusquer, estima-t-elle. Une jupe légère de couleur plus vive y ajouta une touche de fraîcheur. Elle se regarda dans la glace de l'armoire, s'obligea à se sourire, mais ne parvint à esquisser qu'une grimace d'une tristesse infinie.

Elle allait se fiancer ! Rien que le mot l'effrayait, avec tout ce qu'il supposait d'irrémédiable. Aubin, l'aimait-elle seulement un peu ? Elle aurait voulu s'en convaincre pour que son sacrifice soit moins douloureux. Elle avait beau fouiller dans les tréfonds de son esprit, évoquer la nuit où elle avait senti ses mains sur son corps, ses lèvres sur les siennes, elle ne trouvait rien qui ressemblait à de l'amour. Il est vrai, se disait-elle, qu'elle ne savait pas encore ce que signifiait « aimer ». Peut-être n'était-ce après tout qu'une profonde tendresse, un sentiment de bien-être en compagnie d'une personne à laquelle on était habitué.

Gwénola se rendit chez son futur beau-père. Une autre image qui la contrariait, même si Fernand était le plus brave des hommes. La place était déserte. Dans chaque maison, les villageois devaient faire un brin de toilette. Elle la traversa en trottinant, soucieuse de se soustraire aux regards, alors qu'elle allait les affronter dans quelques instants. Les Mainguy l'attendaient.

Les yeux d'Aubin s'illuminèrent : Dieu qu'elle était belle, sa fiancée ! Un bonheur qui prenait enfin réalité. La mine de Fernand se montra moins avenante.

— Tourne un peu que je voie.

Elle s'exécuta. Fernand ne savait comment lui dire.

— Tu n'avais rien de moins… provocant à te mettre ?

— Pourquoi ? Tu trouves que ce n'est pas bien ?

— Tu es très jolie, Gwénola. Mais après ce qui s'est passé, après les reproches qui t'ont été adressés, j'aurais préféré que tu te montres un peu plus… discrète, si tu vois ce que je veux dire.

La jeune femme se mordit les lèvres, ses paupières se chargèrent de larmes.

— Tu n'aurais pas, je ne sais pas moi… un petit gilet à boutonner par-dessus, dit Fernand avec douceur devant le désarroi de Gwénola.

Elle resserra machinalement le col de son chemisier afin de masquer le peu que l'on distinguait de sa poitrine. En ce moment, elle aurait volontiers tout envoyé balader, mis un terme à cette hypocrisie qui la répugnait, mais elle n'en eut pas le courage. Non, pas encore…

— Si, je dois avoir ça à la maison.

Elle refoula les sanglots qui lui montaient dans la gorge. Parcourut le chemin inverse. Elle troqua le chemisier « indécent » contre un pull léger dont le col montant lui cachait la poitrine, mais qui la moulait. Cette fois, Fernand ne se permit aucun commentaire.

L'ambiance était plutôt tendue quand tout ce petit monde se retrouva dans la grange de Croguennec.

Il avait sorti la vaisselle de circonstance, les verres, quelques assiettes. Gwénola avait fait un saut la veille à Kerlouan afin d'approvisionner la compagnie : trois ou quatre bouteilles de vin, il ne s'agissait pas de faire bombance, lui avait dit Fernand en lui confiant le porte-monnaie. Le matin, elle avait cuit au four de la cuisinière deux gâteaux bretons, suintant de beurre, dorés au jaune d'œuf et striés en losange à la fourchette sur le dessus.

Croguennec se tenait sur le seuil de la grange. Il ne savait quelle attitude adopter. En qualité de propriétaire des lieux, il tenait à conserver le contrôle des opérations. Les pigouyers le saluèrent un à un en arrivant. Des sourires narquois, des regards dans lesquels flottaient des lueurs d'ironie, de molles poignées de main, comme si la confiance n'était plus aussi sincère. Allons, se dit-il. Ce ne sont que des impressions dues aux turbulences de ces derniers jours. Si tous ses administrés avaient accepté de venir sous son toit, c'était qu'ils le respectaient encore.

Fernand Mainguy n'était pas un orateur, il lui fallait une sacrée dose de courage pour avoir provoqué cette réunion où il comptait prendre la parole. Il avait réfléchi depuis qu'il en avait pris la décision. Il n'était pas dans ses intentions de donner la leçon à ses concitoyens, juste de mettre les choses au point pour que cesse la rumeur. Il tremblait au moment de claquer dans les mains pour obtenir l'attention. Il n'eut pas besoin d'insister, les villageois étaient suffisamment intrigués pour lui prêter l'oreille. Un cercle se constitua autour de lui, le silence s'installa.

Fernand revint sur ce qui avait été dit à propos de lui et de sa famille. De son garçon et de la jeune fille qu'il considérait comme sa propre enfant. Ses défunts parents l'avaient élevée dans le respect des valeurs morales les plus élémentaires. Lui et sa pauvre Madeleine avaient pris le relais afin de continuer de leur mieux son éducation. Désormais il était seul pour poursuivre la mission. Que personne ne se trompe à son sujet, Gwénola ne leur avait jamais causé de soucis, bien au contraire. C'était une fille droite, honnête, ce n'était pas parce qu'elle était belle qu'elle usait de ses charmes.

Bien sûr, ce n'était pas avec des phrases aussi élégamment tournées qu'il s'adressait aux pigouyers, ni dans un débit aussi coulé. Il cherchait ses mots, déglutissait à échéance régulière, s'essuyait les lèvres d'un revers de manche, mais ses hésitations et ses maladresses devenaient autant de preuves de sa sincérité.

Oui, on voyait souvent ensemble Aubin et Gwénola, et ce d'autant plus qu'ils ne se cachaient pas, tout simplement parce qu'ils n'avaient aucune raison de se cacher. Ils étaient amoureux l'un de l'autre, ce n'était un secret pour personne. Et alors ? Sans doute la pureté de leur bonheur devait provoquer des jalousies pour que de telles horreurs aient été proférées à leur encontre.

Les goémoniers s'impatientaient. Où Mainguy voulait-il en venir à pérorer de pareilles évidences ? Fernand eut conscience des remous dans son auditoire.

— Vous vous demandez pourquoi je vous ai réunis ce soir. C'est pour prendre ensemble le verre de l'amitié, mais c'est aussi pour rassurer ceux qui verraient du mal entre mon garçon et Gwénola. Gwénola n'est pas une dévergondée, ni avec mon fils, ni avec moi, comme certains se sont complu à le dire. Elle me considère et me respecte comme si j'étais son père. Ils sont encore trop jeunes pour se marier, il leur reviendra de patienter pour goûter aux plaisirs de la vie en couple. Mais au nom de quelle loi leur interdirait-on d'être ensemble ?

Il s'embrouillait, le pauvre, ne savait plus comment en venir à l'annonce qu'il avait prévue.

— Voilà. Je ne vais pas vous embêter plus longtemps. Ce soir, c'est un peu comme si c'étaient les fiançailles de mon fils et de la fille d'Armand et Jacqueline Aubertin que tout le monde aimait bien au village. Mais s'ils entendent qu'on dit encore du mal de leur fille, sûr qu'ils ne doivent pas être très contents. Je suis certain qu'ils sont auprès de qui vous savez, et ils ne manqueront pas de lui dire que ce ne sont que des mensonges. Je ne vais pas prendre la place du curé de Kerlouan, j'en serais bien incapable, mais je crois savoir quand même que la diffamation est un grave péché. Ceux qui s'y adonnent peuvent être amenés à rendre des comptes le jour du jugement dernier.

Il s'en tirait fort bien, Fernand Mainguy, surtout sur la fin. Si personne ne l'applaudit, il s'en trouva plusieurs pour estimer qu'il avait bien parlé, qu'il avait dit des choses justes.

Charles Croguennec avait senti à plusieurs reprises les regards se fixer sur lui, notamment quand avait été prononcé le terme de « diffamation ». Les villageois se donnaient du coude, se glissaient quelques mots à l'oreille, attendaient qu'il réagisse. Il s'était efforcé de rester impassible, mais il n'avait pas apprécié d'être l'objet de sous-entendus sous son propre toit. Il s'éclipsa au moment de lever le verre à la santé des amoureux.

33

La défection du maître des lieux entraîna une sorte de malaise, laissant aux convives l'impression de profaner en son absence le temple d'une espèce de dieu dont ils redoutaient le courroux. En qualité d'hommes de main, Lucien et Blaise se crurent habilités à prendre le relais. Eux savaient parfaitement qui était l'instigateur de l'odieuse machination. Ils n'avaient pas compris que leur patron prête sa grange à ses « ennemis » pour une pareille guignolerie. Ils demandèrent à Fernand si tout se passait comme il le souhaitait. Ils se payèrent même l'audace de féliciter les fiancés, poussant l'hypocrisie jusqu'à affirmer avoir été scandalisés par les accusations proférées sur leur compte. Aubin n'osa rien dire, Gwénola s'éloigna en leur tournant le dos après avoir haussé les épaules. Quand le jeune homme la rejoignit et qu'il s'enquit de son humeur, il se heurta à un silence méprisant.

Fernand Mainguy ne passait pas lui non plus une soirée très confortable. Il prenait conscience d'avoir organisé une mascarade pitoyable, où tout le monde tirait une face de carême. Il s'efforçait cependant de masquer son désarroi, allant de l'un à l'autre, trinquant avec celui-ci, tapant sur l'épaule de celui-là, en les remerciant d'être venus. On le félicitait pour ses jeunes gens, de l'honnêteté desquels personne n'avait douté, bien entendu.

— C'est normal, ils se connaissent depuis qu'ils sont tout gamins. C'était écrit qu'ils sont faits pour vivre ensemble.

— Nous, on pensait l'inverse, tu vois. Qu'à force de pisser et de pleurnicher ensemble, ils seraient restés comme frère et sœur.

— Ils l'ont été avant d'être adolescents, mais le bon Dieu leur a donné à tous les deux de quoi tomber amoureux. Ils seraient bien bêtes de ne pas en profiter, en tout bien tout honneur, cela va sans dire.

— Le bon Dieu ou le diable, ironisa une voix fielleuse.

— Qu'importe, reprit Fernand en riant. Ils sont beaux, ils s'entendent à merveille. La suite, ils verront quand ils seront en âge.

Martha Rivalain arriva juste après le départ de Charles Croguennec. D'instinct, elle se plaça à l'écart, dans un recoin d'ombre. Gwénola la remarqua tout de suite, la rejoignit. Martha paraissait perdue.

— Je suis contente que tu sois là.

— Je savais que tu aurais été déçue si je n'étais pas venue. Et toi, ça va ?

À la moue contrariée qui se dessina sur le visage de son amie, Martha n'eut pas besoin de réponse. L'arrivée de l'ancienne ouvrière provoquait toujours un moment de curiosité. Une vague répulsion, même si on commençait à s'habituer à son faciès de momie. Toutes deux eurent conscience d'être observées par l'assistance.

— Je te raconterai demain. Ici, il y a trop de monde.

Gwénola retourna auprès de ses invités, s'appliquant à remplir au mieux le contrat fixé par son père adoptif et qu'elle avait accepté. Aubin l'intercepta aussitôt.

— Je me demandais où tu étais passée.

— Pas bien loin, soupira-t-elle. Je ne peux pas être toujours à ta disposition.

— Tu es quand même ma fiancée, maintenant.

— Et alors, cela ne signifie pas que tu vas pouvoir me tenir en laisse comme un gentil petit toutou.

Elle avait répondu sèchement. Aubin se trouva décontenancé un bref instant.

— Non, bien sûr. Mais j'avais envie de t'avoir à mes côtés, c'est tout. Les gens vont se demander ce qui se passe si on n'est jamais ensemble.

— Eh bien ! Ils penseront ce qu'ils veulent.

Les pigouyers buvaient un verre ou deux, grignotaient les gâteaux, coupés en losange comme il se doit. Sidonie Lalouette et Micheline Guimarec'h ne purent s'empêcher de faire la moue, tout en ne perdant pas une miette de la copieuse part qu'elle s'était octroyée d'autorité. Pour la première, il n'y avait pas assez de beurre, pour la seconde il y en avait trop, ou alors il n'était pas frais au moment où Gwénola avait malaxé la pâte, et cela avait donné un drôle de goût. Elles se resservirent afin de vérifier, ce qui ne les amena en rien à accorder leurs impressions.

Gwénola subodorait que c'était l'une des commères qui avait allumé la mèche, sinon les deux, missionnées par leurs chers époux, eux-mêmes commandités par le sieur Croguennec, dont ils étaient les serviles complices. Elle avait le moral au plus bas, mais son tempérament de guerrière supportait mal de voir parader deux pareilles vipères. Elle avait observé leur comédie à propos du gâteau, leur mine pincée, comme si on avait entrepris de les empoisonner. Négligemment, elle s'approcha et se saisit du plat à proximité duquel elles se tenaient encore, avec la ferme intention de lui faire honneur une troisième fois.

— Il faut penser aux autres, laissa-t-elle tomber avec un sourire ironique. Les bonnes choses, c'est pour que tout le monde en profite.

L'affront était si manifeste que les deux toupies – qui avaient pourtant la langue bien pendue – restèrent interloquées, bouche entrouverte, durant quelques secondes.

— Oh ! La punaise ! s'exclama la mère Guimarec'h.

— La salope, tu veux dire ! Elle ne manque pas d'audace, renchérit Sidonie.

— Tu vois, pour un peu, on aurait pris sa défense.

— Toi, peut-être. Certainement pas moi. Il y a toujours une part de vérité dans ce que disent les gens.

— En tout cas, elle ne perd rien pour attendre.

La soirée touchait à son terme. Sans que les occupants aient besoin de se concerter, la salle se vida en quelques minutes : bonsoir, c'était sympa, merci de nous avoir invités.

Il n'était pas encore très tard, mais le lendemain la marée serait basse en début de matinée, il conviendrait d'être à la grève dès le lever du jour. Gwénola et Martha commencèrent à ranger la vaisselle pendant que Fernand et Aubin remettaient un peu d'ordre dans la grange. Ils n'avaient pas vu leur hôte sur le seuil de la grande pièce, tapi en retrait dans l'obscurité. Quand les deux femmes se rendirent compte de sa présence, elles poussèrent un cri, comme si elles venaient de découvrir un spectre.

— Je vous fais peur ? ricana Charles en sortant de sa cachette.

— Non… bredouilla Gwénola. On pensait que vous étiez fatigué et que vous étiez parti vous coucher.

— Il faut croire que non. Je tenais quand même à m'assurer que tout soit remis en ordre après que vos invités seraient partis. Que je ne sois pas obligé de ranger votre foutoir demain matin.

Fernand s'approcha, un torchon à la main.

— Je tenais à te remercier, Charles de nous avoir…

— Arrête tes simagrées, Mainguy. C'est habilement joué d'avoir voulu sauver la face en annonçant les fiançailles de tes deux gamins, mais je ne suis pas sûr que nos amis aient été dupes.

— Dupes de quoi, si je peux me permettre ?

— Tu m'as très bien compris, Fernand. Tu l'as dit toi-même, ils sont encore un peu jeunes pour se marier…

Il laissa un silence.

— … sauf en cas de force majeure. Ce qui expliquerait que tu te sentes obligé de précipiter les choses.

Fernand mit quelques secondes à saisir l'allusion de Croguennec. Gwénola avait compris tout de suite, elle. La repartie ne lui vint pas aussitôt, ce qui lui permit de conserver son sang-froid et lui évita de balancer des paroles qu'elle aurait regrettées.

— Vous avez de la suite dans les idées, monsieur Croguennec, fit-elle enfin d'un ton mesuré. Les mois qui vont suivre vous démontreront que nous ne vous avons pas menti.

Il la dévisageait entre ses paupières mi-closes de son œil cruel.

— Ou que vous aurez décidé d'interrompre l'infamie avant qu'elle ne produise le fruit de vos égarements. Si vous voulez mon avis, ce serait une sage décision, afin de ne pas raviver les rumeurs qui ont couru dans le village à votre sujet.

Devant une telle mauvaise foi, Fernand préféra battre en retraite. Il bredouilla encore un vague remerciement et fit signe à Aubin et à Gwénola de le suivre. Martha, elle, s'était éclipsée dès que Croguennec avait pénétré dans la grange.

Le retour à la maison se passa en silence.

— C'est vraiment un drôle de type, fit Fernand en cherchant la clef dans sa poche.

— Il raconte n'importe quoi ! s'exclama Aubin.

— Oh que non… rectifia Gwénola. Il sait très bien ce qu'il dit. C'est à moi qu'il en veut, il ne ratera jamais une occasion de me faire du mal.

Fernand avait ouvert la porte.

— Venez, il est temps d'aller dormir.

Gwénola leur fit part de son intention d'aller chez elle.

— Si ce vieux con est encore à nous épier, il ne pourra pas dire que nous partageons la même couche, du moins cette nuit.

Aubin laissa tomber les bras qu'il lui tendait.

34

Gwénola n'avait allumé ni sa lampe à pétrole ni sa bougie, préférant l'obscurité à la lumière. Comme si elle avait peur. Comme si elle avait honte. Elle restait abasourdie des propos haineux que lui avait tenus Charles Croguennec. Quelles raisons avait-il de lui en vouloir à ce point ? Elle ne s'était opposée à lui qu'à une seule reprise, et de façon anodine à bien y réfléchir. À vrai dire, elle ne regrettait en rien son éclat sur le parvis de l'église. Si pareille circonstance se renouvelait, elle agirait de la même façon. Parce qu'il n'avait aucun droit légitime à se poser en maître de Keravel. Mais c'était un personnage bouffi d'orgueil, qui devait ne pas aimer les femmes pour être aussi mauvais, se dit-elle. Pour preuve, il ne s'était jamais marié.

La communauté villageoise… Une autre réalité qui l'angoissait de plus en plus. En quelques heures, en acceptant cette parodie de fiançailles, elle venait de signer un acte d'entière dépendance. Désormais, elle était vouée à fonder une famille avec ce benêt d'Aubin Mainguy, à rester coincée à Keravel jusqu'à la fin de ses jours. Un brave garçon au demeurant, là-dessus, elle n'avait rien à lui reprocher, elle aurait pu imaginer pire conjoint. Il avait même commis un meurtre afin de venger ses parents et de lui prouver son amour. Existait-il plus belle preuve d'attachement d'un homme à une femme ? D'autant qu'à l'époque il n'était qu'un enfant.

Gwénola se leva, arpenta la pièce dans laquelle ne se devinaient que les silhouettes des meubles. Elle avait l'impression d'être enfermée dans une geôle, au cœur d'une plus grande prison, sans issue, le piège, l'impasse parfaite, le labyrinthe dont on ne trouve jamais la sortie, pour la simple et bonne raison qu'il n'en existe pas. Elle s'obligeait à se calmer. Beaucoup de couples de pigouyers ne vivaient ensemble que par habitude, ne se posaient pas – ou plus – la question de la tendresse. Celle de l'amour, n'en parlons pas. Les goémonières avaient-elles ressenti les mêmes états d'âme quand elles avaient vu s'approcher l'âge de se marier ? De prendre un époux, comme on disait ? N'était-ce pas le lot des filles des humbles familles ? Elle avait quand même du toupet de faire la fine bouche alors qu'elle était orpheline !

La jeune femme s'apprêtait à se dévêtir pour se coucher quand elle entendit frapper à la porte. Il n'était pas difficile de deviner de qui il s'agissait. Elle hésita à faire la sourde oreille, à feindre de dormir. Le silence, Aubin avait compris, il allait rebrousser chemin. Les mêmes coups retentirent à nouveau. D'être sa fiancée lui imposait-il de lui obéir ?

— Laisse-moi, Aubin. Je suis fatiguée, j'ai besoin de me reposer. On se verra demain, si tu veux bien.

Elle n'avait pas parlé fort, juste assez pour être entendue à travers les deux épais vantaux.

— C'est moi. Martha. Mais tu n'es pas obligée de m'ouvrir si tu n'en as pas envie.

C'était bien la seule personne que Gwénola était d'humeur à accueillir en ce moment. Elle s'empressa de tourner la clef dans la serrure.

— Qu'est-ce que tu fais dans le noir ?

— Rien. Je ne sais pas. Entre.

Elles restèrent face à face quelques instants, sans un mot. Puis Gwénola saisit à tâtons la lampe et la boîte d'allumettes posée à côté. Elle en craqua une, la mèche grésilla avant de s'enflammer pour de bon. Elle la coiffa du tube de verre qui s'emplit aussitôt d'une fumée jaunâtre. La lumière vacilla quelques secondes avant de déployer un halo régulier.

— Je me suis dit que tu ne dormais pas, fit Martha. Je me suis permis de venir aux nouvelles.

— Tu as bien fait. Je n'ai pas grand-chose à te proposer. Un verre d'eau, si tu veux ?

— Je n'ai besoin de rien, je n'ai pas soif. Ça n'allait pas très fort, ce soir.

Gwénola poussa un long soupir.

— Et encore, tu ne sais pas comment ça s'est terminé avec Croguennec.

— Si. J'étais restée à proximité, j'ai tout entendu. Je t'ai dit, c'est un drôle de type. J'ai eu l'occasion de le vérifier quand j'avais ton âge.

— Tu peux me raconter ?

— Non, c'est de l'histoire ancienne. Il faut croire que ce n'était pas si grave, puisque je suis revenue.

Et toi ? Tu devrais être heureuse, puisque tu viens de te fiancer.

Gwénola se posa sur une chaise. D'un geste de la main, elle invita son amie à en faire autant. Elle gardait le silence, mais deux larmes lui coulaient sur les joues, régulières comme celles d'une bougie. Martha lui saisit la main. Son visage prenait une allure encore plus torturée dans la clarté diffuse qui mettait en relief les boursouflures de ses brûlures. Un masque effrayant qui ne gênait pas Gwénola ; Martha était la seule confidente auprès de laquelle elle pouvait épancher le trop-plein de sa tristesse. Alors la jeune femme commença à raconter, dans un murmure à peine audible, que couvrait par moments le vent dont les bourrasques avaient repris leur sinistre mélopée. Elle lui expliqua leur proximité de camarades quand ils étaient gamins. L'admiration que le jeune garçon lui vouait, le plaisir et la fierté qu'elle éprouvait à le protéger. Le nombre de fois où elle l'avait sauvé de dangers qui auraient pu lui coûter la vie.

— C'était un peu comme s'il était mon petit frère, tu comprends ?

À l'adolescence, il avait commencé à lui parler d'amour. Des mots, dont il ne connaissait pas le sens, mais qu'il employait à tout bout de champ, avec une voix d'enfant qui voulait se donner des accents d'adulte. Elle hésita à dévoiler le rôle que son soupirant avait tenu dans le décès de Léonce Decourt, après le naufrage de la barque paternelle, à la suite de la noyade de ses deux parents. Mais le secret ne lui appartenait pas en propre, elle préféra le passer sous silence.

— Je me retrouvais seule. Fernand et Madeleine ont accepté de m'adopter. Ce sont des gens d'une charité sans limites. Alors, j'avais le sentiment de leur être redevable et de devoir tolérer les avances d'Aubin, dans la mesure bien sûr où il n'allait pas trop loin. Je sentais ses regards sur moi à longueur de temps, des grands yeux de jeune chien éperdu. Il me faisait pitié, je n'avais pas le cœur à l'envoyer balader, même si je m'évertuais à lui faire comprendre qu'il n'avait rien à espérer de moi.

— C'est pour ça que tu t'es fiancée ce soir avec lui ?

— Non. Enfin pas seulement… C'est bien plus compliqué, en réalité.

Gwénola fit état de la promesse que la pauvre Madeleine était parvenue à lui arracher avant de mourir.

S'installa un long silence. Oppressant. De temps à autre, la flamme vacillait, déplaçant des spectres d'ombre autour des deux amies. Martha tenait toujours la main de la jeune femme, dont elle faisait rouler délicatement les phalanges entre ses doigts, avec la tendresse d'une mère.

— Tu n'as pas envie de te marier avec lui, si je comprends bien ?

Gwénola haussa les épaules.

— Je t'assure que j'ai fouillé dans mon cœur jusqu'au plus profond. Je n'ai rien déniché qui ressemble à de l'amour.

— Peut-être que tu l'aimeras quand il sera un homme. Vous avez encore le temps avant de vous marier. Il n'est pas laid de sa personne, il n'a pas l'air trop sot. Il est courageux, il fera un bon pigouyer.

— Tu penses que cela suffise pour aimer quelqu'un ?

— Je ne sais pas. Je n'ai pas eu l'occasion de le vérifier. Maintenant, cela ne risque plus de m'arriver.

Gwénola retira sa main. Elle se redressa sur sa chaise, dévisagea l'ancienne ouvrière avec solennité.

— J'ai quelque chose à te demander. Est-ce que je suis tenue par le serment que j'ai fait à Madeleine Mainguy ?

Martha hésita. Elle cherchait ses mots. Visiblement embarrassée.

— Personne n'est tenu de respecter à la lettre ce qu'il a dit. Ce ne sont que des paroles. Je comprends que tu n'aies pas pu refuser ce que te demandait Madeleine alors qu'elle savait qu'elle allait mourir. Après… C'est une question d'honneur, de conscience pour chacun. Il n'y avait pas de témoins, personne ne pourra te reprocher de ne pas tenir ta promesse.

35

S'enchaînèrent des jours sans autres incidents, des semaines, des mois, rythmés par le travail épuisant du goémon. Aubin « couvait » sa fiancée, s'efforçant de s'afficher en sa compagnie le plus souvent possible. Il paradait, sûr de son fait. En revanche, il ne se permettait plus aucune privauté, assagi par la promesse de l'avoir pour épouse et d'avoir le droit alors d'assouvir ses fantasmes. Tout au plus quémandait-il un baiser de temps à autre. Elle ne se dérobait pas, mais gardait les lèvres serrées et le corps en retrait.

Gwénola paraissait éteinte, quant à elle. Son enthousiasme d'adolescente avait laissé place à une mélancolie dont elle ne parvenait à se départir. Elle participait toujours à la vie de la communauté, sans se plaindre, sans rechigner, mais son énergie n'était plus la même. Elle se traînait comme une âme en peine du village à la côte, suivant Aubin qui se rengorgeait. Il lui parlait sans cesse, oubliant qu'elle n'était plus à portée de voix. Il faisait beau, ou le ciel menaçait, mais ce n'était pas sûr qu'il pleuve. Le vent allait certainement chasser les nuages.

— Tu m'écoutes ?

Elle acquiesçait à voix basse, n'ayant prêté la moindre attention aux propos de son fiancé. Quand il s'agissait de récolter le goémon de rive, elle faisait preuve d'une intrépidité qui frisait à l'inconscience et dont s'étonnaient jusqu'aux pigouyers les plus aguerris.

— Attends-moi, Gwéno ! s'alarmait Aubin. Tu vas trop loin, je n'arrive pas à te suivre.

Elle ne l'écoutait pas, poussait au large.

— Tu es folle. Tu vas tomber, te blesser. Je n'ai pas envie de te perdre, moi !

Elle soupirait, s'aplatissait sur le rocher, plongeait sa faucille dans l'eau bouillonnante. Tranchait au hasard, avec une violence stupéfiante, comme si elle s'acharnait à éventrer un monstre invisible. Elle disparaissait à la vue d'Aubin qui la tançait de plus belle, pataugeant dans les vagues levées par le vent. Elle se redressait, pressait ses narines l'une après l'autre en soufflant fort afin d'en expulser l'eau salée, à la manière des charretiers trop pressés pour extirper le mouchoir de la poche.

Gwénola se décidait à revenir, trempée, les cheveux dégoulinants, sirène égarée dans le flot, montrant une fierté misérable. Aubin poussait un soupir de soulagement. Lui tendait la main. Elle ne la refusait pas.

— Pourquoi tu as toujours peur ?

— Tu sais bien, ma chérie. Ce n'est pas la peine que je te le redise.

Ils remontaient le goémon coupé par la jeune femme. Les autres pigouyers ne leur prêtaient plus attention, les considérant à présent comme un couple légitime, en règle avec la morale en vigueur à l'époque. Le droit de s'embrasser, et même de se caresser, à condition pour la fille de ne pas se faire déflorer.

Gwénola dépérissait à vue d'œil. Les profondeurs marines l'attiraient de plus en plus, elle s'y serait laissée couler volontiers, pour se libérer du serment morbide, pour se dépêtrer d'une réalité où elle ne trouvait plus sa place, pour se couper d'un avenir qui l'effrayait.

Gwénola se réfugiait dans la maison de ses parents, elle finit par y passer toutes ses nuits. Cela ne l'empêchait pas de s'occuper du domicile des Mainguy. Elle cuisinait et prenait les repas en leur compagnie, à croire que le rôle de servante était inscrit sur la facture à régler. L'ambiance était plutôt morose. Aubin s'évertuait à entretenir une conversation qui ne prenait pas. Fernand était souvent songeur. Pour lui, Gwénola taisait un secret, elle n'acceptait le rôle de servante que par contrainte. Il se gardait toutefois d'aborder le sujet.

Deux années s'écoulèrent sans que la situation évolue, ni en mieux ni en pire. Aubin souffrait toujours autant de l'indifférence de Gwénola. Il avait peur qu'elle ne change d'avis et ne lui échappe. Vingt et un ans, elle devenait de plus en plus jolie, une morphologie de femme épanouie, bien proportionnée. Elle attirait les jeunes mâles sans minauder pour autant. Mais elle ne prenait pas non plus la peine de les envoyer paître quand ils s'approchaient un peu trop. Ceux-ci interprétaient son attitude comme une incitation à intensifier leurs avances. Ils s'enhardissaient à la suivre, à l'aborder afin de lui distiller les mièvreries habituelles, persuadés de faire preuve d'originalité en matière de séduction.

Aubin avait l'impression qu'elle n'était pas insensible aux prévenances dont elle était l'objet. En réalité, c'était une forme de jeu de la part de Gwénola. D'être courtisée par tous les jeunes gens, de ne pas se montrer trop farouche, elle espérait amener son camarade à se désintéresser d'elle et le décider à aller chercher ailleurs. Les deux filles Cotillec lui faisaient les yeux doux, notamment. Géraldine, l'aînée, avait des ressemblances hispanisantes. Elle avait acquis du caractère en grandissant. Elle le lui avait fait remarquer, Aubin avait ri.

— Que veux-tu que je fasse d'une cruche pareille ? De toute façon, j'ai déjà ce qu'il me faut.

Un jour où ils étaient seuls sur la grève, n'en pouvant plus d'attendre, Aubin se décida enfin à prendre le taureau par les cornes.

— Nous sommes majeurs maintenant.

Elle le dévisagea d'un air surpris.

— Oui, et alors ?

— Et alors, et alors... Le moment est peut-être venu de tenir ta promesse.

Elle soupira. Demanda cependant de quelle promesse il parlait.

— Ne fais pas l'innocente. Tu as très bien compris. Tu m'as demandé de patienter jusqu'à ce que nous soyons mariés. Je t'ai obéi depuis qu'on est fiancés. Il faudrait songer maintenant à officialiser notre union.

Gwénola se taisait. Voilà quelque temps déjà qu'elle pressentait être bientôt mise au pied du mur. Aubin attendait une réponse qui tardait. Il lui saisit les deux mains, l'obligeant à se placer face à lui.

— Qu'est-ce que tu en penses ?

— Tu me parais bien pressé.

— C'est que je veux avoir des enfants, moi ! J'aimerais bien au moins un garçon et une fille, mais si tu ne me donnes que des garçons, ce ne sera pas trop grave.

Il l'attira contre lui. Elle sentit aussitôt qu'il la désirait. Ou elle acceptait la proposition ou elle trahissait une fois pour toutes son serment à Madeleine Mainguy. Une question de conscience morale, comme le lui avait laissé entendre Martha, un sujet qu'elles n'avaient plus jamais abordé.

— Tu es sûr de vouloir vivre avec moi ? demanda-t-elle en un ultime recours.

— Comment peux-tu en douter ? Tu n'as quand même pas oublié ce que j'ai fait pour toi pour te prouver que je t'aimais ?

— Cela fait neuf ans, maintenant. Mais non, je n'ai pas oublié…

— Alors, tu veux bien ?

Elle murmura qu'elle était d'accord. Il l'étreignit à lui faire mal. Peu à peu, elle se détendit, se laissa amollir contre lui, mais lui refusa ses lèvres.

Aubin prévint son père le soir même lors du dîner. Fernand sentit son cœur s'emballer. À vrai dire, il n'y croyait plus trop.

— Vous vous êtes enfin décidés. En voilà une bonne nouvelle. Il faut quand même me laisser le temps de m'organiser. Ce serait pour quand ?

D'avoir accepté de franchir le cap, Gwénola ressentit une paix étrange. Libérée d'un fardeau énorme, elle était pressée maintenant d'en finir. Ils étaient en janvier 1935.

— Ce serait bien d'attendre la fin du brûlage.

Sa propre voix avait résonné en écho, elle douta d'avoir parlé, d'avoir officialisé la décision qu'elle différait farouchement.

— Tu as raison, fit Fernand. Ce sera l'occasion de faire la fête avec tout le village.

Il lampa son verre de cidre, afin de masquer son émotion, les larmes aux yeux.

— Ah ! Si notre pauvre Madeleine était encore de ce monde, c'est elle qui serait contente…

Aubin avait le sentiment de flotter en dehors de la réalité. Il gardait les yeux fixés sur sa bien-aimée, il ne la reconnaissait pas.

36

La campagne du goémon de cette année 1935 se déroula dans une ambiance particulière. L'annonce du mariage d'Aubin et de Gwénola en avait étonné plus d'un. Il faut dire que les prétendues fiançailles s'étaient déroulées deux ans plus tôt, un coup d'esbroufe de la part de Fernand Mainguy dont personne n'avait été dupe. Personne ne pensait que cela finirait par un mariage en bonne et due forme. Il flottait dans le village comme un air de fête. Les autres prétendants regardaient Aubin d'un air envieux, avec parfois des éclairs de haine au fond des yeux, rêvant toujours de ses appas, mais déboutés du secret espoir de les caresser un jour pour de vrai. Certains le chambraient, lui demandant s'il serait à la hauteur, lui proposant leurs services s'il ne parvenait à la satisfaire. Le fiancé riait.

— Vous inquiétez pas les gars, j'ai de quoi assurer.

Question météo, ce fut une alternance de coups de tabac et d'accalmies jusqu'au début du printemps. Les laminaires revenaient à la côte par amples brassées au gré des tempêtes, abondantes, riches, la mer se montrait généreuse, apportant sa dot aux futurs époux.

Gwénola ne participait pas à l'euphorie générale. Elle stagnait dans une mélancolie permanente qui l'isolait de la réalité. Elle apportait toujours sa contribution au travail des pigouyers, avec une abnégation exemplaire, mais ne faisait plus preuve de la même fougue pour braver les éléments, laissant croire qu'elle s'était assagie. Le danger ne l'effrayait pourtant pas davantage, mais, d'avoir accepté de se marier, elle se résignait à vivre. Déléguant son sort à la fatalité.

Le printemps déploya une chaleur précoce en quelques jours. Les femmes purent s'atteler au séchage des meules de goémon sur les pans de dunes. Devenues inséparables à la tâche, Martha et Gwénola y participèrent. La première avait conscience du manque de joie de vivre de son amie. Elle était bien la seule à en connaître la raison, du moins une partie. Elle respectait toutefois le silence depuis que lui était parvenue la nouvelle des noces. Gwénola la regardait souvent, longuement, dans ses yeux se lisait une profonde détresse. Elle avait besoin de se confier, bien sûr, brûlait de vider le trop-plein de sa tristesse, mais les mots se dérobaient au dernier moment. À quoi bon parler maintenant que son destin était gravé en lettres indélébiles ? Les bans seraient bientôt publiés à la mairie et à l'église de Kerlouan, le piège se refermait, inexorable. Elle le savait depuis le jour où les Mainguy l'avaient adoptée, justement parce qu'ils étaient d'une charité à toute épreuve qui lui interdisait de rien leur refuser.

Charles Croguennec semblait lui-même avoir remisé son animosité à l'égard de l'orpheline. Ses sarcasmes à propos de son sérieux ne s'étaient pas avérés, le ventre de la jeune femme ne s'était pas arrondi, et rien ne laissait supposer un avortement. Il n'avait pas fait amende honorable pour autant. Tout au plus avait-il évité son souffre-douleur pendant quelque temps. Puis son œil valide avait cessé de lui adresser des regards mauvais. Sans doute considérait-il que son honneur et celui du village étaient saufs, puisque la situation était en voie de légalisation.

L'été fut plutôt frais, une sensation renforcée par le vent qui soufflait sans discontinuer du matin au soir. Il se calmait pendant la nuit, calquant son rythme sur celui des hommes. Les fours à soude tournaient à plein régime, l'espace fleurait cette odeur si particulière d'iode brûlé jusque dans l'arrière-pays, faisant pester les paysans qui alléguaient que ce n'était pas bon pour les poumons de leurs gamins. À charge de revanche, les pigouyers les vilipendaient de semblable façon quand ils épandaient le purin de leurs étables dans les champs avoisinant la côte.

Juillet, août, le mariage du fils Mainguy avec la fille Aubertin avait été fixé pour la mi-septembre, les bans furent publiés. Fernand était à son affaire. C'est lui qui avait pris contact avec le curé et le maire. Depuis qu'il savait que c'était du solide entre ses deux « gamins », il avait mis des sous de côté afin de régler les agapes. Comme il disait : Je n'ai qu'un fils, il faut faire les choses bien. Preuve qu'il n'en voulait plus à Gwénola, Croguennec avait proposé sa grange pour le repas qui suivrait les cérémonies, sans en être sollicité. Elle se méfiait, mais n'avait pas eu la volonté de s'y opposer, comme si les événements n'avaient plus de prise sur elle. L'échéance se précisait, l'existence qui lui était promise se dessinait, de plus en plus précise. Elle en voulait à Madeleine de lui avoir forcé la main. Elle éprouvait la sensation atroce de s'engager dans un marécage où elle s'enlisait inexorablement.

Plus que huit jours, son angoisse gravit encore un cran. Un matin où il pleuvait, Gwénola descendit à la grève. Un temps de chien, les fours n'avaient pas été allumés, les pigouyers en profitaient pour s'octroyer un jour de repos. La dune était déserte, d'une tristesse infinie. Gwénola s'assit sur le sable mouillé, enlaça ses genoux et se mit à sangloter. Dans sa tête les idées défilaient sans qu'elle puisse les fixer, un kaléidoscope infernal qui lui chavirait l'esprit. Dans une semaine, elle s'appellerait madame Mainguy. Contrainte par les liens du mariage, elle devrait offrir son corps à Aubin qui attendait depuis si longtemps le droit d'en jouir. Elle serait enceinte à n'en point douter, certaine d'être en mesure d'enfanter. Elle ne voulait pas, elle ne voulait plus. Se débattait comme la mouche empêtrée dans la toile de l'araignée.

À bout de souffle, Gwénola se leva, complètement désemparée. Que faisait-elle là, sous cette pluie qui redoublait ? Elle avait perdu tous ses repères. Elle jeta un regard vers le haut de la grève. Elle se souvint que derrière les dunes se dissimulait le village en passe de l'engloutir, de la décérébrer définitivement. Elle prit conscience alors de l'exécration qu'elle vouait à tous ces braves gens qui se réjouissaient d'assister bientôt à son assujettissement. Il était hors de question de les rejoindre. Elle tourna le dos à Keravel, bien décidée à ne plus jamais y remettre les pieds.

La mer feulait comme une tigresse en furie, elle lui parut pourtant plus accueillante. Ce fut vers le flot que Gwénola guida ses pas, en titubant comme une pocharde ivre de mauvais vin, au point de ne plus tenir debout. Elle aurait tant voulu en ce moment que ses parents soient là, que sa mère la prenne contre elle et qu'elle laisse aller sa tête contre son épaule.

Jacqueline lui expliquerait ce qu'elle devait faire, la voix rocailleuse d'Armand roulerait les mots que lui seul connaissait pour la rassurer et lui donner le courage de s'enfuir pendant qu'il était encore temps. Ils étaient là-bas, tous les deux, derrière la barre rocheuse où leur barque avait chaviré. Pourquoi n'y avait-elle pas pensé plus tôt ? Gwénola devait les rejoindre. Elle se déchaussa, descendit la pente douce de la grève.

L'eau était glacée, mais son corps était privé de toute sensation. Elle avançait lentement, avec des gestes mécaniques. À mesure, le bas de sa robe se relevait et flottait en lui dessinant une corolle mortuaire froissée par les vagues. Bientôt elle eut de l'eau jusqu'à la taille. La pluie tombait à verse. Ses cheveux dégoulinaient sur son visage. Elle aurait dû avoir froid, elle ne frissonnait même pas. Les vaguelettes clapotaient maintenant sur sa poitrine, jusque sous son cou. L'eau salée commença à lui pénétrer dans la bouche, par les narines. Bientôt il n'y eut plus que sa tête qui dépassait de l'eau.

Gwénola atteignit la barre d'écueils qui lui interdisait d'aller plus loin. Toujours en pleine hébétude, elle agrippa d'un geste forcené les fucus qui coiffaient les rochers sur lesquels elle se hissa comme une bête, s'écorchant les genoux et les coudes. Elle s'abîmait dans les anfractuosités, remontait un peu plus loin, parvenait à reprendre appui pour enjamber les obstacles gluants. Elle croyait entendre ses parents lui dire qu'elle était bientôt au bout de ses peines. Elle les entendait, ce n'était pas une hallucination portée par le vent. Elle arriva au bout du promontoire rocheux qui dominait le flot, se leva, giflée par les bourrasques chargées d'embruns. Elle resta quelques minutes ainsi, debout, figure de proue d'un navire invisible. Puis elle laissa son corps basculer en avant. La mer s'empressa de l'envelopper.

37

Gwénola ne perdit pas conscience tout de suite. D'étranges silhouettes divaguaient dans son esprit halluciné. Naïade éthérée, elle flottait enfin libre, le visage vers le ciel, débarrassée de son fardeau et même de son corps. Elle n'avait pas le réflexe d'avoir peur. Une vague sournoise la submergea et la roula dans le flot. Le souffle coupé, elle aspira une grande bouffée d'air, n'inhala que de l'eau. Elle suffoqua. De réaliser qu'elle allait mourir la ramena alors à la réalité. L'instinct de survie fut plus fort, elle battit des bras, essaya de nager, mais ses forces l'abandonnaient. Des taches grises dansèrent derrière ses paupières closes, elle accepta de s'en aller, s'éloigna de la vie vers un rivage inconnu, où elle recouvrerait le droit d'être heureuse.

Soudain, des bras puissants l'enlacèrent, la soulevèrent pour lui tirer la tête de l'eau. Elle happa, comme un poisson extirpé de son élément, toussa, cracha.

— Restez calme. Arrêtez de gigoter, ça va aller mieux.

Son esprit émergea des brumes de l'agonie. Un corps vigoureux l'étreignait, contre lequel elle se laissa aller. Elle tourna la tête en tous sens afin d'essayer de discerner son visage, mais elle avait les yeux brouillés d'eau salée. Elle essaya de déglutir, s'étrangla, cracha encore, put enfin respirer plus librement.

— Je vais vous ramener sur la plage.

La voix était grave, rassurante. Gwénola sentait s'enfuir son envie de mourir.

Le sauveteur amorça une large boucle afin de contourner la barre de récifs. Il tenait toujours fermement la rescapée par la taille, dans l'étau de son bras gauche, se servait de l'autre main pour nager. Elle s'efforçait de l'aider en battant des pieds, comme si elle était le prolongement du corps de l'homme. En quelques minutes, ils se retrouvèrent dans la crique d'où elle était partie. Un dernier effort, il la déposa sur le sable. Allongée sur le flanc, elle remonta les genoux comme si elle s'apprêtait à dormir en chien de fusil. L'envie ne lui manquait pas de se laisser couler dans le sommeil. Au bout de quelques minutes, les battements de son cœur se calmèrent, sa poitrine cessa de la faire souffrir, elle s'inquiéta de savoir qui l'avait tirée d'une mort certaine.

Un inconnu. L'homme était assis, la tête penchée en avant, exténué lui aussi. Il leva les yeux.

— Pourquoi ?

Lui vouait-elle reconnaissance de l'avoir sauvée ? Elle l'ignorait encore. Pas envie de s'expliquer, de lui raconter sa misère. La situation sordide où elle se complaisait.

— Je ne sais pas, bredouilla-t-elle.

Il la détaillait. La robe légère lui collait à la peau, le bas relevé dévoilait jusqu'à l'aine ses jambes fuselées, sans qu'elle songe à les dissimuler. Le regard de l'homme ne lui semblait en rien indécent.

— Vous êtes jeune, pourquoi mettre fin à vos jours ?

Elle se contenta de hausser les épaules. Il n'insista pas.

— Vous avez de la chance que je vous aie vue du haut de la dune au moment où vous disparaissiez derrière les rochers.

Gwénola remarqua alors son fort accent.

— Vous n'êtes pas d'ici ?

— Non, je viens de l'autre côté de la Manche. Je suis anglais. J'ai amarré mon canot un peu plus loin. J'ai eu le nez creux de pousser mes pas jusqu'ici. Vous êtes du village là-haut ?

Elle acquiesça d'un signe de tête.

— Le village des pigouyers. Des goémoniers, si vous préférez. Keravel.

— Vous allez retourner là-bas, rentrer chez vous.

Elle soupira. Le destin lui avait envoyé ce mystérieux inconnu afin de l'empêcher de commettre l'irréparable, la privant même du droit de mourir.

— Vous m'avez entendu ? Je vais attendre que vous remontiez le chemin dans la dune. Je ne partirai pas avant.

Le ton était impérieux, sans agressivité pour autant. Subjuguée, elle se leva, la tête lui tourna encore, elle chancela, lui adressa un regard suppliant. Elle le voyait mieux à présent. Il était jeune, elle le trouva beau. Il se leva à son tour.

— Allez. Remontez maintenant. Allez vous reposer.

Vaincue, elle obéit. Ses pieds nus étaient lourds, s'emmêlaient dans les herbes de la dune. La chair gonflée par le séjour dans l'eau était tendre, les chardons bleus la piquaient. À mi-pente, elle se retourna. L'homme se tenait toujours au même endroit, debout. Il lui parut grand, d'une carrure imposante. D'un geste de la main, il lui fit signe de continuer.

Le jour s'était complètement levé, sans que la lumière dissipe la grisaille sinistre. Gwénola avait l'impression d'émerger d'un rêve. D'avoir vécu des événements qui ne s'étaient pas déroulés. Arrivée à l'entrée du village, elle hésita encore à affronter la réalité. Elle avait tenté une dernière fois d'y échapper, en vain. Désormais elle était condamnée à accepter l'engrenage dans lequel elle s'était fourrée.

La place entre les maisons était déserte. Personne ne saurait jusqu'où avait failli la pousser sa détresse. C'est alors qu'elle aperçut une silhouette devant sa porte. Aubin. Lui aussi était trempé de la tête aux pieds.

— Où tu étais passée ? Voilà plus d'une demi-heure que je t'attends. Tu n'es quand même pas encore descendue sur la plage avec ce temps de cochon ?

Gwénola ne répondit pas tout de suite. Il était furieux.

— Tu te rends compte si on t'avait vue ?

— J'avais besoin de prendre l'air, d'être seule. C'est quelque chose que tu peux comprendre ?

— Et toi, tu peux comprendre que je tienne à toi et que j'aie le droit de m'inquiéter ?

Elle baissa la tête.

— Laisse-moi, maintenant. Il faut que j'aille me changer.

38

Gwénola ferma aussitôt sa porte à clef, de peur que son fiancé n'essaie de la forcer. Elle l'entendit s'éloigner et poussa un soupir de soulagement. Elle flottait encore dans un état second, incapable d'appréhender ce qui s'était passé. Son corps gardait en mémoire le contact de l'homme qui l'avait secourue. Une étreinte désespérée, lui pour la tirer de l'eau, elle pour s'accrocher à la vie, quand elle avait compris qu'elle n'était pas prête à mourir. Tout s'était déroulé si vite qu'elle n'avait pas eu le temps de s'en émouvoir. Il émanait de l'inconnu une volonté implacable dont avait besoin la petite fille qu'elle était encore.

Gwénola se dévêtit lentement. Abandonna sur le sol de terre battue sa robe qui n'était plus qu'une guenille trempée. Elle ôta ses dessous. Puis elle se sécha dans une grande serviette. Le frottement de l'étoffe rêche sur sa poitrine et sur ses hanches éveilla en elle des frissons inattendus. Elle sentit monter la même onde de désir qui l'avait poussée à se caresser sur la plage, un certain jour, sous une pluie identique. Elle gagna sa chambre, se laissa tomber sur le lit, enfouit sa tête dans l'oreiller.

Elle restait ainsi, nue, on l'aurait crue en attente d'un amant à qui elle offrait son corps les yeux fermés. Elle réalisa alors que ce n'était pas l'image d'Aubin qui se dressait dans son esprit. Elle finit par s'assoupir.

Des coups à la porte la tirèrent de son sommeil. Elle se leva, se drapa dans la serviette. La pendulette posée sur son chevet indiquait qu'il était plus de midi, elle avait dormi longtemps. Cette fois, c'était Fernand qui venait aux nouvelles.

— Aubin m'a dit que ça n'allait pas fort. On commençait à s'inquiéter.

— J'ai mal dormi cette nuit. Je suis fatiguée, je me suis recouchée, je ne me suis pas réveillée.

— C'est ce que m'a dit Aubin, mais il est l'heure de manger.

Un moment entrouvert, le piège avait bien vite refermé ses grilles. Le destin la rappelait à ses devoirs. Le souvenir de l'homme de la grève s'effaça en une seconde.

— Je viens.

Fernand n'était pas un butor.

— Prends ton temps. En attendant, je vais mettre le couvert avec Aubin.

Il ne restait plus que six jours avant l'échéance fatale, que tout le monde autour d'elle considérait comme la consécration suprême. Le brûlage du goémon tirait à sa fin, les meules séchées partaient en fumée l'une après l'autre. Avec un peu de chance, les derniers pains de soude seraient tirés des fours la veille du mariage. Gwénola ne se posait plus de question : elle faisait partie des pigouyers, il allait de soi qu'elle y participe.

Depuis quelques semaines se présentait le problème de sa tenue. Quelle robe adopter en ce jour de fête ? Elle apportait sa quote-part au budget des Mainguy, au même titre qu'une fille légitime. Il revenait au père d'assurer la dépense. Fernand était aux anges : on commanderait, sans lésiner, la robe qui lui plairait à la boutique de Brignogan. Prise de court, Gwénola avait failli accepter, puis elle s'était ravisée, c'était le mariage d'une Aubertin, il appartenait à sa famille de veiller à la tenue de la mariée, donc à elle, puisqu'elle en était l'unique représentante. Elle s'était souvenue que sa mère avait conservé la robe dans laquelle elle avait convolé. Ce serait lui rendre honneur de la porter à son tour. Conservée sous une housse de tissu rapiécée de partout, ladite robe avait encore fière allure. Blanc à l'origine, le tissu était maintenant d'une teinte crème qui pouvait laisser croire à de l'organdi.

Ce ne fut pas de gaieté de cœur que l'orpheline enfila la relique maternelle, synonyme de bonheur pour celle qui l'avait étrennée, mais annonciatrice de sombres perspectives pour son héritière. Sa mère et elle étaient de taille et de corpulence sensiblement identiques. Gwénola avait procédé aux quelques retouches nécessaires, resserrant et épinglant à tâtons la taille afin d'en effacer les plis, remontant l'ourlet du bas qui risquait de traîner par terre. Avec le sentiment amer de se préparer pour une mascarade à laquelle elle était obligée de participer.

Aubin avait conscience du désarroi de sa promise. Il respecta son souci de s'isoler pendant ces derniers jours.

— Ta mère était pareille avant de prononcer son consentement, le rassura Fernand. On aurait dit qu'elle hésitait. Pour tout te dire, j'ai même craint qu'elle ne change d'avis au dernier moment. Tu vois pourtant comme on a été heureux.

La veille de la cérémonie, les femmes furent dispensées du travail du goémon, il leur incombait de préparer la salle prêtée par Charles Croguennec. Les tables furent disposées, avec des chaises et des bancs. Nappes et vieux draps servirent à les recouvrir. Apportée par chaque famille, la vaisselle était un peu dépareillée, mais avec les guirlandes de fleurs qui décoraient les murs, l'ensemble avait fière allure. Les hommes rejoignirent leurs compagnes dans la soirée. Ils étaient harassés, le visage et les mains maculés de traces noirâtres. Heureux.

— C'est fini pour cette année. On est venu encore une fois à bout de ce satané goémon. Il ne restera plus qu'à tirer des fours les derniers pains de soude demain matin, avant de faire la fête.

Gwénola avait droit à toutes les attentions de l'aréopage féminin, vestale sur le point de sacrifier sa chasteté. Martha était la seule dont la compassion était vraiment sincère, c'était près d'elle que la future mariée trouvait refuge. Pas besoin de mots. Pour être réconfortée lui suffisait la seule présence de cette femme qui s'était bannie d'elle-même pendant des années.

Ce soir-là, la communauté des pigouyers ne dérogea pas à la tradition de célébrer la fin de la campagne. Oh ! ce n'était pas le jour de faire bombance ni de trop lever le coude, il s'agissait de garder la tête froide pour le lendemain, mais Croguennec fit déboucher quelques bonnes bouteilles, personne ne rechigna à les honorer. On trinqua et on mangea un morceau, mais sur la place, afin de ne pas déranger la salle dressée pour les agapes à venir, près des marmites où mijoteraient dès l'aube les viandes et les légumes commandés par Fernand Mainguy dans les fermes alentour. Tout était prêt, il était temps de prendre un peu de repos.

Martha proposa à Gwénola de l'accompagner pour faire le point sur sa tenue de mariée.

— Tu es gentille, répondit la jeune femme avec un sourire d'une tristesse infinie. Il sera temps d'y penser demain matin.

— Tu es sûre ? insista l'ancienne ouvrière.

— Ce soir, j'ai besoin d'être seule pour penser à mes parents. J'aurais tant voulu qu'ils soient là pour me soutenir.

39

Gwénola restait assise dans l'obscurité. La robe pendait sur un cintre accroché à la corniche de l'armoire. Sa tache claire se dessinait dans la pénombre. Elle avait l'impression de contempler le suaire de quelque évanescence spectrale, dont le visage blafard empruntait ses traits par moments. Elle regarda l'horloge dans sa haute caisse de bois ciré. Onze heures, elle aurait dû se coucher, mais elle se savait incapable de goûter le moindre repos. Elle ouvrit la porte, se plaça sur le seuil. Keravel avait éteint ses lumières. Dormait. La nuit était calme, d'une sérénité sournoise. Une légère brise venue du large remontait des senteurs d'iode de la grève, des relents d'algues brûlées. La mer ronronnait au loin, de temps à autre les chuintements du ressac déchiraient la mélopée.

Gwénola étouffait, cernée par ces maisons dont les fenêtres noires lui paraissaient autant de meurtrières ennemies dont jailliraient bientôt des flèches acérées. Elle s'ébroua, chassant l'hallucination, tira la porte derrière elle en évitant de la claquer. Prit machinalement la précaution de fermer à clef. Elle sortit du village en se faufilant dans les zones d'ombre à l'abri de la lune. Elle enfila le chemin dans la dune, attirée par l'espace qui se perdait en contrebas. À mesure qu'elle avançait forcissait la rumeur levée par la houle. Les fours où durcissaient les pains de soude rougeoyaient dans l'obscurité, elle en percevait déjà la chaleur.

L'orpheline se pressait maintenant, son angoisse se calmait. Les flots lui semblaient à nouveau le seul refuge où noyer sa détresse. Elle s'avança jusqu'au bord de la dune qui dominait l'estran. Aussitôt deux bras l'enlacèrent. Elle aurait dû crier, se débattre. L'idée ne lui en vint même pas à l'esprit – elle savait qui était l'homme dans son dos.

Ils restèrent ainsi un long moment. Puis l'Anglais la retourna et la serra contre lui sans qu'elle proteste ou tente de se dérober. Leurs lèvres se trouvèrent, ils s'embrassèrent à pleine bouche, leurs dents s'agaçaient, leurs langues se mêlaient, se fondaient en une lutte de chair pulpeuse, tandis que les mains puissantes parcouraient le corps de la jeune femme sur toute sa longueur, la pressaient à lui faire mal, et pourtant ce n'était pas de douleur qu'elle gémissait. Elle sentit qu'il retroussait sa robe, elle leva les bras afin de l'aider à l'en libérer. Elle arracha elle-même ses dessous, s'offrant à cet homme, dont elle n'avait cessé de rêver depuis leur première rencontre, même si elle avait refusé de se l'avouer.

L'inconnu ne portait qu'une chemise de toile rêche et un pantalon de coutil dont Gwénola dégrafa les boutons. Alors, nus tous les deux, beaux comme des dieux antiques, ils dessinèrent leurs silhouettes faunesques sur l'horizon. Le décor était féerique, les fumerolles roussâtres montaient des fours, les flammèches se tortillaient dans le vent comme de rouges feux de Bengale. Elle sentait le membre impérieux de l'homme contre son ventre. Ce fut elle qui prit l'initiative. Lui serrant les mains, elle se renversa en arrière en l'attirant sur elle. Il la pénétra aussitôt, avec une fougue sauvage proche de la bestialité. Gwénola poussa un cri, réprima le second, pour ne se consacrer qu'à la jouissance. Fondus en un seul corps, ils roulèrent sur les dunes, faisant crisser les herbes et le sable, sans se désunir. Par moments, elle se redressait, se campait à califourchon sur lui afin de mieux l'aspirer au plus profond de son ventre, d'achever sa défloration. Puis il reprenait le dessus. À un rythme si effréné, il ne put se retenir longtemps.

Amants exaltés, ils restèrent soudés, jusqu'à ce que renaisse le désir du mâle. Pour sa part, elle s'estimait comblée. Ne le repoussant pas pour autant, elle s'appliqua à l'accompagner dans son plaisir. Au bout de quelques minutes, montèrent en elle de nouveaux frissons qui la conduisirent à un orgasme encore plus violent.

Depuis le début de cette folle communion, ils n'avaient pas échangé un mot.

— Comment se fait-il que tu sois là ? demanda-t-elle dans un souffle.

— Je m'étais installé dans un hôtel à Brignogan. J'ai appris par hasard qu'il y avait ce samedi un mariage à Kerlouan. Je me suis renseigné. Quand j'ai découvert que c'était une jeune fille de Keravel, j'ai tout de suite deviné qui était la future mariée.

— Ah bon… Et comment ?

— Quelle raison une jeune demoiselle aussi belle que toi aurait-elle eu de mettre fin à ses jours ? J'ai compris que tu étais prise dans un piège. Si tu n'étais pas descendue sur la plage tout à l'heure, je serais allé rôder dans ton village afin de te parler.

— Il n'y a plus rien à dire, c'est trop tard.

— Je ne comprends pas…

Gwénola lui raconta le serment exigé par la mère de son fiancé.

— Tu l'aimes, ce garçon ?

Elle n'hésita pas une seule seconde : non, ce n'était pas le cas.

— Alors tu n'as pas le droit de sacrifier toute ta vie pour des paroles prononcées sous le coup de l'émotion.

Il se leva, lui saisit la main.

— Viens.

Ils dévalèrent la grève dans une course éperdue. Arrivé au bord de l'eau, il passa un bras autour de sa taille et se précipita avec elle dans le flot. Ils firent l'amour une troisième fois, avec douceur et tendresse, bercés par les vagues qui les caressaient de mille langues. Puis, enfin repus, ils s'allongèrent sur le sable, côte à côte, le visage tourné vers le ciel. Ils vivaient l'un de ces moments d'éternité qu'aucune force ni raison ne peuvent interrompre. Sans doute finirent-ils par s'assoupir, ivres de bonheur, gorgés de plaisir.

Ce fut Gwénola qui reprit contact la première avec la réalité.

— Tu sais comment je m'appelle, puisque tu as joué les curieux à Kerlouan, mais moi je ne sais rien de toi.

Il se prénommait Andrew. Vingt-cinq ans, il était musicien dans son pays, guitariste. Lui aussi avait perdu ses parents de bonne heure, c'est une vieille tante qui l'avait élevé. Il avait un canot à moteur, à bord duquel il avait traversé la Manche pour proposer son talent dans les cités balnéaires de la côte bretonne.

Les heures s'étaient écoulées sans qu'ils en aient conscience. L'horizon commençait à s'éclaircir dans sa frange orientale.

— Il faut que je rentre maintenant. Tu n'as pas oublié que je vais me marier tout à l'heure.

Il la renversa sur le sable, se plaça au-dessus d'elle en lui tenant fermement les poignets de chaque côté de sa tête. Il approcha son visage, riva ses yeux dans les siens.

— Il est hors de question que je te laisse commettre une bêtise pareille.

— Mais tout est prêt. Les gens vont se demander où je suis passée !

— Mon bateau est amarré un peu plus loin. Il nous attend, il était prévu que je rentre aujourd'hui. Tu viens avec moi, je t'emmène.

Elle essaya de protester, mais il lui ferma les lèvres d'un baiser. Gwénola se sentit soulagée de ne plus avoir à prendre la décision.

40

Le char à bancs de Keravel devant conduire les futurs mariés à Kerlouan avait été décoré la veille. Comme il se doit, il fallait passer d'abord à la mairie, puis à l'église, la consécration religieuse étant le seul vrai mariage.

Mariage ou pas, il ne fallait pas gâcher le travail de la veille. Les pigouyers s'étaient rendus de bonne heure sur les dunes et avaient extrait les derniers pains de soude des fours, refroidis dans la fraîcheur de la nuit. Un brin de toilette afin de se nettoyer le museau et, avant de passer le costume, ils finissaient de se préparer, sous la vigilance des épouses qui veillaient à ce qu'ils soient présentables. S'agissait pas de faire honte aux mariés.

Le vent provenant de Kerlouan porta les neuf coups sonnés au clocher. Fernand pavoisait sur la place, Croguennec surveillait la manœuvre, soucieux de montrer qu'en toutes circonstances, il restait le maître des lieux. Aubin était toujours à l'intérieur de la chaumière. Il n'avait pas fermé l'œil de la nuit, angoissé par une vilaine prémonition qu'il ne parvenait à évacuer. Il se souvenait des paroles du père, qui avait craint que la mère ne fasse machine arrière au dernier moment. Il finit d'ajuster le col de sa chemise, essaya de nouer sa cravate, mais ses doigts tremblaient tant qu'il dut s'y reprendre avant de parvenir à un résultat pour le moins passable. Tant pis, ce serait bon comme ça. Il sortit rejoindre les autres.

Les goémoniers étaient presque au complet. Bien sûr, tout ce petit monde attendait la fiancée, lorgnant vers la maison des Aubertin.

— Tu devrais peut-être aller voir où elle en est… fit Fernand, anxieux lui aussi.

— Elle est en train de se préparer. Je pense qu'elle n'a pas envie d'être dérangée.

Une table avait été dressée devant la grange où se déroulerait le repas, à côté des marmites où mijotait déjà le frichti de la noce, sous la surveillance de deux accortes matrones qui avaient accepté de tenir le rôle de cuisinières. Un tonnelet de cidre avait été mis en perce, une grande cafetière fumait pour les femmes. Deux piles de crêpes et une motte de beurre trônaient à proximité, histoire de se caler l'estomac et de se rincer la dalle avant d'entamer les véritables hostilités. Afin de prendre des forces également, puisqu'il faudrait se taper la route à pied.

Les Trouboul avaient un cousin clarinettiste. Celui-ci s'était alloué les services d'un compère accordéoniste. Ils entamèrent une ridée. Ce n'était pas la danse en vigueur dans le pays Pagan, la gestuelle ne fut pas scrupuleusement respectée, mais tout Keravel s'y mit de bonne humeur. Sauf Aubin et son père. Croguennec aussi, qui estimait, lui, démodé de s'abaisser à de pareilles turpitudes.

Les dernières notes s'envolèrent vers la côte, la ronde cessa de gesticuler. S'installa un silence pesant, le malaise devenait perceptible : qu'est-ce qu'elle fabriquait, Gwénola Aubertin ? Le fiancé ne tenait plus en place. Fernand Mainguy le pressa une fois de plus d'aller aux nouvelles.

Aubin sentait tous les regards braqués sur lui quand il se décida à traverser la place. Il resta quelques secondes devant la porte. Pas un bruit à l'intérieur. Il appela doucement sa bien-aimée. Pas de réponse. Il actionna la poignée, c'était fermé à clef. Il regarda par la fenêtre, apparemment le logis était désert. Il vérifia quand même par l'autre fenêtre, donnant sur la chambre. Personne non plus. En revanche, la robe était toujours accrochée sur le devant de l'armoire.

À son angoisse succéda une panique irrépressible. Aubin revint en titubant, le regard halluciné. Le père devina qu'il se passait quelque chose de grave. Il craignit le pire. Il se précipita au-devant de son fils.

— Alors ?

— Elle n'est pas là.

— Comment ça « pas là » ? Elle s'est peut-être cachée pour te jouer un tour. Ce serait assez dans son genre.

Alarmés à leur tour, les villageois s'étaient rapprochés afin de glaner quelques renseignements.

— Dis-lui d'arrêter de jouer à la coquette ! lança l'un d'entre eux. Si elle traîne trop, on va être en retard à la mairie.

Aubin était pétrifié.

— Qu'est-ce qui se passe ? Elle est malade ? demanda un autre.

Catastrophé, Fernand jurait à voix basse en tentant de desserrer son col. Croguennec s'approcha à son tour. Lui avait deviné que l'orpheline avait pris la poudre d'escampette pendant la nuit. Il s'adressa aux Mainguy en aparté.

— Elle est partie. C'est ça, n'est-ce pas ?

Fernand acquiesça d'un signe de tête. Aubin n'osait lever les yeux.

— C'était à prévoir, marmonna le vieil homme. J'ai toujours dit que c'était une tête brûlée.

À ce moment-là, un pigouyer sembla se réveiller.

— Vous vous souvenez, les gars ? On a vu un canot prendre le large quand on vidait les fours. Même qu'on s'est tous demandé qui ça pouvait bien être.

41

Ce fut la stupéfaction générale, un ahurissement où l'envie de s'esclaffer rivalisait avec la compassion à l'égard du pauvre garçon qui venait de se faire plaquer de la plus belle façon. À supposer que le canot aperçu par les pigouyers soit en relation avec la disparition de Gwénola Aubertin, cela ne disait pas où elle était passée, ni davantage avec qui elle était partie. Cette incertitude n'empêcha pas Aubin Mainguy de dévaler la dune comme un fou. Le village possédait lui aussi un bateau à moteur. Le fiancé déchu n'avait qu'une idée en tête, se lancer à la poursuite des fuyards et les rattraper avant qu'ils ne soient rendus trop loin. Il n'avait jamais manœuvré l'embarcation. Qu'importe, il parvint à quitter le mouillage.

Le père avait deviné l'intention de son fils. Il se lança à ses trousses, espérant lui faire entendre raison. Lui expliquer que sa chérie était victime d'un accès de démence, mais qu'elle allait se rendre compte de son inconséquence. Oui, c'était ça, avant la fin de la journée, elle aurait pris le temps de réfléchir, elle reviendrait faire amende honorable.

Fernand déboucha en haut de la grève au moment où le canot disparaissait derrière les rochers. Il percevait encore le ronronnement du moteur quand se produisit le terrible fracas caractéristique d'une coque qui s'éventre sur les récifs acérés.

Le corps d'Aubin Mainguy fut découvert dans une crique au milieu des débris de l'épave. Il était affreusement mutilé, défiguré au point que son père aurait douté qu'il s'agissait bien de son garçon s'il n'avait porté son costume de futur marié.

Après avoir été amputé de sa chère Madeleine, Fernand venait de perdre en quelques heures son fils et la jeune femme qu'il considérait comme sa propre fille. Le lendemain matin, on le retrouva pendu à une poutre de sa chaumière, toujours vêtu lui aussi du costume qu'il avait enfilé pour la noce.

Livre 4

Vengeances

42

La dépouille de Lucien Lalouette gisait sur son lit mortuaire. Son épouse et quelques voisines avaient préparé pour lui son plus beau costume. Ce n'était pas un mort ordinaire, il avait été assassiné. Elles l'avaient dévêtu. Croguennec avait tenu à assister à l'opération, afin de vérifier la blessure. Il avait demandé que soit retourné le corps. Tudieu ! Celui qui avait asséné le coup de croc y était allé de bon cœur : deux trous profonds, distants d'une vingtaine de centimètres. Tout laissait penser qu'il s'agissait d'un homme, car il fallait une sacrée force pour transpercer l'épaisseur du ciré, le tissu de la chemise et s'enfoncer encore dans la chair. Avait-il été tué sur le coup ou s'était-il noyé en s'affalant dans l'eau la face la première ? Seule une autopsie aurait pu le déterminer, et ce n'était pas dans les intentions du maître de la communauté de mettre en branle la machine judiciaire.

Charles Croguennec avait réuni les villageois dès le début de l'après-midi qui avait suivi le drame. Le défunt avait été laissé seul le temps de la concertation. Sa veuve lui avait dit de ne pas s'inquiéter : elle n'était pas loin, elle reviendrait bientôt.

Assis en arc de cercle, tous les gens de Keravel étaient présents, hormis Martha Rivalain qui se remettait d'une vilaine fluxion de poitrine ayant bien failli l'emporter. De toute façon, elle vivait le plus souvent en marge de la communauté, avec son fils. Une aberration de s'être fait engrosser, compte tenu de sa disgrâce. Elle n'avait jamais voulu avouer qui était le père.

Les goémoniers restaient silencieux, la tête baissée. S'ils n'osaient se regarder, c'est qu'il y avait une forte probabilité que le criminel soit l'un d'entre eux, ou alors un pigouyer d'un village voisin, qui se serait infiltré dans leurs rangs en passant inaperçu, ce qui paraissait invraisemblable.

Croguennec demanda encore si personne n'avait rien remarqué de particulier. Haussements d'épaules, raclements de gorge, échanges de regards. Non, on n'avait rien vu.

— Est-ce que quelqu'un avait eu des démêlés avec la victime les jours derniers ?

Pas davantage. Lulu était un casse-pieds de première, mais ce n'était pas un mauvais bougre !

Sidonie s'agitait sur son tabouret.

— Il faut prévenir les gendarmes et foutre en taule le salaud qui a fait ça à mon pauvre Lulu.

Son intervention jeta un froid. Croguennec lui-même se trouva déstabilisé pendant quelques secondes.

— Il ne faut pas aller trop vite, Sidonie.

— On ne va quand même pas laisser un criminel courir parmi nous ! Qui nous dit qu'il ne va pas recommencer ? insista la veuve.

Personne ne répondit, mais le malaise devenait de plus en plus tangible.

— On n'a pas intérêt que les flics viennent fourrer leur nez dans nos affaires, fit Guimarec'h.

— Blaise a raison.

Sidonie Lalouette tempêta de plus belle. Qu'est-ce qu'on avait à cacher ?

— Beaucoup de choses. Tu as oublié ce qui s'est passé voilà quatorze ans ?

L'assemblée s'agita. Croguennec n'était pas le seul à avoir effectué le rapprochement avec les sinistres événements. Une histoire ancienne, certes, mais que Keravel traînait comme un boulet depuis toutes ces années, dont on évitait de parler de crainte de réveiller les revenants. Si c'était le début de la vengeance que tout le monde redoutait ? Et en ce cas, qui avait tenu le croc fatal ?

43

La fuite de Gwénola entraîna à Keravel une cascade de réactions différentes. Ce fut d'abord une énorme surprise, de ce genre de gaudrioles qu'on invente et raconte pour amuser la galerie, en sachant que personne n'y portera crédit. Mais il fallut se rendre à l'évidence, l'orpheline avait bel et bien pris son envol pendant la nuit précédant le jour de ses épousailles. Cocufié avant d'avoir pu jouir des charmes de sa promise, le fiancé, s'il avait été encore de ce monde, sûr qu'il aurait été la risée de la communauté pendant quelque temps. Mais le pauvre avait payé au prix fort les extravagances de sa bien-aimée. Et comme si cela ne suffisait pas, le père Mainguy n'avait plus eu le courage de vivre dans un monde déserté des êtres qu'il chérissait.

À l'effarement succéda très vite la plus vive indignation. Une fille que tout le village avait adoptée à la mort de ses parents, que Fernand et la défunte Madeleine avaient eu la bonté d'élever comme leur propre enfant ! Pouvait-on concevoir traînée plus méprisable ? Car il ne faisait aucun doute qu'elle était partie avec un autre type en laissant tomber comme une vieille chaussette le pigeon avec lequel elle s'apprêtait à convoler. Il n'y eut que Martha pour comprendre ce qui avait pu se passer dans la tête de son amie. Mais se trouvant elle-même dans une situation « délicate », elle n'osa pas prendre sa défense.

Quant à Charles Croguennec, il jubilait. Lui, avait compris depuis longtemps que la môme Aubertin était une roulure de première classe. Depuis son adolescence, en fait. Rien que sa façon de tenir tête aux adultes à qui elle aurait dû vouer reconnaissance. Et ses tenues ! Vous avez déjà vu une demoiselle s'habiller de façon aussi vulgaire ? Des jupes sciemment courtes pour montrer ses fesses et des décolletés où le regard pouvait plonger jusqu'au nombril. Il fallait convenir qu'elle était bien fichue et qu'elle avait de quoi faire tourner la tête aux honnêtes hommes. Ah ! elle avait bien trompé son monde, à commencer par ceux des largesses desquels elle avait amplement profité et qu'elle venait de remercier par l'ingratitude la plus éhontée.

Et puis il y avait la mort de Léonce Decourt. Tout le monde s'était plus ou moins douté que c'était elle qui lui avait réglé son compte. Mais, bon… le garçon n'était pas des plus futés, Gwénola était jeune à l'époque, elle venait de perdre ses parents, il s'en était trouvé pour demander qu'on passe l'éponge. Une sainte-nitouche à qui on aurait donné le bon Dieu sans confession ! On avait eu la faiblesse de fermer les yeux, et voilà le résultat : deux cadavres sur les bras, Aubin et Fernand, des pigouyers honnêtes et courageux qui avaient eu le malheur de s'égarer dans les mailles de ses rets.

Les obsèques du père Mainguy et de son fils firent l'objet de la même cérémonie. L'abbé Quatrevaux eut l'indulgence de fermer les yeux sur le fait que Fernand s'était suicidé. Il consentit à le laisser passer par l'église avant de prendre la route du cimetière. Il associa les deux défunts dans son oraison funèbre, tenta de justifier la conduite de l'écervelée qui n'avait pas mesuré la valeur sacrée du mariage. Un bourdonnement hostile parcourut l'assemblée des fidèles ; s'ils ne s'étaient trouvés dans le saint lieu, il y en aurait certainement eu à proférer à voix haute les insultes qu'ils égrenaient dans leur for intérieur. La seule consolation était que Fernand allait rejoindre l'épouse qu'il aimait tant et le fils sa mère qui lui avait été enlevée alors qu'il avait encore tant besoin d'elle pour le conseiller. Si elle avait été là pour le consoler dans l'épreuve qu'il venait de traverser, il n'aurait pas drossé dans les rochers le canot sur lequel il avait embarqué dans un coup de folie.

Les langues se libérèrent au sortir du cimetière, et encore davantage dans la grange de Croguennec quand la communauté se réunit afin de trinquer à la mémoire des disparus et au salut de leur âme. Le décor était resté en place, tel qu'il avait été dressé pour la noce quelques jours auparavant, les fleurs avaient fané, les guirlandes pendouillaient, renforçant l'impression sordide de fête avortée. Les villageois mangèrent un morceau, burent beaucoup, le ton monta, les noms d'oiseaux à l'encontre de la fuyarde ne tardèrent pas à fuser entre les poutres et les solives qui soutenaient le toit de chaume. Ah ! que la garce ne repointe pas son nez à Keravel.

Ce fut pourtant ce qui se produisit quelques mois plus tard.

44

Andrew Campbell habitait près d'un village dans la péninsule de Cornouailles. Une maison isolée de pêcheurs des plus rudimentaires, il ne roulait pas sur l'or, bien qu'il soit un musicien tout à fait honorable. Depuis son enfance, il avait appris à se contenter de peu, il n'en souffrait pas trop. Gwénola n'avait jamais connu elle non plus le grand luxe. En un mot ils avaient tout pour s'accorder. La modestie du cadre n'était-elle pas idéale pour héberger l'amour forcené qui les avait précipités dans les bras l'un de l'autre ? Dans la tiédeur des fours à soude qui leur exacerbaient les sens, ils s'étaient étreints corps et âme, sans retenue ni précaution, enivrés par l'odeur de l'iode. La jeune femme dut se rendre à l'évidence quelques semaines plus tard. La semence du bel Anglais avait cheminé dans les entrailles et rencontré un ovule consentant, elle était enceinte.

La perspective d'avoir un enfant ne fit que renforcer leur élan réciproque. Gwénola était de robuste constitution, la grossesse se déroulait sans problème particulier. Andrew lui prodiguait toute la tendresse qu'une future maman était en droit d'espérer. Au bout de quelques mois, il se produisit cependant un revirement dans la tête de la jeune femme. Toute son adolescence avait été gâchée par la contrainte morale de devoir épouser Aubin. D'avoir renoncé au dernier moment l'avait libérée de cette obligation. Progressivement, Keravel et le monde des pigouyers lui parurent moins hostiles. Bref, en elle s'installa la nostalgie du pays. Oh ! au début ce ne furent que des états d'âme, des mélancolies passagères que le jeune homme dissipait à renfort de baisers et de caresses.

À mesure que son ventre s'arrondissait, Gwénola s'enfonça dans des tristesses plus longues. Ils s'étaient promis de ne jamais rien se dissimuler, elle lui confia ce qui prenait peu à peu les proportions d'une dépression.

Il se trouva que le guitariste connut une période financière difficile, des contrats qui lui passèrent sous le nez au dernier moment. Dans cette région où elle ne connaissait rien ni personne, ni même la langue, Gwénola souffrait de ne pouvoir travailler afin de prendre le relais des ressources. Elle était propriétaire de la maison parentale à Keravel. Elle proposa à son compagnon d'y retourner. Elle se souvenait que son amie Martha avait vécu une situation similaire. Elle aussi avait fui le village, abandonné ses parents qui en étaient morts de chagrin. Elle n'y était revenue que plusieurs années plus tard. Loin de lui en tenir rancune, les goémoniers lui avaient pardonné, même ce vieux grigou de Croguennec s'était résigné à accepter sa réintégration. Il n'y avait aucune raison qu'elle ne bénéficie pas de la même indulgence, d'autant que son passif à elle lui paraissait beaucoup moins lourd que celui de l'ouvrière.

Andrew était moins confiant. Sa profession de ménétrier ambulant lui avait valu à maintes reprises le rejet après avoir été traité de maraudeur, de saltimbanque. Les chiens aux trousses parfois.

— Que va dire ton fiancé quand il va se trouver face à l'homme qui lui a piqué celle qui allait devenir sa femme ?

— Je lui expliquerai que je ne l'aimais pas vraiment, que je ne l'aurais épousé que pour respecter le serment que j'avais fait à sa mère avant qu'elle parte à l'hôpital. Aubin est un bon garçon. Il comprendra qu'il n'a jamais été à mes yeux autre chose qu'un camarade.

Elle était convaincante, Andrew secouait pourtant la tête d'un air dubitatif.

— Et moi, qu'est-ce que je vais faire dans ton village ?

— Comme les autres. Comme moi, comme tous les gens de là-bas. Tu iras ramasser le goémon. Je t'apprendrai, tu verras, c'est fatigant, mais pas si difficile.

Gwénola tenait en réserve un autre argument. Elle désirait que son bébé vienne au monde dans le pays où elle-même avait vu le jour. La tarabustait la faute d'avoir abandonné ses parents dans la froideur du cimetière de Kerlouan, de ne pouvoir se rendre sur leur tombe afin de leur présenter l'enfant dont ils auraient été si heureux.

Au huitième mois, l'Anglais finit par céder. Si le comité d'accueil à Keravel se montrait trop agressif, il serait toujours temps de faire demi-tour. Il affréta son canot. Gwénola réunit leurs affaires, le mince trousseau qu'elle s'était constitué pendant son séjour outre-Manche, puisqu'elle était partie sans rien emporter.

L'expédition fut fixée pour un lundi. Une dernière précaution exigée par Andrew Campbell : arriver dans la nuit pour s'installer dans la chaumière des Aubertin à l'insu des villageois. Les humeurs étaient moins virulentes au petit jour, plaisanta-t-il. Quand les goémoniers constateraient l'état de la revenante le lendemain matin, ils hésiteraient à lui faire du mal.

L'accostage eut lieu de nuit vers onze heures, en bas de la grève de Keravel, dans une petite crique qui précédait la plage. Andrew porta sa belle jusque sur le sable, afin de lui éviter de patauger dans l'eau. Pour les bagages, il viendrait les chercher plus tard. Rien ne pressait, il n'y avait pas grand-chose à voler.

La traversée avait duré plus longtemps que prévu, avec du tangage et du roulis qui avaient barbouillé Gwénola. Elle avait la nausée, se sentait le ventre lourd, craignait que ne démarrent les premières contractions. Andrew dut lui donner le bras pour remonter le chemin à travers les dunes. À mesure qu'ils se rapprochaient de Keravel, le cœur de l'orpheline battait de plus en plus fort. Elle dut même s'arrêter pour reprendre son souffle au moment de s'aventurer sur la place. Son compagnon s'inquiéta pour un détail :

— Tu n'as pas perdu la clef au moins ?

— Non, bien sûr. De toute façon, mes parents en cachaient toujours un double sous une pierre du seuil, il doit s'y trouver encore. Au pire, on aurait forcé l'une des fenêtres, celle de ma chambre n'a jamais bien fermé.

Elle fouilla dans la poche de sa robe, en extirpa le précieux sésame.

— Tiens, voilà. Tu es rassuré ?

Keravel dormait du sommeil du juste. La campagne du goémon d'épave avait dû recommencer, les pigouyers goûtaient à un repos bien mérité. Gwénola pressa cependant le pas, taraudée par le sentiment angoissant de revenir sur les lieux de son « crime ». Andrew la suivait en jetant des regards de tous côtés, inquiet lui aussi, s'attendant à entendre une voix jaillir d'une des maisons pour les interpeller. Mais non. La serrure fonctionna sans problème, ils trouvèrent refuge à l'intérieur. Aussitôt des remugles moisis les saisirent à la gorge. Elle referma bien vite à clef.

Ils étaient à bout de souffle, les nerfs à vif. La jeune femme sentait des ondes négatives filtrer de partout, tandis que des frissons lui parcouraient le corps et que son bébé s'agitait. Et si l'échéance de sa maternité était pour ce soir ? Pour un peu, elle aurait regretté d'être venue se jeter dans la gueule du loup. Dans son dos, Andrew la serrait contre lui, comme s'il entendait la protéger. Ils restèrent ainsi un long moment dans le noir. Puis leurs cœurs se calmèrent, leur souffle recouvra un rythme normal.

Le vent s'était levé, la houle reprit sa sempiternelle rumeur. Les éléments enchaînaient leur cours habituel, Gwénola reconnaissait l'ambiance de ce Keravel dans lequel elle avait vécu toute son enfance, elle se sentit un peu rassurée.

— Attends, je vais allumer la lampe à pétrole. Si personne n'y a touché, elle doit encore être sur le buffet.

La lampe était toujours là, ainsi que la boîte d'allumettes. La mèche grésilla, une flammèche maigrelette se tortilla comme un ver luisant souffreteux, puis se dressa bientôt, droite et claire dans le tube de verre.

La plus grande angoisse de Gwénola était que tout ait été mis sens dessus dessous pendant ces quelques mois d'absence. Ce n'aurait pas été étonnant que les voisins se soient vengés de sa dérobade en saccageant le logis. Il n'en était rien.

— On est enfin chez nous, glissa-t-elle à l'oreille de l'Anglais.

Au moment même où elle prononçait ces paroles, des coups violents furent frappés à la porte.

45

— Sortez tout de suite, qui que vous soyez !

Gwénola reconnut la voix : Charles Croguennec. Les coups recommencèrent, plus violents, plus impérieux.

— Ils ont vu la lumière, glissa la jeune femme à son compagnon. Ils doivent croire que nous sommes des voleurs.

Une main ferme saisit la poignée et la secoua.

— Ouvrez ou on enfonce la porte !

— Je vais leur dire que c'est moi, que je suis revenue. Ils vont nous laisser tranquilles.

Andrew n'eut pas le temps de la retenir.

— Ne vous inquiétez pas, monsieur Croguennec. Ce n'est que moi, Gwénola Aubertin.

Le silence retomba à l'extérieur. Pas pour bien longtemps.

— Gwénola ! Comment peux-tu oser revenir à Keravel ?

— C'est ma maison, je suis chez moi.

— Tu n'as plus rien à faire ici. Tu vas prendre tes affaires et déguerpir avant que l'on te fasse payer les dégâts que tu as commis.

— Quels dégâts ? Je ne comprends pas…

Croguennec était accompagné de ses deux sbires, Lalouette et Guimarec'h. La traîtresse ignorait-elle le double drame qui avait suivi sa fuite ? C'était plausible, après tout. Sinon, elle n'aurait quand même pas l'audace de rappliquer la bouche en cœur comme si de rien n'était. Ce n'était pas trop difficile de vérifier…

— Tu es consciente du mal que tu as fait à Aubin Mainguy ?

Gwénola hésita avant de se lancer.

— J'avais promis à sa mère de l'épouser, c'est vrai, mais au dernier moment j'ai réalisé que je ne l'aimais pas. C'est un camarade de jeunesse, rien de plus.

— Tu aurais pu t'en rendre compte un peu plus tôt. Cela aurait évité à ce pauvre garçon de se lancer à ta poursuite et de briser son embarcation dans les récifs.

— Il est… balbutia la jeune femme.

— Oui, mort, tu peux le dire, et salement amoché par-dessus le marché. Et comme si cela ne suffisait pas, son père s'est pendu dans sa chaumière. La facture est lourde, tu vois. Je ne suis pas sûr que tu auras de quoi la régler.

Aubin, Fernand… Les mots lui manquaient pour se défendre. Gwénola sentit un coup de poignard lui perforer les entrailles. Cette fois, elle ne pouvait plus en douter, il s'agissait bien des premières contractions. Elle chancela, s'appuya à la table derrière elle pour ne pas s'effondrer. Andrew la rattrapa à temps.

— Laissez-nous, maintenant, lança-t-il à travers la porte. Vous discuterez de tout cela demain matin.

— On aurait dû s'en douter, ricana Lalouette. Elle n'est pas seule. La tourterelle est revenue au nid avec son coucou.

L'affaire prenait une autre dimension. Croguennec comprit qu'ils avaient bien fait de s'équiper de leurs crocs.

— Qui tu es, toi ? demanda-t-il d'un ton hargneux.

— Le compagnon de la femme qui a le droit de venir habiter dans cette maison, puisqu'elle lui appartient. Elle est revenue chez elle pour mettre au monde le bébé qu'elle attend. Cela ne va pas tarder, d'ailleurs.

— Le salaud qui a piqué la fiancée de ce pauvre Aubin, tu veux dire ? Sors un peu, qu'on s'explique entre hommes si t'as ce qu'il faut dans le froc, glapit Guimarec'h.

— N'y va pas… murmura Gwénola. Je les connais, ils vont te faire du mal.

— De toute façon, il faut aller chercher quelqu'un pour t'aider à accoucher. Il n'y a pas dans le village une commère chargée de ces choses-là ?

Elle pensa à Martha, la seule en qui elle aurait vraiment confiance. Elle lui expliqua où se situait la maison de son amie. Andrew se décida à affronter les hommes derrière la porte.

— Toi, tu vas t'allonger et tu ne bouges plus, intima-t-il à Gwénola avant de se risquer au-dehors.

Quand ils entendirent couiner la clef dans la serrure, les trois redresseurs de torts reculèrent de quelques pas. L'Anglais émergea de la chaumière et referma la porte derrière lui.

— Gwénola est sur le point d'accoucher, elle m'a demandé d'aller chercher une certaine Martha afin de lui venir en aide. Ça ne peut plus attendre.

— Pour mettre au monde le bâtard que tu lui as collé dans les tripes ? Il n'a qu'à se démerder pour sortir tout seul, ou rester où il est. C'est à cause de toi que tout ce malheur est arrivé. Si tu n'étais pas venu chasser dans les parages, rien de tout cela ne se serait produit.

Andrew était de carrure imposante. Pour l'instant, les trois pigouyers se contentaient de se dresser face à lui.

— Laissez-moi passer, je vous prie.

— Et nous on te dit que tu n'as rien à demander ici. Ici c'est les goémoniers qui commandent. Je suppose que tu dois avoir un bateau en bas, ou quelque chose comme ça. Tu vas descendre, monter à bord et larguer les amarres. On ne veut plus te revoir à Keravel.

Lalouette s'était interposé entre l'Anglais et la porte de la chaumière afin de lui en interdire l'accès au cas où il aurait l'intention de s'y barricader.

Dans ses pérégrinations musicales, il était arrivé plusieurs fois à Andrew Campbell d'être contraint de faire le coup de poing. Il comprit qu'il ne parviendrait pas à raisonner les trois énergumènes qui se montraient de plus en plus menaçants. Il essaya de faire demi-tour pour rejoindre sa compagne. Lulu le repoussa en avant. L'Anglais se heurta aux deux autres. Avant qu'il ait le temps de réagir, Lalouette lui asséna un coup violent sur la nuque, pas de la partie acérée du croc, sinon il aurait été tué pour de bon. Andrew bascula dans une semi-inconscience et s'affala entre les trois paires de pieds. Guimarec'h et Lalouette l'empoignèrent par le colback et le traînèrent vers la sortie du village. Andrew revint à lui, il tenta de se débattre, mais les goémoniers avaient de la force à revendre. Le tirant et le bousculant, ils l'obligèrent à quitter la place, l'envoyèrent bouler dans le chemin qui descendait vers la grève. Le malheureux parvint à se redresser, entreprit de remonter la pente et rejoindre sa bien-aimée en plein travail à cette heure. Cette fois, ce fut Croguennec qui l'expédia d'un coup de pied un peu plus bas.

Les trois pigouyers étaient rendus trop loin pour faire machine arrière. Maintenant, ils devaient aller jusqu'au bout de leur forfait, éliminer cet intrus qui leur réclamerait des comptes. Ils agrippèrent Campbell et le portèrent jusqu'à l'estran.

La marée était haute, fort coefficient, la mer léchait la limite supérieure de la plage. Ils y précipitèrent leur proie encore inconsciente. Ce fut Guimarec'h qui tint la tête de l'Anglais sous l'eau, des minutes interminables, jusqu'à ce qu'il cesse de se débattre.

— Son bateau ne doit pas être bien loin, fit Croguennec.

Le clapotis contre la coque dévoila sa présence.

— Toi, tu prends l'une des barques, ordonna-t-il à Lalouette. On va le transporter jusqu'à son rafiot.

Ils ramèrent jusqu'au canot qui avait servi à ramener Gwénola de Cornouailles. Quand le corps d'Andrew se trouva à bord, Croguennec enflamma un chiffon imbibé de l'essence trouvée dans l'embarcation. Puis ils la poussèrent au large.

— C'est comme ça qu'il est mort, Aubin Mainguy. Celui qui lui a volé sa fiancée ne mérite pas mieux.

46

Après le départ d'Andrew, Gwénola sombra dans un état second. Elle entendait un vague brouhaha provenant de la place, des voix, dont le ton montait par intermittence, mais elle aurait été incapable de reconnaître qui parlait, ni de comprendre ce qui se disait. Puis les bruits s'éloignèrent.

La contraction suivante lui fit reprendre contact avec la réalité. Andrew, où était-il passé ? Il était en danger. Elle se leva en se tenant le bas-ventre des deux mains, tituba jusqu'à la porte qu'elle ouvrit en se cramponnant au chambranle. Aucune trace de son compagnon. Elle l'appela à voix basse, puis un peu plus fort, jusqu'à crier son nom. Andrew ne répondait pas.

Un nouveau spasme lui arracha un cri de douleur, puis soudain elle sentit un liquide chaud lui couler entre les cuisses, le long des jambes. Elle venait de perdre les eaux. Gwénola comprit qu'elle devait obtenir du secours, pour l'aider à accoucher, mais également pour chercher ce qu'il était advenu de son compagnon.

Contrairement à ce qu'avait pensé le couple de parias, le village ne dormait pas. Si cela avait été le cas, l'altercation entre l'Anglais et ses trois meurtriers aurait suffi à réveiller les pigouyers. Les braves gens avaient observé la scène en levant les rideaux. Gwénola Aubertin ! Elle ne manquait pas d'audace, celle-là ! Oser remettre les pieds à Keravel après le mal qu'elle avait fait aux Mainguy ! Ce n'étaient pas les scrupules qui l'étouffaient. En plus, elle avait ramené avec elle le salopiot qui lui avait tourné la tête. Bien sûr, quand les quatre protagonistes en vinrent aux mains, il y en eut quelques-uns à estimer que Croguennec et ses deux complices y allaient un peu fort. Il n'y avait pas que des brutes dans le village, mais après tout, l'autre guignol l'avait bien cherché, personne ne bougea pour venir tirer le misérable des griffes de ses bourreaux. Les silhouettes disparurent du champ de vision des goémoniers, les spectateurs poussèrent un soupir de soulagement. Après tout, qu'ils se démerdent entre eux, ce n'étaient pas leurs affaires.

Tout le monde s'apprêtait à se recoucher quand ils entendirent s'élever une nouvelle voix. Retour aux postes d'observation. Les curieux reconnurent la salope qui avait expédié de vie à trépas Aubin et Fernand Mainguy aussi sûrement que si elle avait tenu une arme entre ses mains. Ils se rendirent compte alors de son état.

— Eh ben, elle n'a pas traîné…

Gwénola se déhancha jusqu'à la première porte. Elle frappa en suppliant qu'on vienne l'aider. C'était chez les Cotillec, des braves gens. Marie fut même sur le point de lui ouvrir. Son mari, Eugène, la rattrapa par le bras.

— Ne t'en mêle pas. Elle n'a pas eu besoin de nous pour foutre le camp. Elle n'a qu'à se débrouiller toute seule.

Gwénola sanglotait. Les contractions se rapprochaient, plus intenses, plus pressantes. Elle se traîna au logis suivant. Elle se heurta au même silence, ainsi que chez les Guyonvarc'h. Ange Piriou ordonna à Camille de ne pas bouger.

— C'est pas nos affaires. Elle n'a qu'à aller voir ailleurs.

Les Salaün firent eux aussi la sourde oreille, les Trouboul ne se manifestèrent pas davantage.

Gwénola était de plus en plus faible. Elle tenait à peine debout. Elle sentait son utérus se dilater, son bébé avait commencé à descendre. Son dernier espoir était Martha, dont la maison était l'une des plus éloignées. Elle trouva encore un peu d'énergie pour se traîner jusqu'à sa porte. Elle frappa, s'égosilla, tenta d'ouvrir, c'était fermé à clef. Martha n'était pas là.

Gwénola tomba à genoux. Les contractions se succédaient à présent sans discontinuer. Un ultime réflexe lui dicta de ne pas accoucher au milieu de la place, comme une bête, de protéger son petiot. Elle revint tant bien que mal à quatre pattes jusque chez elle, se traîna jusqu'au lit, sur lequel elle n'eut pas la force de se hisser.

47

Le ciel était blafard ce matin-là, des nuages clairs et immobiles, sous lesquels le décor paraissait figé, comme si le temps s'était arrêté. Jusqu'au vent qui retenait son souffle. Il était huit heures, le village semblait paralysé lui aussi. Le temps était propice pour ramasser le goémon, pourtant aucun pigouyer n'avait encore mis le nez dehors. Ils resteraient à Keravel, bien que ce ne soit pas férié.

Il flottait une étrange odeur de brûlé jusque sur la côte, ce n'était pas celle des fours à soude : les brûlages n'étaient pas près de commencer. Ne tenant plus en place, tout surpris que les parents ne les expédient pas à l'école, les enfants émergèrent les premiers des maisons calfeutrées. La chaumière incendiée fumait encore. Celle de Gwénola Aubertin. Les gamins s'en approchèrent à pas de loup, les plus hardis se risquèrent sur le seuil en se bouchant les narines. Charles Croguennec comprit qu'il était temps d'intervenir. Il s'avança, leur ordonna de déguerpir. Les autres villageois sortirent alors de leurs tanières, tremblants, piteux. Personne n'ignorait ce qui s'était passé pendant la nuit, mais tous feignirent la surprise en découvrant le toit de chaume éventré.

Croguennec avança entre les décombres encore fumants. Lui aussi joua les hypocrites à la vue des deux corps à moitié calcinés à côté du lit : celui de Gwénola Aubertin et d'un bébé entre ses cuisses ouvertes, une petite fille.

Cette fois, la communauté des goémoniers dut se résoudre à prévenir la gendarmerie de Kerlouan. Les habitants des villages voisins avaient peut-être aperçu les lueurs de l'incendie, ou bien celles du canot expédié par le fond. Ne serait-ce que pour les emmerder, ils étaient capables d'alerter les autorités.

Les représentants de l'autorité débarquèrent à Keravel dès le début de l'après-midi. Croguennec se chargea de les recevoir, en compagnie de quelques villageois, désignés par ses soins et sur la discrétion desquels il savait pouvoir compter. De toute façon, l'un de ses premiers soucis avait été de faire circuler la version officielle de porte en porte, dans la matinée.

La rencontre se déroula une fois de plus dans la grange. Le côté solennel et le sérieux du chef du village impressionnèrent les forces de l'ordre, le sentiment de se trouver face à un bloc inébranlable. Croguennec ne pouvait indiquer avec précision à quelle heure l'incendie s'était déclaré. Peu avant l'aube de toute évidence. Quand les villageois s'en étaient rendu compte, ils avaient essayé d'éteindre les flammes, mais ils n'avaient à leur disposition que des seaux et l'eau du puits.

— Pourquoi n'avez-vous pas appelé les pompiers ?

— Il était déjà trop tard, les flammes étaient rendues dans le toit de chaume dont une partie s'est effondrée. Il n'y avait plus rien à faire.

Bien entendu, les gendarmes l'interrogèrent sur l'identité des deux victimes. Là, Croguennec se montra catégorique. Il s'agissait de la fille Aubertin, Gwénola. Il relata l'histoire du mariage avorté, le départ précipité de la promise pour des raisons que personne ne s'était expliquées. Il ne passa pas sous silence non plus l'accident advenu à Aubin Mainguy et le suicide de son père, effondré de chagrin.

— Et elle est quand même revenue à Keravel ? s'étonna le brigadier.

— Tout laisse à penser qu'elle n'était pas au courant des conséquences de son départ. Sinon, elle n'en aurait pas eu l'audace. Elle a dû prendre conscience de son erreur, une bêtise de jeune fille. La pauvre, nous ne lui en aurions pas tenu rigueur.

— Vous saviez où elle était partie ?

— Non. Elle nous a quittés sans laisser d'adresse, comme on dit.

— Comment elle est revenue, vous ne savez pas non plus ?

— Pas davantage. Elle avait dû s'amouracher d'un autre type de toute évidence. Certainement un joli cœur à lui tourner autour depuis quelque temps, ce n'est pas ce qui manque sur la côte. Peut-être même un Anglais. Paraît qu'ils sont friands des petites Françaises. Il l'aura abusée de promesses fallacieuses.

— Je peux savoir pourquoi vous pensez à un Anglais ?

Charles esquissa un sourire entendu, en prenant les autres villageois à témoin.

— Le jour du fameux mariage, un gars de chez nous a vu un canot s'éloigner à grande vitesse. Il filait vers le nord. Hier soir, nous avons entendu également une embarcation de ce genre. Il est même probable que celui qui était aux commandes ne connaissait pas les passes de la région.

— Ah bon ?

— M'est avis qu'il a ramené la fille qu'il avait abusée. Ou il ne voulait plus d'elle parce qu'elle était enceinte, ou c'était elle qui ne le supportait plus et elle avait décidé d'accoucher au bercail, dans un cadre qui lui était cher. Si je dis que ce n'est pas quelqu'un du coin, c'est que j'ai entendu une explosion au large. Je suis sorti sur la dune. Il y avait une lueur au loin, mais ça n'a pas duré bien longtemps. Le misérable s'était fichu dans les rochers, son canot a dû couler. Vous feriez bien d'aller vérifier pour repérer l'épave avant qu'une tempête emporte tout. On saurait peut-être enfin qui est l'inconnu qui nous a enlevé notre petite Gwénola.

— C'était à quelle heure ?

— Je ne sais pas exactement. Minuit, une heure du matin. Je ne dormais pas encore, j'ai souvent du mal à trouver le sommeil.

— Personne n'a remarqué la victime avant qu'elle entre chez elle ?

— J'ai demandé à tout le monde ce matin si quelqu'un avait vu quelque chose. Non, personne n'a rien remarqué. Pensez bien que si l'un d'entre nous avait su qu'elle était sur le point d'accoucher, nous lui aurions proposé de l'aider.

— Il ne lui est pas venu à l'esprit d'aller frapper aux portes et de réclamer l'aide que vous étiez tout disposés à lui accorder ?

— Il faut croire que non. Vous savez, elle ne devait pas être très fière d'elle, une fille qui fiche le camp le matin de ses noces, ce n'est pas particulièrement glorieux, quand même. Elle a préféré se débrouiller toute seule. Un geste malencontreux, dans son état rien de plus normal, elle aura renversé sa lampe à pétrole, le feu s'est propagé dans la pièce, elle ne sera pas parvenue à éteindre l'incendie.

— Vous feriez un sacré enquêteur, monsieur Croguennec.

— J'essaie de comprendre, c'est tout. Je ne vois pas comment les choses auraient pu se dérouler autrement.

Les restes du bateau d'Andrew Campbell furent découverts au large des récifs indiqués par Charles Croguennec, ainsi que son corps, coincé entre les rochers un peu plus loin. On ne trouva pas de papiers sur lui, ni dans l'épave qui avait presque entièrement brûlé avant de sombrer.

Rien ne laissa supposer le rôle abominable qu'avaient joué les villageois de Keravel dans cette sordide histoire. Gwénola Aubertin et la petite fille furent inhumées dans le cimetière de Kerlouan, à proximité de la tombe de ses parents.

48

Il pleuvait. Un rideau régulier que ne faisait onduler le moindre souffle de vent. Cela avait commencé en fin de nuit par un crachin proche d'une brume épaisse, puis qui s'était densifié peu à peu en une morne mélasse. Un ciel lourd et bas, qui n'augurait rien de bon. En accord avec l'ambiance qui régnait à Keravel depuis le meurtre de Lucien Lalouette. Malgré les circonstances, les villageois avaient veillé le corps, comme il se doit, tenant compagnie à Sidonie, ne la laissant pas seule de crainte qu'elle ne cède à l'envie de prévenir les gendarmes. Pour l'instant, elle paraissait résignée, même si de temps à autre elle se dressait d'un bond, s'approchait du lit mortuaire, doutant sans doute que c'était son pauvre Lulu qui reposait là, les doigts entrelacés dans un chapelet aux gros grains. Elle passait une main tremblante sur son visage cireux, laissait échapper un sanglot, retournait s'asseoir dans l'arc de cercle de ses compagnes.

Les obsèques étaient prévues pour onze heures. Une fois le corps enseveli, il n'y aurait plus besoin de surveiller la veuve. Elle ne commettrait quand même pas le sacrilège de faire déterrer son mari afin de montrer aux flics les deux blessures dans son dos.

Le cercueil avait été apporté la veille par le menuisier. Croguennec s'était empressé d'ordonner qu'y soit placé le corps de son ami, toujours pour la même raison. Il était longuement resté à l'observer. De temps à autre, il tapotait son œil de verre, l'air de dire au défunt qu'il ne lui en voulait plus, mais lui avait-il jamais pardonné ?

Certains pigouyers se souvenaient de la flèche malencontreuse décochée par le petit Lulu. Et si Charles s'était vengé après si longtemps ? La rancune est parfois tenace, le borgne n'était pas des plus charitables. Mais c'était devenu une tradition à Keravel de ne pas provoquer de remous inconsidérés. D'attendre que le destin dénoue de lui-même les écheveaux qu'il avait emmêlés.

Le corbillard dessina sa masse sombre sur la route. Son arrivée créa un soulagement général, il était temps que se termine cette hypocrisie, que soit ensevelie au cimetière la trace du drame qui s'était produit. Pitoyable illusion. Tant qu'on n'aurait pas identifié le meurtrier, la communauté ne recouvrerait pas son calme.

La procession prit la route. Micheline Guimarec'h soutenait la veuve. Une amitié hostile, et pourtant indéfectible, comme ces vieux couples qui se haïssent sans pouvoir se séparer. Elle craignait pour son mari, elle n'ignorait rien de son rôle dans les événements. Une vengeance, oui, pourquoi pas, mais qui trouvait intérêt à se venger quatorze ans plus tard ?

Blaise Guimarec'h était taraudé par les mêmes angoisses, d'autant qu'il était directement concerné. Depuis que Lucien avait été découvert entre les rochers, il se tenait à proximité de son chef. Les deux nuits, il avait fermé sa porte à double tour, gardant son fusil chargé à portée de main, se levant à plusieurs reprises pour vérifier la clef dans la serrure, incapable de trouver le sommeil.

La cérémonie à l'église ne dissipa pas le malaise. L'abbé Quatrevaux avait fait valoir ses droits à la retraite depuis quelques années. Maintenant, c'était un jeune prêtre qui officiait. Plein de fougue, d'allure sportive, sa voix portait haut et fort sous les voûtes du saint lieu. Lors de son oraison funèbre, il vanta les mérites des goémoniers, leur abnégation, la nécessité de rester soudés face à la rudesse de la tâche. Dieu avait décidé de ramener à lui Lucien Lalouette, sans doute pour le soulager de sa misère.

Un mouvement parcourut l'assemblée. Dieu ? allons donc… Quelques toussotements se firent entendre. Sidonie laissa échapper un gémissement. Micheline Guimarec'h lui saisit le bras. La messe s'acheva sous une chape de plomb. Les pigouyers bénirent le cercueil de leur compagnon avec une sorte de répulsion, conscients de leur lâcheté de le laisser partir sans savoir qui lui avait planté un croc dans le dos. Ou celle…

Parce que cela pouvait être aussi bien une femme. À couper les grandes laminaires, à en traîner les paquets gluants sur la grève depuis leur enfance, les goémonières développaient autant de force que les hommes. Une éventualité qui n'ouvrait pas davantage de pistes.

Les roues du catafalque couinèrent sur les dalles usées. Le corbillard prit la direction du cimetière. Les nuages s'étaient éclaircis en une pâle couleur laiteuse, la pluie était redevenue crachin épais, qui mouillait davantage qu'une franche averse.

L'abbé Froger avait perçu la gêne des fidèles tout au long de la cérémonie. Ceux-là dissimulaient un secret collectif. Quand le cercueil fut positionné sur les planches en travers de la fosse, il se permit une allusion. Pour délivrer l'âme de leur compagnon et lui ouvrir les chemins du ciel, il fallait que soient en paix les consciences de ceux avec qui il avait vécu. Son regard parcourut l'assemblée, les têtes se baissèrent un peu plus, les yeux se mirent à compter les graviers de l'allée. Le curé n'insista pas, augurant que si c'était grave, il recueillerait quelques aveux en confession.

Le retour à Keravel ne fut guère plus serein. Le cortège s'était éparpillé en groupuscules, selon le degré de confiance que chacun accordait à son prochain. Charles Croguennec fermait la marche. Il était pensif, ressassant lui aussi les souvenirs. S'il s'agissait d'une vengeance, il risquait de se retrouver en première ligne.

Plusieurs semaines s'écoulèrent. La cueillette du goémon avait repris, l'épuisement effaçait les soupçons. On ne saurait jamais qui avait assassiné Lucien Lalouette, il faudrait s'en accommoder.

49

Dans tout microcosme se nouent des amitiés. Y naissent aussi des inimitiés. On feint alors de s'ignorer, on s'évite autant que possible, on se tire un peu la gueule, mais on est contraint de se côtoyer lors de la tâche collective, en l'occurrence la cueillette du goémon à Keravel, aussi bien que dans tous les villages de la frange côtière. Il serait illogique que la promiscuité des hommes et des femmes lors du travail à la grève ne génère pas également des liaisons plus intimes. Les dissidents doivent alors faire preuve d'une prudence extrême s'ils entendent garder le secret.

Micheline Guimarec'h n'était pas une femme très agréable – doux euphémisme. Non contente d'avoir la langue bien pendue et le sarcasme cruel, elle manifestait une acrimonie chronique en toutes circonstances et notamment envers son bonhomme. Le Blaise, de tempérament malléable, avait fini par s'en accommoder. En revanche, il avait du mal à se satisfaire du physique de sa compagne. Il est rare que les caractères aigris soient hébergés dans des châssis de starlettes. La Micheline était sèche comme une poignée de goémon promise au brûlage, des cheveux rêches qu'elle avait renoncé à faire onduler, poitrine et fesses plates. Peu à peu les relations dans le couple s'étaient distendues. Pour finir, ils avaient décidé communément de faire chambre à part, elle arguant qu'il ronflait comme une moissonneuse, lui qu'elle gigotait tout le temps. Bref, Blaise aurait volontiers serré entre ses bras une dame un peu plus séduisante et d'humeur moins massacrante.

Guimarec'h n'était pas un coureur de jupons. De toute façon, il n'avait en rien les atouts d'un don Juan. L'occasion inespérée s'était présentée cependant quatorze ans auparavant, peu de temps après le décès de Gwénola et de son bébé.

Comme la plupart des villageois, Corentine Decourt était persuadée que c'était la fille Aubertin qui avait estourbi son garçon, le fameux Léonce. Le décès de la jeune femme lui créa une joie intense, qu'elle se garda bien d'exhiber en public. Il se trouva qu'elle rencontra Blaise dans les dunes quelques jours après les obsèques. Elle ne put s'empêcher de lui manifester sa reconnaissance. Il protesta, qu'est-ce qu'elle racontait ? Elle se trompait, il n'était pour rien dans ce qui s'était passé. Avant qu'il en dise davantage, elle se pressa contre lui et lui offrit ses lèvres. Un élan instinctif qu'elle fut incapable d'expliquer par la suite.

Corentine était une femme ordinaire, ni belle ni laide. Elle présentait à l'étage et au rez-de-chaussée de quoi contenter la main d'un honnête homme, à condition que celui-ci ne soit pas trop regardant sur la marchandise – ce n'était pas non plus une nymphomane. Il serait tout aussi abusif de parler de coup de foudre, mais le temps que durèrent l'étreinte et le baiser, chacun put mesurer le désir de l'autre.

Jean-Paul Decourt était un brave type, mais dont la délicatesse laissait plutôt à désirer, pas du genre à offrir des fleurs ni à se répandre en ces mielleries que prisent les femmes amoureuses. Malgré sa morphologie, il n'était pas un étalon, et ne se souciait guère des désirs de sa partenaire. Affirmer que celle-ci se morfondait d'insatisfaction constituerait un autre mensonge, mais il lui arrivait de rêver d'un compagnon un peu plus attentionné, soucieux de préliminaires avant de conclure l'affaire en deux temps trois mouvements, pour lui tourner le dos dans la minute suivante.

Blaise et Corentine décidèrent de se revoir. Le problème, c'est que le père Decourt était un colosse. Bien que peu porté sur le roucoulement avec sa colombe, il était à parier qu'il ne verrait pas d'un très bon œil sa légitime aller chercher dans les bras d'un autre le plaisir qu'il ne lui prodiguait plus.

En haut de l'estran, il existait une cabane où les pigouyers entreposaient pour la nuit le matériel servant à la récolte du goémon, cela évitait de le remonter à Keravel et de l'en redescendre à tout bout de champ. Chacun en possédait une clef. C'est dans cette cahute que les deux amants prirent l'habitude de réfugier leurs amours clandestines.

Quatorze ans s'étaient donc écoulés depuis leurs premières étreintes. Corentine et Blaise avaient vieilli d'autant, leur désir réciproque s'était émoussé, mais il leur arrivait encore de se retrouver dans leur nid pour grappiller un peu de plaisir. Jean-Paul Decourt avait un sommeil aussi profond que les passes insondables de la mer voisine, Corentine en profitait pour s'éclipser. Quant à Blaise, il lui suffisait d'attendre que sa Micheline se soit assoupie pour quitter le domicile conjugal et rejoindre sa maîtresse.

Le meurtre de Lucien Lalouette avait calmé les ardeurs de son ami. Il n'avait pas envie de se promener seul dans les dunes après la nuit tombée. Corentine n'avait pas les mêmes raisons de se priver de ces quelques moments de bonheur dérobés à la médiocrité du quotidien. Elle fit comprendre à son amant qu'elle brûlait de remettre le couvert. Vainquant ses angoisses, Blaise se résolut à revenir dans la cabane aux outils.

Une fois, deux fois, Guimarec'h n'avait pas remarqué qu'une paire d'yeux l'observait.

50

Ce matin-là, Micheline se réveilla de fort méchante humeur. Cela n'avait rien d'exceptionnel. N'ayant personne d'autre sous la main, elle pesta après son bonhomme, sans avoir pourtant de nouveaux reproches à lui adresser. Elle passa dans la pièce commune. Bien sûr, ce fainéant n'était pas encore levé.

— Debout là-dedans, paillasse ! grogna-t-elle en frappant à la porte de sa chambre.

Pas de réponse, alors qu'il était déjà sept heures, il était temps de descendre à la grève. Les pigouyers sortaient en effet un à un de leur tanière. Rajustaient leurs tenues, humaient l'air qui montait du large, cette sauvage odeur d'iode qui définissait leur raison de vivre.

La mère Guimarec'h déboucha sur la place. Pour une fois, elle s'était montrée mauvaise langue, pensait-elle. Blaise avait été matinal, il avait rejoint les autres. Il n'était pas là non plus. Si elle n'en était plus à le surveiller, elle sentit toutefois une vague d'angoisse l'envahir : où cet idiot pouvait bien être passé ?

— Où est Blaise ? lui demanda l'un des goémoniers en assurant la lanière de son suroît.

Elle haussa les épaules.

— Je ne sais pas. Pour une fois qu'il aura pris de l'avance, on ne va quand même pas s'en plaindre. À tous les coups, on va le rctrouver en bas.

Micheline retourna enfiler sa tenue de goémon et rattrapa la cohorte ouvrière qui dévalait d'un bon pas le chemin dans la dune.

La cabane aux outils se dessina dans la brume. Croguennec n'était pas tranquille lui non plus, la défection de son dernier complice lui paraissait suspecte. Il s'arrangea pour prendre la tête des pigouyers. Quand il constata que la porte de l'appentis battait au vent, son appréhension gravit d'un cran.

— Quel est le con qui a oublié de fermer hier soir ? clama l'un des goémoniers.

S'il y en avait une dont les jambes tremblotaient dans les bottes, c'était bien Corentine Decourt. Lors de leurs rencontres, il était convenu qu'elle quittait les lieux la première. La veille, c'était ce qui s'était produit. Filant comme une voleuse, elle ne s'était pas assurée de vérifier si son amant la suivait à distance. Elle sentit son cœur s'emballer.

Charles Croguennec repéra tout de suite le corps de son acolyte. Il était allongé dans le fatras des outils, les bras écartés du corps, les jambes ouvertes, la tête renversée en arrière. Il recula en titubant, se tourna vers ses concitoyens. À la gravité de sa mine, tout le monde comprit qu'il se passait quelque chose de sérieux.

— Blaise… balbutia-t-il.

Une vengeance s'accomplissait au grand jour, et le prochain, ce serait lui.

Ce furent l'épouse trompée et la femme qui l'avait cocufiée qui s'avancèrent. Elles avaient compris toutes les deux la raison d'un trouble aussi surprenant chez un homme de la trempe de Croguennec. Corentine Decourt eut la décence de rester en retrait. Depuis la mort de Lalouette, Micheline pressentait qu'une telle issue était inéluctable.

Guimarec'h avait lui aussi écopé d'un coup de croc. Les deux blessures sanguinolaient encore à la base du cou, la mort n'avait pas été immédiate. En témoignaient également son faciès terrorisé et ses yeux exorbités. Il avait vu l'assassin, mais il n'avait pu parer l'attaque dont il avait été victime.

Croguennec réunit le soir même les villageois dans la grange. D'un commun accord, ils décidèrent de ne pas alerter la gendarmerie. Ils remontèrent le corps jusque chez lui. Il fallait cependant obtenir le permis d'inhumer. Le docteur Maurice continuait à exercer malgré son grand âge, mais il avait perdu une bonne partie de sa lucidité. De sa mobilité également. Charles se rendit à son cabinet à Kerlouan, avec en poche une enveloppe contenant une somme rondelette. Il lui expliqua que Micheline Guimarec'h avait découvert son mari au petit jour dans son lit. Il était passé pendant la nuit, un coup de sang, cela faisait plusieurs semaines que sa santé était défaillante, mais le bougre refusait de se faire soigner. Le médecin se fit décrire l'état du corps. Il hochait la tête à chaque détail, corroborant le diagnostic de Croguennec.

— Sincèrement, je ne pense pas que ce soit nécessaire de vous déplacer, docteur.

— Quand même… Un permis d'inhumer, ce n'est pas un document anodin.

— Bien sûr, aussi nous avons prévu un petit dédommagement.

Le goémonier sortit le salaire de la corruption. Le toubib hésita. Il ouvrit l'enveloppe, jeta un rapide coup d'œil sur son contenu.

— Vous êtes vraiment certain qu'il n'y a rien de suspect dans le décès de votre ami ?

— Puisque je vous le dis. Son épouse dormait dans la chambre voisine depuis qu'il était malade. Non, elle n'a rien entendu de particulier. Un coup de sang, je vous dis. La fatigue, je ne vous apprendrai rien en vous disant que le travail des pigouyers est harassant. Nous n'avons pas envie de vous déranger pour ce qui n'est qu'une formalité.

Le docteur se laissa convaincre et parapha le document.

Martha ne trouvait plus le repos depuis le meurtre de Lucien Lalouette. Quelques semaines plus tôt, elle avait été victime d'une pleurésie, ou de quelque chose dans le genre, une sacrée cochonnerie en tout cas. Elle avait bien cru que c'était la fin. C'était son fils Yvon qui la veillait. Il avait quatorze ans, la pressait de le laisser aller chercher le médecin. Elle s'y était refusée obstinément.

— Il ne faut pas se battre contre le destin.

Dans la soirée son état s'aggrava. Yvon insista encore, en vain.

— Assieds-toi là, dit-elle. J'ai à te parler.

51

Nouveau saut dans le passé, de quatorze ans cette fois. Remontons au soir où la communauté décorait la grange de Charles Croguennec en prévision du repas de noces qui devait s'y dérouler le lendemain. Au moment de quitter les lieux, Martha avait eu conscience de deux problèmes. Gwénola devait assumer seule la vérification de sa toilette de mariée. La robe, la parure nuptiale, que le nouvel époux effeuillerait avec dévotion avant qu'elle ne se donne à lui. Généralement, c'était la mère qui préparait sa fille pour cette étape fondamentale. Le second sujet qui la tracassait, c'était la conviction que la jeune fiancée se rendait au supplice. Mais il était trop tard pour l'extirper du traquenard. Martha venait cependant de lui proposer de l'accompagner pour vérifier que tout soit en ordre pour le lendemain, sachant pertinemment qu'elle essuierait un refus.

Martha rentra chez elle à pas lents, désabusée, impuissante face à un destin aussi impitoyable. Les villageois étaient chez eux. Tout ce petit monde se préparait pour la noce. Ce n'était pas tous les jours que deux jeunes gens de Keravel s'apprêtaient à convoler ensemble, tous les deux cruellement marqués de surcroît dans leur jeune existence.

Elle n'était pas pressée de se retrouver seule, comme si elle avait envie que ce jour ne s'achève pas. Elle glissa la clef dans la serrure, fit jouer le pêne. Au moment d'ouvrir la porte, elle reçut un coup violent à la base du crâne. Elle n'eut pas conscience de s'affaler en avant. Elle revint à elle quelques instants plus tard. Elle était troussée jusqu'à la taille. Une douleur au creux du ventre, il n'était pas besoin d'être médecin pour deviner ce qui lui était arrivé.

Yvon écoutait en silence. Il avait le visage grave, les lèvres serrées, ses mains se crispaient sur ses genoux. Il recevait l'incroyable confession comme une histoire inventée de toutes pièces, sauf qu'il savait que cela s'était réellement passé.

— J'étais enceinte, mon garçon. Je vais te surprendre, peut-être même te choquer. Je ne savais pas quel était le salaud qui m'avait forcée et qui était parti sans demander son reste, mais je ne parvenais pas à lui en vouloir. J'avais envie d'être mère et avec ma tronche de sorcière, cet espoir m'était interdit. J'aurais pu crier au viol, mais qui m'aurait crue ? Alors je me suis tue.

— Et c'est moi…

— Attends, je n'ai pas fini.

Martha Rivalain dissimula sa grossesse de son mieux, comme si elle se sentait coupable. Elle évitait de sortir, se vêtait d'amples habits sous lesquels disparaissait la rondeur de son ventre. Elle continua cependant à assumer la récolte du goémon le plus longtemps possible, mettant chaque jour en péril l'embryon qu'elle portait. Les dernières semaines, n'en pouvant plus, elle se déclara malade, ce qui n'étonna personne : depuis quelque temps elle paraissait traîner toutes les misères du monde.

Les contractions commencèrent dans la soirée du jour où Gwénola décida de revenir à Keravel. Martha serrait les dents, se préparait à souffrir, refusant de réclamer de l'aide pour mettre son bébé au monde. Elle ne voulait rien devoir à ces gens-là. Elle perdit les eaux au début de la nuit, accoucha presque aussitôt. Avant même que le bébé ne glisse de son ventre, elle sut qu'il se passait quelque chose d'anormal. C'était une petite fille, mais elle ne respirait pas, et elle ne réagit pas davantage quand elle tenta de la ranimer. La malheureuse sombra dans une prostration extrême. Même le bonheur d'être mère lui était refusé.

Dans les heures qui suivirent, Martha entendit du grabuge sur la place du village. Soulevant le rideau de sa fenêtre, elle aperçut Croguennec et ses deux fidèles serviteurs devant la maison des Aubertin, face à un homme qu'elle ne connaissait pas. Elle entrouvrit la croisée, le vent porta à elle des bribes de la conversation. Il était question de son amie Gwénola. Martha comprit que celle-ci était revenue. La discussion s'envenimait, le ton montait. Puis l'inconnu se fit rudoyer par les trois pigouyers. Horrifiée, elle les vit s'acharner sur leur victime, l'assommer, traîner son corps hors du village comme un paquet de goémon, en direction de la grève.

Martha chancela, épuisée, anéantie. Elle vivait une nuit d'apocalypse, de ce genre de cauchemar dont on a hâte de se réveiller pour se rendre compte que ce n'est pas vrai. Son bébé mort, l'agression dont elle venait d'être témoin, tout se mit à chavirer autour d'elle. Dans un brouillard épais lui parvinrent les supplications de Gwénola. Son amie se tenait là, derrière la porte ! Martha tenta de se relever afin de lui répondre, mais ses membres refusèrent de lui obéir, pas un son ne sortit de sa gorge. Trop faible, elle retomba en arrière.

De longues minutes s'écoulèrent, puis, peu à peu, Martha émergea du gouffre au fond duquel elle étouffait. Gwénola ! Son amie était de retour, elle était venue frapper à sa porte, elle avait besoin d'elle, c'était assez de malheurs pour cette nuit funeste, il fallait à tout prix aller voir.

La communauté semblait avoir recouvré un semblant de paix. Martha ne devait pas être la seule à avoir assisté à la scène terrible qui venait de se dérouler au cœur du village. Tout à l'heure, Gwénola n'avait pas l'air d'aller bien, elle avait trouvé refuge chez elle. Martha passa par-derrière les maisons et évita la place centrale. Elle rasa les murs, en dehors des zones où donnait la lune, revint en façade. La porte était entrouverte. Elle appela doucement son amie. Ne lui répondirent que des vagissements. Intriguée, Martha se décida à entrer. Elle distingua une forme sombre dans l'obscurité. Gwénola gisait au pied de son lit, entre ses bras bougeait doucement une petite chose. La mère ne respirait plus.

Tout se mélangeait dans la tête de Martha. L'enfant qu'elle venait de perdre, un autre qui gémissait dans cette maison. Elle s'efforçait de comprendre. La vérité fit jour en elle, Gwénola était enceinte elle aussi. Elle était revenue à Keravel, chez elle, pour accoucher, avec son compagnon. La pauvre, elle venait de mettre au monde son bébé, mais les bouleversements des dernières heures avaient eu raison de ses forces.

Martha se secoua, elle allait se faire surprendre. Soudain, elle entendit les voix qu'elle redoutait. Croguennec, Lalouette et Guimarec'h remontaient de la grève. Elle prit l'enfant et le serra doucement contre elle. Les trois pigouyers s'arrêtèrent devant la chaumière. Ils restèrent silencieux un long moment. Le chef passa la tête dans l'embrasure, écouta, Martha retenait son souffle, le bébé paraissait apaisé, elle sentait ses petites lèvres qui cherchaient à téter à travers le vêtement.

— Il faut aller jusqu'au bout maintenant, marmonna ce diable de Croguennec.

Lalouette et Guimarec'h protestèrent vaguement. Croguennec leur intima de cesser leurs jérémiades.

— Vous voulez qu'on finisse en taule ? Il faut brûler cette satanée baraque et effacer toutes les traces.

— Mais Gwénola…

— C'est de la faute de cette roulure si tout ça est arrivé. Elle doit dormir ou elle est morte. De toute façon, c'est à elle de payer, pas à nous ! Venez, on va chercher ce qu'il faut.

Martha tenait serré contre elle le petit garçon que Gwénola avait mis au monde avant d'expirer. Il était encore temps de le sauver. Elle coupa le cordon ombilical comme elle l'avait fait pour sa petite mort-née. C'est alors que jaillit l'idée insensée, mais c'était la seule solution. Elle sortit avec l'enfant, courut jusque chez elle en passant toujours par-derrière. Elle déposa le bébé de Gwénola dans le berceau qu'elle avait prévu pour la naissance du sien, revint avec le corps sans vie de sa fillette et le plaça à côté de la défunte. Puis elle s'éclipsa bien vite en empruntant le même chemin. Au moment où elle s'engouffrait chez elle, elle aperçut les trois silhouettes qui revenaient, lestées de lourds bidons. Une vision monstrueuse. Dans la minute suivante, la chaumière s'embrasait.

Yvon était atterré. Cette femme qu'il chérissait plus que tout au monde n'était donc pas sa mère. Il connaissait Croguennec et les deux autres abrutis. Il ne les avait jamais portés dans son cœur, mais il ne les croyait quand même pas capables d'une telle atrocité. Il s'efforçait de les imaginer cette nuit-là. Ils avaient mis le feu à la maison des Aubertin, sans se soucier de savoir si Gwénola et son bébé étaient encore vivants. Il s'agissait d'un meurtre de sang-froid, auquel avaient assisté tous les autres villageois, un secret qu'ils avaient farouchement enfoui durant tout ce temps-là.

Aussitôt naquit dans l'esprit d'Yvon Aubertin le projet de venger les parents qu'il n'avait pas connus à cause de ces trois salauds.

52

Martha avait dû subir pendant quelques mois les allusions perfides des villageois quand on avait découvert qu'elle avait un fils, un beau et solide garçon. Où avait-elle déniché un galant aussi peu regardant pour une partie de galipettes ? Ou alors, celui-là était aveugle, ou elle l'avait payé pour l'engrosser. Puis les mauvaises langues s'étaient lassées. Yvon était un bébé adorable, il grandit sans poser de problèmes, devint un garçonnet tout aussi charmant. Il aborda les prémices de l'adolescence avec la même bonne humeur. Cette gentillesse naturelle n'excluait pas qu'il fût de tempérament volontaire et d'une franchise qui ne tolérait aucune entourloupe. Il avait hérité cette droiture de sa mère, ainsi que son physique, mais personne ne pouvait seulement imaginer qu'il était issu du ventre de l'orpheline qui avait brûlé dans sa chaumière, avec un bébé à côté d'elle. Habitué à son visage torturé, on avait oublié à quoi ressemblait Martha quand elle était jeune. Aussi personne ne pouvait dire de qui Yvon était le portrait.

Martha éleva l'enfant avec une tendresse insatiable, veillant sur lui davantage que si elle avait été sa vraie mère, avec toujours le sentiment d'un contrat tacite passé avec sa défunte amie. Elle connaissait enfin le bonheur. Elle évitait que son fils ne traîne avec les chenapans du village, elle n'avait plus confiance. Yvon s'occupait d'elle, la défendait. Il était costaud et ne tolérait pas que l'on se moque de la « sorcière », un quolibet qui peu à peu tomba en désuétude. Il fréquenta l'école de Kerlouan jusqu'à obtenir le certificat d'études. Bon élève, il aurait pu poursuivre des études, mais il adorait jouer à l'apprenti pigouyer, habile et infatigable sous n'importe quel temps, il promettait à sa mère d'en faire son métier. Jamais il ne quitterait le village, lui disait-il, toujours il serait là pour la protéger.

Combien de fois Martha n'avait-elle pas été sur le point de révéler la vérité à l'enfant... Elle en différait toujours le moment à la dernière minute, de crainte de déclencher une cascade d'événements dont ils auraient souffert tous les deux. Si elle avait dénoncé ses congénères aussitôt après leur forfait, la justice aurait sans doute accompli son devoir, mais ne lui aurait-on pas retiré la garde du petiot ? C'était un risque qu'elle s'était refusée à courir. Elle avait pensé également partir avec lui, fuir toute cette bande d'hypocrites, mais son unique fortune était cette misérable chaumière héritée de ses parents qu'elle avait laissés mourir de chagrin, dont il lui appartenait maintenant de respecter la mémoire. Alors elle aussi se mura dans le silence. Elle s'était promis cependant de ne pas emporter le secret dans la tombe. Elle avait cru mourir voilà quelques semaines, elle s'était livrée sans doute un peu vite. Elle mesurait maintenant le prix de son inconséquence, mais comment empêcher l'adolescent d'accomplir ce qui lui paraissait tout à fait légitime à elle aussi et de se faire le bras armé de la vengeance ? Après le décès de Lulu Lalouette, elle avait essayé de le dissuader de continuer.

— Tu ne dois pas te montrer aussi sot qu'eux.

Yvon l'avait serrée contre lui, puis les mains sur ses épaules, il l'avait fixée droit dans les yeux.

— Je sais ce que je fais. Tu as bien connu ma mère. D'après ce que tu m'as dit d'elle, c'était une femme honnête et courageuse. Elle doit être fière que je la venge, elle et l'homme qu'elle aimait. Lui aussi devait être quelqu'un de bien, puisqu'elle est partie avec lui et qu'elle l'a choisi pour être mon père.

Martha avait soupiré, il avait cent fois raison.

— Fais attention à toi, quand même. Ces brutes-là n'hésiteront pas à te faire du mal si tu manques ton coup.

— Rassure-toi, je prends toutes les précautions.

Puis ç'avait été le tour de Blaise Guimarec'h. Martha et Yvon étaient présents quand son corps avait été découvert dans la cabane sur la dune. Elle s'était approchée de son fils. Il lui avait pris le bras, elle l'avait regardé. Son visage impassible l'avait effrayée. Il n'avait que quatorze ans, mais il ne laissait rien paraître de l'émotion qui aurait dû le tarauder face au crime qu'il avait commis. Ils étaient rentrés au village parmi les autres, en affichant une mine de circonstance.

— Cette fois, c'est fini, j'espère ? lui avait-elle dit lorsqu'ils s'étaient retrouvés à l'abri des regards indiscrets.

— Tu sais bien que non.

— J'ai peur, Yvon. Tout ça, ça va mal finir.

— Ça ne peut pas finir plus mal que ça n'a commencé.

— Croguennec va se méfier, il sait qu'il est le prochain sur la liste.

— J'attendrai le temps qu'il faudra, il finira bien par relâcher sa vigilance, mais il est hors de question de lui pardonner.

Charles Croguennec était évidemment la proie d'une angoisse incoercible. Son tempérament de meneur d'hommes, de décideur en toutes circonstances, s'effritait sous la menace. Il ne faisait aucun doute dans son esprit que les deux crimes étaient à mettre en relation avec ce qui s'était passé quatorze ans plus tôt. Il n'était pas le seul à avoir effectué le rapprochement.

Les obsèques de Guimarec'h se déroulèrent dans une ambiance encore plus délétère. L'abbé Froger perçut de nouveau la fausseté de ses ouailles. Aucune n'était venue pourtant soulager sa conscience dans son confessionnal. Croguennec s'était installé au fond de l'église, il contemplait ceux qu'il tenait encore sous sa coupe il n'y avait pas si longtemps. Parmi ces dos tournés se trouvait celui ou celle dont il devait se méfier comme de la peste. Mais qui avait intérêt à ressortir cette vieille histoire ?

Ce que le chef de Keravel ignorait, c'est que dans la tête de ses administrés grouillait également une sacrée fourmilière. Le justicier n'allait pas s'arrêter là, c'était évident. Croguennec, passe encore, il n'aurait que ce qu'il méritait, mais eux, les villageois, qu'avaient-ils fait sinon être témoins impuissants d'un drame qui ne les concernait pas ? Pitoyable échappatoire – tous étaient conscients de leur responsabilité dans cette sordide histoire. Les esprits bouillonnaient, les langues allaient bon train. Personne ne sut quelle commère lança l'idée que Croguennec avait assassiné ses deux complices, de peur que ceux-ci n'en viennent à le dénoncer. Une précaution pour le moins tardive, mais le bonhomme vieillissait, tout le monde avait remarqué qu'il perdait de son assurance au fil des ans. Corroborait cette hypothèse pour le moins loufoque l'empressement avec lequel il avait réuni les pigouyers afin de leur intimer de garder le silence au sujet des deux meurtres. Il avait trop peur que les gendarmes ne viennent fourrer leur nez dans cette affaire.

Les villageois ne se réunirent pas d'emblée pour décider d'une ligne de conduite, mais des groupuscules entretenaient sur la place de singulières messes basses. Si Croguennec pointait son nez dans les parages, les conspirateurs se séparaient aussitôt, en affichant un air naturel qui ne trompait personne et surtout pas le principal intéressé.

Que mijotaient ces braves gens au sujet de celui qu'ils croyaient responsable de cette déliquescence ? Certains préconisaient de le dénoncer. D'autres proposaient de lui demander de s'exiler. Les plus sensés optaient pour jouer cartes sur table et lui réclamer des explications.

Charles avait conscience du climat de suspicion qui s'installait à son sujet. Il n'en était cependant pas encore à penser qu'on le considérait comme le meurtrier. Il n'était pas du genre à laisser pourrir la situation. Il devança ses détracteurs et prit l'initiative de réunir les villageois afin de mettre les choses au point.

Yvon suivait l'évolution de la situation avec intérêt, guettant son heure avec patience – il n'était pas pressé.

Il y avait deux autres villageoises qui se sentaient directement concernées. Sidonie et Micheline faisaient cause commune, même si la seconde n'avait pas été effondrée de perdre son bonhomme qu'elle supportait de moins en moins. D'avoir perdu son amant, Corentine Decourt avait aussi quelques griefs à faire valoir, mais elle était plutôt mal placée pour se joindre aux veuves. Prêtant crédit aux soupçons qui couraient dans le village, les deux premières avaient pris le temps d'affûter leurs armes en vue de la confrontation. À l'idée de se trouver face à cet homme qu'ils avaient toujours plus ou moins craint, les autres villageois avaient revu leur virulence à la baisse.

La réunion tardait à commencer. De son œil valide, Croguennec toisait l'assistance, dont il percevait l'embarras, laissant le soin de s'enliser à ceux qui se permettaient l'arrogance de lui réclamer des comptes. Au bout de quelques minutes de cette soupe à la grimace, il se décida à prendre la parole.

— Faut qu'on cause…

Hochements de tête, les yeux baissés.

— On a perdu deux de nos amis ces derniers temps. Nous en avons tous été remués, et cela peut se comprendre. Mais ce n'est pas une raison pour me faire la gueule, surtout pour un motif que j'ignore. Il faut au contraire que nous nous serrions les coudes afin de m'aider à découvrir qui est celui ou celle qui les a assassinés.

Un long silence s'installa, qu'il laissa durer à souhait.

— Le salaud qui a fait le coup se trouve ce soir parmi nous, puisque tout le monde est venu. Vous vous doutez tous que ce qui se passe est en rapport avec ce qui est arrivé à Gwénola Aubertin. Un accident, rien d'autre…

— Qu'elle ait mis le feu à sa boutique, cela peut se comprendre à la rigueur, mais ce qui est arrivé à l'homme qui l'avait ramenée à Keravel, il est difficile de dire que c'est un accident.

C'était Eugène Cotillec qui s'exprimait, estimant sans doute que de s'être fait couper un bras par les Boches lui octroyait le droit de ne pas se laisser mener par le bout du nez. Il était de surcroît l'un des plus proches voisins de l'orpheline, il n'avait rien perdu de l'altercation qui avait coûté la vie à Andrew Campbell. Croguennec se trouva décontenancé. Il sentit qu'il perdrait pied définitivement s'il ne trouvait pas tout de suite la parade.

— Bon, d'accord… On a voulu lui donner une petite leçon, mais personne ici n'aura le culot de dire qu'il ne l'avait pas mérité. N'oubliez pas quand même qu'il avait volé l'une de nos filles et pas la plus moche. Blaise, Lucien et moi, on l'a raccompagné jusqu'à son bateau. Ce n'est pas de notre faute si son embarcation s'est cassé la gueule dans les rochers.

— Il était quand même bien sonné quand vous l'avez… « raccompagné », comme tu dis, se permit à son tour Arsène Travers.

Micheline Guimarec'h bouillait sur sa chaise. Soudain, elle n'y tint plus :

— C'est ce que tu prétends, Charles, mais il n'y a plus personne pour nous dire que c'est vrai, puisque les deux seuls témoins de ce qui s'est passé sur la grève cette nuit-là ont disparu.

— Comme par hasard… glissa Sidonie.

— Je ne vois pas pourquoi je vous raconterais des sornettes si longtemps après.

Martha suivait l'échange dans un état de crispation extrême. Yvon était assis à côté d'elle, toujours aussi imperturbable. Le ton montait, les langues se déliaient.

— Quand tu dis que pour la fille Aubertin, l'incendie c'était un accident. Tu peux nous expliquer ce que toi et les deux autres vous fabriquiez avec des bidons, juste avant que le feu démarre ? fit Gilbert Le Bras.

— C'était peut-être justement pour l'éteindre, gouailla un autre.

Micheline se leva comme une diablesse.

— Tout le monde pense ici que c'est toi qui as flanqué un coup de croc à Lulu et à Blaise. Tu as toujours eu la trouille qu'ils racontent la vérité. Parce que mon Blaise, je peux te dire, il n'en dormait pas, il faisait des cauchemars la nuit, il se réveillait en sursaut en poussant des hurlements. Il criait qu'il ne voulait pas, mais que tu ne lui avais pas laissé le choix. Pour Lulu, je suppose que ça devait être pareil.

Sidonie se leva à son tour.

— Oui, c'était du pareil au même. Il disait que tu le tenais parce qu'il t'avait fichu une flèche dans l'œil quand vous étiez gamins. Des jeux de gosses, ça, oui, c'était un accident. Pas ce qui est arrivé à Gwénola et à son copain. Vous l'avez tué, lui, et vous avez mis le feu à la maison de la pauvre fille alors qu'elle était sans doute encore vivante. Et son bébé aussi.

Charles Croguennec ne pouvait en supporter davantage. Il se dressa, le visage écarlate.

— Fichez-moi le camp, tous autant que vous êtes. Vous avez été bien contents de me trouver pendant toute votre vie pour vous tirer de votre merde, et vous êtes là maintenant à me traiter comme un moins-que-rien en m'accusant de n'importe quoi.

Le coup de gueule provoqua un flottement dans l'assemblée.

— Allez, dégagez, je vous ai dit. Allez chercher les gendarmes si vous voulez et vous leur expliquerez pourquoi vous êtes restés planqués cette nuit-là sans intervenir, si tout ce dont vous m'accusez est vrai.

Un à un, les pigouyers se levèrent, matés. Ils se retirèrent lentement. Martha remarqua alors qu'Yvon n'était plus à ses côtés.

53

Charles restait les bras ballants, outré que ces misérables pouilleux aient osé s'en prendre à lui de façon aussi malhonnête alors qu'il s'était toujours occupé d'eux, qu'il leur avait vendu à un prix raisonnable les chaumières dans lesquelles ils habitaient.

— Ça ne va pas, monsieur Croguennec ?

Le vieil homme poussa un cri. Dans la pénombre d'un recoin se dessinait une silhouette qu'il ne parvenait à identifier.

— Qu'est-ce que tu fais là, toi ? Tu n'as pas entendu ? Fiche-moi le camp avec les autres.

— Pas avant d'avoir discuté, monsieur Croguennec.

Le ton était mielleux. Le septuagénaire sentit une bouffée d'angoisse lui monter à la gorge. Il fronça les sourcils pour distinguer celui qui se tenait en retrait dans l'obscurité.

— Qui tu es ? Qu'est-ce que tu me veux ?

Yvon s'avança.

— Ah, ce n'est que toi… fit Croguennec, soulagé à la vue de l'adolescent. Pourquoi tu n'es pas parti avec ta mère ? Tu as peut-être horreur de son museau ?

Charles remarqua alors que le jeune garçon tenait un outil à la main, un croc à deux dents. Une sueur froide lui perla le long de l'échine.

— Arrête, Yvon. Ne fais pas l'andouille.

— Vous avez une dette à me régler, monsieur Croguennec.

— Une dette ? Quelle dette ? À toi, je ne dois rien.

— Réfléchissez bien.

— C'est tout réfléchi. Si tu crois me faire peur…

Malgré son âge, Charles était de robuste constitution, ce n'était pas un morveux de quatorze ans qui allait l'intimider. Il chercha vainement autour de lui de quoi se défendre. Il esquissa un pas vers la sortie, mais Yvon lui barrait le passage en levant son arme.

— Eh oh, gamin, tu ne vas quand même pas tuer ton père !

Yvon mit quelques secondes à comprendre. Puis il partit d'un immense éclat de rire.

Allons, se dit Croguennec. Il a compris qui je suis, il ne va pas oser.

Il n'eut pas le temps de se réjouir, les dents acérées l'atteignirent en pleine poitrine. Il écarquilla les yeux, ouvrit une bouche béante.

— De la part de ma mère, Gwénola, et de mon père, que vous avez lâchement assassinés, conclut Yvon.

Il n'est pas certain que Croguennec ait eu le temps de saisir le sens des paroles de l'adolescent. Il s'effondra en arrière parmi les chaises. Ses membres se tétanisèrent, puis son corps s'affaissa, il avait rejoint ses deux complices.

Yvon sentit un calme profond l'envahir. Il devina alors une présence dans son dos. Martha. Se doutant de ce qui allait se passer, elle s'était dissimulée à proximité avant de revenir sur ses pas. Elle était bouleversée de découvrir l'identité de l'homme qui l'avait violée. Croguennec, à l'époque, avait la soixantaine bien tassée. C'était à cause de lui qu'elle avait quitté Keravel quand elle était jeune fille, parce qu'il lui faisait une cour assidue, en exerçant du chantage par rapport à ses parents si elle continuait à se refuser. Elle n'avait pas cédé. Si longtemps après, il avait trouvé la vigueur de parvenir à ses fins.

— Viens, dit-elle à Yvon. Il ne faut pas rester là.

— J'ai encore une dernière chose à faire.

Il entassa à la hâte les chaises, compléta le bûcher avec le bric-à-brac des objets qui lui tombèrent sous la main. Il glissa de vieux papiers froissés sous l'échafaudage, puis il sortit une boîte d'allumettes de sa poche, et enflamma le tout.

Le feu mit du temps à prendre avant de crépiter.

— Maintenant on peut partir, maman, fit Yvon à la femme qui l'avait élevé comme si elle était sa mère.

Quand ils se retrouvèrent sur la place, le vent se leva. Juché sur les hauteurs de la dune, Keravel paraissait soucieux de mériter son nom. La grange de Croguennec rougeoyait comme si elle hébergeait les entrailles de l'enfer. Bientôt les flammes atteignirent le toit de chaume qui s'effondra en projetant des gerbes d'étincelles partout alentour. Portées par les bourrasques de plus en plus violentes, elles se propagèrent aux habitations voisines. Yvon n'avait pas prévu cette issue, mais ce n'était que justice. Il prit la main de Martha et l'entraîna en dehors de la place avant de se faire encercler par l'incendie.

Bientôt le village ne fut plus qu'un immense brasier d'où montaient les hurlements des pigouyers pris au piège.

Épilogue

Soixante ans plus tard. Été 2010

Les pigouyers avaient remisé depuis belle lurette leur attirail au vestiaire des souvenirs. Hormis les riverains qui fertilisaient leurs jardins de cet engrais incomparable, la récolte du goémon ne s'effectuait plus à pied ni en barques, mais de façon industrielle. Ce furent d'abord de grands bateaux équipés de scoubidous actionnés par un bras hydraulique qui arrachaient les longues laminaires. Mais ce n'était pas encore assez rentable, désormais les écumeurs des fonds marins utilisaient des peignes qui scalpaient les rochers immergés en détruisant tout sur leur passage. Sans le moindre scrupule.

Keravel avait été entièrement détruit par l'incendie, nombre des villageois avaient péri dans d'atroces souffrances. Les survivants évoquaient la réunion qui s'était déroulée dans la grange où le feu avait pris. Le vieux Croguennec n'avait plus toute sa tête, il était persuadé que quelqu'un lui en voulait. Ce soir-là, il était très perturbé. Pour preuve, il avait flanqué tout le monde à la porte alors que c'était lui qui était à l'initiative de la rencontre. À n'y rien comprendre. Ou il avait allumé le feu sciemment dans un accès de rage ou c'était un accident, une hypothèse plus vraisemblable.

Yvon fut l'un des derniers moissonneurs de la mer. Avec Martha, il s'était installé dans un village voisin, spécialisé lui aussi dans la récolte du goémon. Une communauté paisible qui les avait acceptés sans discrimination. Sa mère adoptive s'était éteinte une dizaine d'années plus tard, heureuse, fière de son garçon, qui avait conservé le nom des Rivalain. Il n'avait jamais oublié sa vraie mère, Gwénola Aubertin, dont il entretenait régulièrement la tombe au cimetière de Kerlouan, aidé par Martha de son vivant, dont la fillette mort-née reposait là-bas elle aussi.

Yvon s'était marié, était devenu veuf. Entre-temps, sa fille et son gendre lui avaient donné deux petits-enfants. La famille résidait en région parisienne. Peu à peu, les exilés avaient oublié le vieux goémonier du pays Pagan, dont l'humeur n'était pas toujours commode. Yvon avait soixante-quatorze ans quand il s'enhardit à prendre de leurs nouvelles, se sachant bientôt en passe de larguer les amarres pour son dernier voyage : des fatigues inexpliquées, le souffle court au moindre effort, le cœur qui palpitait sans raison et, surtout, plus le goût de vivre. Si le vieil homme ne leur dévoila pas toutes ses misères, Paul et Maryse Noblanc comprirent qu'il était de leur devoir filial de descendre en Bretagne. Au mois de juillet, ils louèrent un gîte du côté de Guissény. Le grand-père n'avait pas revu ses petits-enfants depuis plusieurs années, il ne les reconnut pas. Ceux-ci le regardèrent comme une bête curieuse, ce en quoi ils ne se trompaient pas de beaucoup. Mais il parvint à les apprivoiser dès le lendemain de leur arrivée. Bien entendu, son premier souci fut de les conduire sur la grève, le seul endroit où il trouvait encore un semblant de paix.

Ce jour-là, il faisait beau. Sa fille s'inquiéta de l'excursion, se proposa de les accompagner.

— Ne t'en fais pas. J'ai gardé un peu de carburant en réserve au cas où vous daigneriez vous souvenir que j'existais encore.

— Prends garde à eux, quand même…

— Qu'est-ce que tu crois ? J'ai bien l'intention de les flanquer à la baille pour qu'ils apprennent à nager.

Elle ne fut pas sûre qu'il plaisantait.

Léa était l'aînée. Douze ans, plutôt mature, du moins pour certaines choses. Son frère, Georges, était du genre casse-cou, pas méchant, mais espiègle. Il traitait sa sœur de chochotte, pour le simple plaisir de la faire enrager. La mer, les deux gamins n'en avaient que de vagues souvenirs, n'ayant fréquenté les côtes qu'à un âge où la mémoire n'enregistre pas encore grand-chose, sinon des images diffuses, des bruits, des odeurs. Le garçon avait dix ans. Dès qu'ils approchèrent de l'estran, il fila droit devant comme une flèche, faisant hurler sa sœur qui avait encore en tête les recommandations maternelles. Le grand-père se contenta de sourire.

— Laisse-le se fatiguer. Il n'ira pas bien loin. Ici, il ne risque pas de se perdre.

Les dunes ondulaient. La silhouette du gamin s'évanouit dans un creux. Léa, inquiète, se précipita sur la hauteur. Aucune trace de son frère. Le grand-père peinait à la suivre, ses appuis se dérobaient dans le sable, il transpirait alors qu'une brise frisquette remontait du large. Le cœur lui martelait la poitrine, des papillons gris lui dansaient dans les yeux quand il parvint à rejoindre sa petite-fille sur la crête de la dune.

— Il a disparu. Tu vois bien, je te l'avais dit ! gémit celle-ci.

— Il a dû se cacher pour te faire malice.

Le garçonnet ne devait pas avoir eu le temps de descendre sur la grève, mais à cet âge-là on court aussi vite qu'un lapin. Des noyés, Yvon en avait vu quelques-uns pendant son existence, pas beaux à regarder, surtout quand ils avaient séjourné quelques semaines dans l'eau saumâtre à la merci des crabes et des poissons. Il s'efforça de dissimuler l'angoisse qui le gagnait.

— Va voir si tu le trouves. Moi je reste là à surveiller le secteur.

La fillette fila à son tour. Bientôt elle ne fut plus qu'un papillon qui dansait entre les touffes de lande qui buissonnaient l'espace. Elle s'arrêta en haut de l'estran, se tourna vers son grand-père. Il était trop loin pour l'entendre, mais apparemment elle criait. En tout cas, elle faisait de grands gestes.

— Nom de Dieu ! jura l'ancien pigouyer. Ce petit con-là est tombé.

Il se hâta, pensant à ce que sa fille allait lui mettre si Georges s'était blessé. Le gamin gisait dans une excavation dont le fond et les parois étaient tapissés de pierres plates. Il était allongé sur le dos, les paupières closes, les mains jointes sur sa poitrine. Le coquin leur jouait un tour à sa façon. Le vieil homme mit quelques secondes à reprendre son souffle avant de parler.

— Faut pas jouer avec la mort, *mabig*.

Comme la plupart des gens qui tiraient subsistance de la mer, Yvon Rivalain était vaguement superstitieux.

— Sors de là, je t'ai dit, des fois que le bon Dieu te verrait de là-haut et te prendrait au sérieux.

Un sourire se dessina sur le visage de l'enfant. Il décroisa les mains et se redressa.

— Qu'est-ce que c'est, papi ? demanda Léa. On dirait des tombes, il y en a partout comme dans un cimetière.

Yvon tendit la main à son petit-fils et l'aida à remonter.

— Tu as raison, c'est un peu comme un cimetière, sauf que personne n'y a jamais été enterré.

— Mais qu'est-ce que c'est alors ?

— Des fours à soude. C'est là qu'on brûlait dans le temps le goémon que nous ramassions sur la plage et aussi celui qu'on coupait sur les rochers que vous voyez au loin, là-bas.

Le pigouyer était à son affaire. Il leur expliqua que les fours étaient tous creusés dans le sens nord-sud pour une question d'orientation au vent. Il leur fit remarquer qu'ils étaient évasés en trapèze afin d'extraire plus facilement les pains de soude, qu'ils avaient tous sensiblement la même taille, entre six et neuf mètres de long sur soixante centimètres de large.

— Il ne fallait pas qu'ils soient trop profonds. Cinquante centimètres, ça suffisait.

— C'est quoi la soude, grand-père ?

Le vieux soupira, c'était déjà plus compliqué pour des enfants, il n'avait pas envie de s'embarquer dans des explications interminables auxquelles ils ne comprendraient pas grand-chose.

— Je t'en prie, papi… insista Georges. Dis-nous.

Alors il leur raconta ces journées où l'on brûlait les algues sèches du lever du jour jusqu'à la tombée de la nuit. La chaleur infernale qui se dégageait des fours, les fumées âcres qui empêchaient de respirer et qui obligeaient à travailler dos au vent pour ne pas les prendre dans le nez. Plus difficile fut de leur faire comprendre que les cendres arrivaient à un point de fusion à condition de maîtriser la température du brasier.

— Un peu comme la lave d'un volcan, si vous voyez ce que je veux dire.

Ça, ils savaient, ils avaient appris à l'école, l'Etna, le Vésuve et Pompéi, des images et des récits qui marquent. On obtenait un magma qu'il fallait encore malaxer pendant une heure ou deux pour le rendre compact. Puis il durcissait en refroidissant pendant la nuit. Le grand-père prit conscience que ses loupiots ne l'écoutaient plus, leur attention captée par des goélands qui se disputaient une charogne sur la plage en contrebas en criaillant comme des forcenés. Déjà ils s'apprêtaient à descendre pour aller voir de plus près, mais le grand-père en avait assez pour aujourd'hui, conscient de la limite de ses forces.

— Non, non. Il est temps de rentrer. Votre mère va se demander où nous sommes restés. Vous la connaissez, elle est capable de s'inquiéter.

Dans la nuit, son cœur le lâcha. Yvon avait attendu que sa fille revienne pour rejoindre enfin Gwénola et ce père qu'il n'avait pas connus, mais qui devaient l'attendre là-haut en compagnie de Martha.